こころが織りなすファンタジー

安房直子の領域

藤澤成光

てらいんく

こころが織りなすファンタジー

安房直子の領域

もくじ

装画　なみきたけあき

第一章　はじめに

『銀のくじゃくは、海の波』

機織りの若者には、願う心があった。
ただし、「目にみえないさまざまのもの」を織ってみたいという自分の願いが、そもそもどういうことであるのか、おそらく、彼には分かっていなかった。
くじゃくの化身である老人に導かれて、「緑の昼と黒い夜」を三回ずつ重ねて、深い森の中にそびえる不思議な塔にたどりついた機織りの若者は、くじゃく王家の旗を織る仕事に手を染める。それは叶《かな》った夢であり、またいくらかは脅迫された義務でもあった。

はたおりは、われをわすれて仕事にうちこみました。一枚の布の裏と表に一度に色のちがうくじゃくをうかびあがらせること、そして、それがどちらから見ても表に見えるように、きれいにしあげること
――(中略)
はたおりの心は、ただただ、一羽のくじゃくにそそがれていました。ひとつの体で、緑と銀と、両方のすがたをもっている、美しい鳥に……いいえ、ほんとうのところ、はたおりの心は、裏がわのくじゃくにだけ注がれていました。手さぐりでつくり上げてゆく一羽の銀の鳥にだけ。
それは、目の見えない人が、心の目で、ものをつくるのににていました。(中略)
はたにかかったくじゃくは、いつ見ても、完全な緑なのでした。ひろげたはねの模様に、黒と銀の玉が散っているだけで。その模様に使われた銀の糸のつづきが、布の裏がわで、ひそかに銀のくじゃくの

すがたをつくっていることに、老人は、夢にも気づいていないのでした。(「銀のくじゃく」)

織り上がったとき、若者は、自分の織った二つの見かけを持つ旗の模様に化身して、この世を離れる。そして代わりに、「銀」のくじゃくが、旗の中で、若者の声で、鳴き、歌うのである。けれど、――

この木のてっぺんには、ふしぎな旗がひるがえっていました。旗は、片側が緑、片側が銀色でしたが、いったい何が描かれているのか、あんまり高くて見ることができませんでした。

＊

この世の作家たちの書き残す作品は、このガジュマルの木のてっぺんに翻る旗のように、いつも、彼らの死を軽々と越えて、生きている人々の世界にありつづける。

だが、こうして作家の死後の世界に残された作品たちというものは、それもまたこのガジュマルのてっぺんの旗のように、かならずしも、まだ機織りが生きていて、機織りの肉体をそばに従えて存在していたときと同じ見かけを、そのまま世界に向けているわけではない。

死が、最後の筆を作品に加え、目には見えない影を刻むからだ。

たとえば、肺結核の深く進んでいた晩年の堀辰雄は、喀血《かっけつ》、激しい発作、絶対安静の日々を、もはやどうすることもできなかった。

「こんなに苦しむくらゐならもうなんとか死なして貰《もら》ひたいな」

(中略)

その苦痛に引きずられるやうに「一しよに死にませう」と言ふ私の顔を見上げて、「僕が自殺をしたら、僕の今までの作品はみんな僕と一しよに死んでしまふだらう。……わかるか？僕の努力はみんなむなしくなつてしまふのだよ」[*1]（「晩年の辰雄」堀多恵子）

彼は、どうあっても自殺するわけにはいかない、それをしたらこれまで書き残したすべてが無駄になる。まったく、――もし彼が、師である芥川龍之介の死の方法を選んでいたら、生きた時間のかたちを、細心の注意を払って、この上もなく丹念に刻みつけた「美しい村」、「風立ちぬ」、――それらを書くことだけが彼にとっては生きることだったあの作品たちは、一挙に読者を裏切って、それ自体が滑稽《こっけい》、それ自体が気取りに過ぎない絶望の断章と化してしまったことだろう。堀辰雄の最後の闘病生活は、死後に残る作品への文字通り命をかけた加筆だった。

その一方で、昭和二年に自ら命を絶った芥川龍之介は、まさに彼に死をもたらしたその方法によって、「羅生門」「芋粥」「舞踏会」等の、にごった水晶のような手触りを持つあの作品たちの作者であるだけでなく、「歯車」「或阿呆の一生」、そして数多くの謎《なぞ》めいたアフォリズムの作者でもあることが、均等の力をもって、今も読者に届いてくる。

一九九三年二月、「小夜のお話ならまだいくらでも書けそうな気がします」[*2]と、病床から便りを書き送るほどに作者の心をとらえていた一人の少女の物語、それが、『花豆の煮えるまで――小夜の物語』のタイトルでひとまず刊行されようとする、まさにその瞬間に、まるで物語の中に吸い込まれでもしたかのように、安房直子がこの世を離れた時。

このときも最後の加筆がたしかに成就した。

彼女が生きた時代は、作家であることの、むずかしい時代だった。

標榜《ひょうぼう》される人間の価値が、一つの大きな戦争を境に、それまでとは大きく変わった。正しさでもなく、善でもなく、美でもなく、ただ、魅力、という、本当のところそれが何なのかよく分からない価値が、人間の最もその人らしさを示すものだと、誰もが思い始めていた。

この風潮の中で、途方もなく力をつけてきたマスメディアは、ショービジネス界のスターたちとならべて、文学者をも時代の主人公の一人に祭り上げずにはおかない。作家たちは、力のある、豊かな作品の創造者としてだけ生きることは許されず、そうした作品を生み出す魅力ある人間として、ある種のふるまいを求められ、新聞、雑誌、ラジオ、テレビに自分のイメージをさらさなければならなかった。そして多くの作家たちが、それによくこたえた。

しかし安房直子は、この時代の流れに身を任せなかった。作品は、創る。けれど作品を創る彼女自身は、作品とは異なる運命を生きたいと望み、それを最後まで貫いた。彼女は、ひかえめであることに、したたかだった。生身の自己自身に晴れがましさの加わるあらゆる機会を、彼女は避けた。作品は、作品だけで存在できるはずだ。彼女は、全力をあげて、それを証明しようとした。*3

そうやって生きて、その生を少しも裏切ることなく死んでいったとき、――どちらも、すさまじい自己制御のたまものであるにちがいないのだが*4――、残された多くの作品たちは、それまでうっすらと覆っていたヴェールのようなものを、いっきに取り払って、私たちの前に、むきだしにされる。

たとえば、この「銀のくじゃく」である。

生前、作家が、ここからさらに年月を生きて、数多くの物語を書き続けていくうちには、この作品は、同じ時期の「火影の夢」などと並んで、着想と意匠と異国情趣が人目を引くだけのものとして、多くの中に紛れ、ああ、そんな物語もあった、なかなかよかった、といった印象に落ち着いていたのではないだろうか。――たとえそこに、どうしてもぬぐえない、ある妙な感触がひそんでいて、やはりこの作品を多くの中から取り分けさせることが、読者の心の中にはあったとしても、それが何のせいなのかをはっきりと指摘することが困難な存在として。

そしてこのとき、作品の持つ不思議な長さとか、なぜ、お姫様は四人なのか？とか、若者に結末がないのは、どういうことなのか、とかを話題にしても、それは、たわいもないおしゃべりの域を出ることはなかったはずだ。

私は、（中略）自分の力ではおよびもつかぬ果てしなさが好きなのでした。『銀のくじゃく』は、私のそんな思いから生まれた作品です。行っても行ってもまだ遠くに光って見える美しいものを追って飛ぶ、くじゃくの姿を描いてみたかったのです。そして憧《あこが》れる事と、ほろびる事が、時には表裏一体となる事を、書いてみたかったのです。（「自作についてのおぼえがき」）

けれど、いくら作者がこう語っても、どこまでも飛んでゆく「くじゃくの姿」そのものは、作品のどこにも描かれていない。

作者の言葉から分かるのは、彼女が、この一編を織りはじめるきっかけとなった「表」のほうの図柄が、何だったのか、ということだけだ。そして、作者自身も含めて、人がごく普通にこの作品について語れるのは、やはり、こっちだけなんだ、「表」のほうについてだけなんだ、と私たちはあらためて確認させられることになる。

しかし、死という最後の加筆が、何もかもを一変させる。

安房直子の作品とその死との暗合が、もし機を織り上げた若者の、けしてはっきりとは書かれていないあの結末のエッセンスに重なって見えるのなら、生もまた、かのようで、あったのかもしれない。……と、そう私たちは気づく。「銀」のくじゃくとして作品に織り込んだにちがいない安房直子の心、本人自身にも手探りだったはずの数々の心が、作品の表にきらめく「緑」のくじゃくよりも、はるかに読むということの信頼にこたえるものとして、はっきりと見えてくる。そして、それもまた、作品のうち、であり、彼女がことのほか大切にしていた「作品そのもの」であるはずだ。

しかしながら、言うまでもなく、物語を書き続けて生きていた一人の作家の心は、そのすべてが、物語とは別の引き出しにそっくりしまってあるわけではない。彼女の織った「銀」のくじゃくにひそむ心を訪ねる試みは、単なる照合作業というわけにはいかない。

安房直子は、その生涯を通じて、生まれた国を離れたことがなかった。そればかりか、普通の旅行すらほとんどしたことがなかった。ほんの最後の数年間に、国語学者である夫君の春の休暇を利用して、家族で京都、奈良を訪れ、また長崎、出雲へと短い旅をするばかりだった。

そもそもが、彼女は家の外に自分の魂を楽しませるものを求めて出歩くといったことを、日常にはしなかった。夏を過ごしに行き続けた軽井沢の山荘が、東京の家を離れるたった一つの習慣だったが、そこでは物語の仕事はいっさいせずに、当然のごとく日がな一日家族とともの生活しか送らなかった。つまり、ふだんの心は、つねに家族とともに、家族のいる場所を離れずに、そうやって生きることだけに用いていた。

家族が出払った午前に、彼女は台所の食卓をきれいにふいて、そこに物語を広げた。午後二時ごろまで、そのテーブルで読書やら原稿のことやらをした。その日の物語の仕事が終われば、夕飯のお買い物に出かけていった。時々包丁を握っている最中に、ふと物語のことを思いつくことがある。すると調理台から手を伸ばし、いつも届くところに置いてあるノートに書きつける。

台所のテーブルは、彼女の心の中の、機織りの住む「小さな島」だった。小さいけれど、「緑の昼と黒い夜」とを三回重ねても行き着かない広さを持っていた。そこに塔が、見つかったときにだけ、彼女は旗を織った。
むろん彼女が織るのは、いつも「緑」のくじゃく。しかし、模様に使う銀の糸が、手さぐりでたどるしかない物語の裏側に回って、彼女にもそれが何かよく分からなかった彼女の心を縫い始める。まさに、そこだ。ここが信頼できるから、私たちは、今も安房直子を読む。安心して、その台所の「大きな」テーブルの上の仕事に、こっちの心の全部を預けられる。

＊

その「小さな島」で、一日の仕事を始める前に、安房直子はまず、テーブルに積み上げた本を開くのだという。短いものを、さっと読む。そうやって、自分の物語に入ってゆくウォーミングアップをするのだという。

机の上に置く本は、その時によって色々ですが、ここ数ヶ月きまって持って来るのが、「遠野物語」と、「宮沢賢治童話集」です。これは、どちらも、私の大好きな本で、原稿を書きはじめる前のひととき、両方を少しずつ読みますと、メルヘンの貴重なエッセンスを飲んだような気持になり、筆がうまく進むのです。これは、おまじないみたいなものです。(「読むことと書くことと」)

しかし、かならずしも、いつもすんなりと織りかけの機の前に行き着くとはかぎらない。機を織る塔への道は、とぎれてしまうこともある。そんなとき、彼女を塔まで案内する王家の家令、くじゃくの化身の老人に代わるのは、「グリム童話集」。

私は作品がうまく書けない時や、気持が滅入《めい》っている時などはグリムを取り出しましてパラパラ開いて、小さいお話を読むことにしています。そうしますと、メルヘンのリズムみたいなものが甦《よみがえ》ってきて、不思議に力が湧《わ》いてきます。(「著作『北風のわすれたハンカチ』その他について」)

機会があるごとに、彼女は、いつもグリムが自分の養分だと語り続けてきた。

なにかあるリズムが伝わってくるんです。そして、それが自分の呼吸や鼓動といっしょになってくるような、そんな気がします。(『現代児童文学作家対談 9』)

たった一つの、信じられる道しるべ。この、ほとんどまるごとの直接の肉体性。それは、たとえば作品「銀のくじゃく」の中には、こんなふうに記されていた。

男は、はだしでした。はたおりもはだしでした。ふたりの歩調は、よくそろっていました。それだけのことで、はたおりは、前を行く男のことばも心も信じられるような気がしていました。

グリムの呼吸、グリムのリズム、いうなれば彼女とグリムの文章(彼女は角川文庫の六冊本を手元に置いていた)との肉体感覚の呼応。彼女が手さぐりで彼女の物語を探り当てるときの、たった一つの道しるべとなるそれは、彼女をどこへいざなっていたのか?

私が、グリムのどういう所が好きかといいますと、暗くて謎《なぞ》めいていて、しらずしらずに、大きな森の中に迷いこんで行くようなぞくぞくするようなところでしょうか。(中略)メルヘンというのは不思議なものです。こういう（血なまぐさい　筆者補）場面が、ひょっと、美しくさえ思われるのです。私には、血だらけの足をした娘が、王子の馬にのってお城へむかう場面、また、お墓の木の上で鳩が歌う場面が、あざやかな美しい絵の様に目にうかんできます。（「童話と私」）

「森」のたとえは、同じ文章の中で、こうも語られる。

まだ字も読めない頃《ころ》に読み聞かせをしてもらいまして、（中略）聞いていますと、目の奥に、暗い大きな森が――その中に、魑魅魍魎《ちみもうりょう》というようなふしぎなもの達が、わやわやと棲《す》んでいる森がひろがってきます。そして、その森の、闇の深さもその森の中を吹いている風の音まで、聞こえてくるような気がしたのでした。

グリムの美しさ、グリムの恐ろしさ、そしていつの間にかとらわれてしまうグリムの謎《なぞ》。この三位一体。切られてしまった馬の首。飢饉《ききん》にあって、子供を森の中に捨てる親たち。魔女を焼き殺す娘グレーテル。それらが安房直子のグリムの「森」の住人たちだった。

けれど、いったんこれが具体性を帯び始めるや、結局のところ、彼女の語るのは、いつも「灰かぶり」と「ラプンツェル」についてだった。

もちろん、この作家は、二つの話の読者だったことを、それによって自分の趣味をひけらかす魅力的なアクセサリーであるかのように語ったりはしない。どのエッセー、どの講演においても、自分の小さかったころの物語体験をありていに、といった姿勢は、けして崩すことがない。

母親の言うとおりに、靴に合わせて足指を切り、かかとを切って、血を流しながら、歯をくいしばってお城にむかう娘たち。王子にそれを教える鳩《はと》の歌。この靴あわせの場面を、「ふしぎなほどはっきり」と、この作家は憶《おぼ》えている。また、高い塔に閉じこめられたラプンツェルが、編んだ髪を塔から垂らすこと、魔法使いや王子が、それを梯子《はしご》にして彼女に会いに行くことを、「なんとロマンチックなお話かしらと思って、あこがれて読みました」(「著作『北風の忘れたハンカチ』その他について」)と、グリムの「森」の美しさの核として告げる。

さて、彼女の生涯の作品と発言とが完結した今、彼女のこれらの言葉に耳を傾けていると、こうして語られた「灰かぶり」と「ラプンツェル」は、実は、ただ単に、読む側としての物語体験の核であるだけでなく、ちょうどそこが、書く側にまわるときの回転軸となっていたことが分かってくる。たとえば、彼女は、自身が作り出す側にまわったときの、目に見えない心の感触のようなものを、こんなふうに語ったことがある。

長いあいだに、私の心の中には、メルヘンの森とでもよびたい、小さい場所ができてしまっていて、いつでもそこの事を考えるくせがついてしまいました。その森は、まっ暗でいつでも、ゴーゴーと風が吹いているのです。が、時々月あかりのような、ほのかな光がさして来て、中にいるものたちが、ぼんやりと見えるのです。そこに住んでいるものたちは、どういうわけか、たいていが、孤独で純心《ママ》で不器用で、世わたりなどまるで下手な者たちです。私はよく、そのひとりをつれて来て、これから書く作品の主人公にします。『北風のわすれたハンカチ』の熊《くま》も、『雪窓』のおやじさんも、『青い糸』の千代も、同じひとつの森から出て来た人物です。(「自作についてのおぼえがき」)

そこで私たちも、グリムの「森」を焼き付けた絵ガラスを、安房直子のそれに、そっと重ねてみる。光にかざす。もちろん、ヨーロッパの一地方で語り継がれてきたお話の聞き書きと、二十世紀の東洋の島国に生まれた作家の想像力とでは、多くが違い、したがって、重ねてそこに透けて見えてくるものも、また大きく違う。それはもとより、分かり切ったことだ。

けれど、彼女の心の中の真っ暗な森、そしてグリムはまるで森のようだ、と読んだその同じ心の森が、どんな森なのかは、この方法でよく見通せる。

これから、この森の中を、ヘンゼルとグレーテルのように、私たちは少しずつたどってゆく。

＊1　「晩年の辰雄」（『堀辰雄　妻への手紙』所収　一九五九年　新潮社）

＊2　「小夜のこと」（別府章子　「海賊」追悼号　一九九三年）

＊3　「笑いの磁場の秘密」（蓮見啓　「海賊」追悼号）

「（安房さんは）折にふれて、作品は〈作品そのもの〉だけで読んだり評価したりしてほしいし、そのことはとても大切なことのように思う、といわれていた。」

＊4　「海賊」の同人だった童話作家南文子が、同誌の追悼号で、病床の安房直子のようすをよく伝えている。それは、作家が私たちに書き残してくれたすべての作品と、生きてきた彼女のすべての姿とを裏切らないエピソードである。

「安房さんは、すぐに涙を拭《ふ》くと、『やせてなくて、安心したわ』と言う私に『太ってるって言いたいんでしょ。いいわよ、正直に言っても……』と陽気な声を張りあげて、いつものようにコロコロと笑ったのです。それから、『みかん、むいてちょうだい。わたし、なんでも食べられるの』と手をのべて、元気な子供のように『おいしいね』と言いました。

何ヶ月も寝たきりで、どんなにつらい毎日を過ごされたことでしょう。でも、この日の安房さんの黒い大きな瞳《ひとみ》は、まぶしいほどに輝いていました。あまりの美しさに、ドキッとしながら、私も精一杯笑っていました。そして、どうしようもないほど切ないお別れの時、安房さんは、『また、おいで！』と力強く晴れやかな声で、歌うように送ってくれたのでした。」（「水色のストールに包まれて」南文子）

「自作についてのおぼえがき」(「児童文芸」 日本児童文芸家協会 夏季臨時増刊号 一九七六年)
「読むことと書くことと」(「ほるぷ図書新聞」 一九八三年八月十五日 ほるぷ)
「著作『北風の忘れたハンカチ』その他について」(「女子大通信」354号 日本女子大学 一九七八年)
『現代児童文学作家対談 9』偕成社 一九九二年
「童話と私」(一九八九年十一月 日本女子大国語国文学会講演/『国語の授業』110号掲載 一光社 一九九二年)

第二章　つつましい、ゆたかな悪

「きつねの窓」の入り口から

「きつねの窓」の青年は、歩き慣れた山道で、ふいにあらわれたききょうの花畑の思いがけなさにおののく。引き返そう、と直感は命じるのに、この眺めには、どこか青年を安心させるものがあって、それならば、まあいいかと、ひと休みしないでいられない。

そのように、これから足を踏み入れてゆく安房直子という花畑は、私たちに、初めやや奇妙な、しかしすっかりくつろいだ眺めを与えてくれる。もし引き返せば、それで終わりだ。しかし、ま、いいか、と、この花畑に憩えば、そこに何かがはじまる。

すばやい子ぎつねが、彼の視覚を横切る。青年は追走する。けれど青年には、まだゆとりがある。人間の子どもに化けた子ぎつねに声をかけられても、たしかにそうと知りながら、青年は、ついさっき、ききょうの花畑を受け入れたように、この見せたがり屋の子ぎつねの人なつこさに、しぶしぶのように応じてみせる。ききょうで青く染めた子ぎつねの指、――『遠野物語』から持ってきたと作者の語る[*1]――、その指のひし形で作る窓。青年は、自分に残されているゆとりを、まだどこかに感じながら、子ぎつねの指に顔を近づける。

すると、そこに、白いみごとな一匹の母ぎつねの姿。子ぎつねは、まるで待ちかまえていたように、ことの子細を語り出す。自分がきつねであることを、明かしてしまうのも構わずに。自分の身内は人間の鉄砲で殺された、と。

つまり、青年の見せられたものは、殺戮《さつりく》の結果、ということになる。だが、このとき、青年だけでなく、私たちもまた、さほど、かつてそこに殺戮《さつりく》があったという現実感を持つことができない。風景と、そして、すり寄ってくるような子ぎつねの、どこか必死な親密さにとらえられて、手品の感触を備えたこの魔法の小さな窓に、心を開いている。

話したくてたまらない子ぎつねは、それから、ききょうの花の教えてくれた、青い指のひみつを楽しげに語る。そこで、また、つい耳を傾ける。子ぎつねの側に復讐《ふくしゅう》心などみじんもないことを、青年も、そして私たちも、すっかり信頼している。子ぎつねの語る殺戮は、あたかも安全なガラスケースに収まって、まるでただ目に映るだけの、二人の脇に置かれた美しい絵のようだ。

子ぎつねの望みは、むろん青年から鉄砲を取り上げることではなかったはずだ。ききょうのくれた魔法を身につけてしまった子ぎつねが、もっと欲しかったものは、おそらくは、このことを知っているのが、自分一人ではないという証《あかし》の友情。不思議な窓を共有して、さびしさを、楽しく分かち持つこと。この小さな物語は、実は子ぎつねが青年を選び出し、そして望みを達する物語だ。

安房直子の花畑にいると、ほんとに、そうとしか思えない。だから、青年が、青く染められた自分の指の窓を通して見るものを、私たちは、たしかに、これは子ぎつねのプレゼントと友情とに報いていると思うし、子ぎつねは、青く指を染める相手を過たず選んだな、と思う。ポリ袋に入ったなめこは、さぞ、おいしいことだろう——。

だが、殺戮の血は、どこに流れたのだろう?

死は、かならずしも死ではない

子ぎつねの指の窓をのぞいたこの青年のように、安房直子を読むとき、私たちは必ずと言っていいほど、こうした、いささかぼんやりとした感慨を通過する。見逃す悲惨、見逃す残酷、見逃す悪。まるで、それは、あるけれど、あると分かってくれれば、通り過ぎていいよ、とでも言われているような眺め。――いったいこれは、何だろう?

私たちに必要なのは、たぶん、ここから、死一般についての何事かを引き出してくることではないだろう、と思われる。

というのも、死一般というものは普通には何かの到着点であるだろうのに、安房直子によってここで描かれているそれは、いかなる角度から見ても、またいかなる意味においても、何かの到着点としては、けして語られてはいないからだ。むしろ逆に、きつねが青年を、言うなれば友達にしてしまおうとするもくろみの、出発点としてそれは描かれている。

それはちょうど、あのグリムの森の中で、灰かぶりの母親の死が拍子抜けするほどあっけなく語られたり、ラプンツェルの母親が、女魔法使いの菜園のラプンツェル(サラダ菜やレタスの類)を、まるで提示された交換条件(すなわち娘を彼女にゆだねること)を欲するかのようにして、食べてしまったごとくに。

――もっとも、この子ぎつねの母親のこうむった殺戮《さつりく》は、グリムのそれらとは違って、冒頭におかれて物語全体の推進力となるのではなく、構成を見れば、中ほどに示されて、物語を転回させる役割を持っている。

安房直子がエッセーの中でタイトルを記しているグリムの物語の一つに、「がちょう番の少女」という話がある。彼女は、この話が大好きだったそうだ。腰元にあざむかれて、身分を入れ替えさせられたお姫様の話だが、いわば腹心の家来としての馬がいて、これが、物語の中ほどで、腰元によって首を切られる。だが、まさにその死が、姫に幸運をもたらすのである。

「きつねの窓」の、母ぎつねの死について、私たちがもし何か語ろうとするのなら、比較すべきは、この馬の死が最もふさわしくはないだろうか？　もちろん出来事、および、それに付随すると想像される感情、感慨が重なるのではなく、物語を運ぶ手つきの中での、感触と位置とが、である。そこでは、死は、死一般であることをすみやかに離れ、物語に固有な出来事連鎖の触媒として多く働く。

しかし、こうは言ってみても、死はやはり死である。ではいったい死の中のどの要素が、彼女に、物語におけるこの役割を選ばせるのだろうか？

問いを、変えよう。

——死以外には、いったいどんなことを、彼女は物語の推進力に使ってきたか？

それをざっと眺めてみれば、どういうわけでここに死が導かれているのか、それがもう少し限定的にはっきり見えてくると思われる。

そもそもグリムにしてからが、物語を展開させる推進力は、さまざまだ。

たとえば「ヘンゼルとグレーテル」、たとえば「ラプンツェル」。グリムが記述してくるこれらの物語の推進力は、すでに私たちが見たように、死から生まれたものではない。死に代わるものが、そこにある。前者は、親たちがじゃまな子どもたちを捨てること。後者は、親がラプンツェル（サラダ菜、レタスの類）を食べたいがために、やがて生まれてくる子どもを女魔法使いに譲り渡すこと。

では、安房直子は？

一九八五年一月と一九九一年六月に、それぞれ日本女子大学附属の小学生と中学生に向けて、安房直子は講演をしている。その中で二度とも、自分の最も好きなお話は、アンデルセンの「雪の女王」、と語った。そして後者の中では、「雪の女王」という具体を離れ、次のように一般化する。

この世に絶対にないもの、この世にけっして起きないことを書いた物語に、たいへん心惹《ひ》かれる。この世にけっしてないものってなにかっていったら、小人とか妖精《ようせい》とか魔法使い。そういうものは絶対にないし、木の精もないし、それから、決して起きないことっていうのは、やっぱり魔法とか、「神かくし」。人がふっといなくなっちゃう。「遠野物語」って本がありますけれど、よく出てくるのが、ある日、そこの娘がふっといなくなってしまう。そういうようなことに、たいへん私は惹《ひ》かれて。(「世界でたったひとつの自分の作品を」)

そしてこの一般化を間に挟み、今度は、読み手としてではなく、書く側としての自分に引き寄せ、書く立場での具体性を持たせたものを捜せば、次の文章が見つかる。「長い灰色のスカート」の掲載された「海賊」29号(一九七二年)の、後書きふうコラム欄、「マスト」。書きつけられた時期は大分違っているが、生涯、終始一貫性を離れないこの作家の場合、それは少しも構わないはずだ。

「長い灰色のスカート」は、子供が山で神かくしにあう話。子供の頃《ころ》、私は、人さらいというものを、超人的なかげのように思っていました。/いくつかの切れ切れの夢をつなぎあわせ、そのハーモニーが、ひとつの神秘な世界をつくる事に努力しました。

神かくし、——そして、神かくしとほとんど同じものに意識されている人さらい。たしかに「雪の女王」は、少年カイが、そのようにしてゲルダの前から姿を消す話である。そして実際、この神かくし=人さらい(=人がふっといなくなること)ほど、物語の筋運びの推進力として、安房直子が好んで用いたものはほかにない。

彼女の生涯の作品総数は、晩年の短編連作をばらばらに一つずつ数え、またバリアントはこれを一つにくくれば、現在（二〇〇三年九月）判明しているものは270編である。そのうち展開が彼女に責任のない再話の類と、創作に際して及ぼされる制約の質がふだんのお話とは著しく異なる未就学児向けと、両者併せてほぼ40編をのぞけば、だいたい230編が、今問題にしている人さらい系の話を拾ってみるときの考察対象となるだろう。

そしてその結果は、70編、おおよそ三分の一が、この系列にあることが認められる。けれど、こうして掲げた具体的な数字以上に重要だと思われることは、彼女が、この神かくし＝人さらいについては、それを何通りにもふくらませて、概念の異なる拡張されたアイデアを複数持っていたということだ。

1　さらわれるもの。および、さらわれそうになるもの。
——「野の音」「カスタネット」「サフランの物語」など、28編

2　自分から望んでさらわれて、結果として1と同じになるもの。
——「しろいしろいえりまきのはなし」「青い糸」「天の鹿《しか》」など、11編

3　ふっといなくなるもの。
——「星になった子供」「だれも見えないベランダ」「白いおうむの森」など、14編

4　さらわれてはいないが、閉じこめられることで似た状況になるもの。
——「だれも知らない時間」「木の葉の魚」など、8編

5　連れまわされるもの。
——「青い花」「夢の果て」「空にうかんだエレベーター」など、4編

6　超人的な者のせいで、居場所が分からなくなるもの。
――「ハンカチの上の花畑」「小さな緑のかさ」など、5編

しかし、あらかじめ、次のことは言っておかなくてはならない。

右のこの整理は、読者が、それぞれの作品の読後感を生々しく保っていればいるほど、どうしてこの作品までもが人さらい系の構造？　という反発の感覚にさらされることは想像に難くない。たとえば「空にうかんだエレベーター」である。とある店のショーウィンドウを飾るぬいぐるみのうさぎと、ともちゃんという女の子の物語。その女の子の耳には、ピアノの前に飾り付けられたうさぎの奏でる音楽が聞こえてくる。それがこの子とうさぎの特権的な仲良しを証《あかし》する。うさぎは、女の子のために、満月の深夜にビルを突き抜けて宙に浮かぶエレベーターに誘い、二人の豊かな時間が一晩のうちに出現する。……あるいは人は、これを、ただただ無意味に愛らしい話と呼ぶかもしれない。また、まったく反対に、これこそ愛すべき愛らしさだと、愛情豊かに受け取るかもしれない。

けれど、この女の子は、二人暮らしの母親の目を盗み、深夜にベッドをこっそり抜け出して、うさぎとの楽しき一夜のために、深夜の町にかけつけるのである。――うさぎが、出ておいで、と誘うから。

安房直子の作品の、最も深きところに潜り込んでゆくための通路。その入り口の一つ。それは、作品の見かけと、そのじつ作品が骨組に持っている一種のいかがわしさとの極端な乖離《かいり》。ここに一つ、たしかに見つかるだろう、と私は考えている。

たとえば、「青い花」。あじさいの精が、青年に人生を導く、愛らしく、美しい話。だが、話の骨格は、まぎれもない。すなわち、町角につくねんと立つ幼女が、かさを作ってあげよう、と声をかけてくる見ず知らずの青年についてゆき、デパートの屋上でふるまわれる飲み物に手を出す話である。

この、見かけと骨組との乖離《かいり》は、どちらかが本質で、どちらかがうわべ、という単純さには、けして解消することができない。私たちのすべきことは、乖離した両者を、同時に一つの肉体に刻みつけるかのようなこの作品の姿を、そっくりそのままに保って、どこまでも追い続けることであるだろう。私たちは、私たちの限界で、すぐさま、これはこうとの安易な結論についてしまいがちだが、たとえそれが、どれほどの忍耐のいる追求になろうとも、この作家をたどる限りは、一つの作品に宿るこうした乖離は、私たちの中に、きちんと保たれなければならない。

かき消える悪

作品の構造の骨組には、たしかに人さらい物語が存在している。それなのに、それらの作品が、どうしても人さらい物語に見えてこない……。

そのことを考える手がかりの一つに、悪のニュアンスの不在ということがある。人がふっと消えてしまうことに対して、私たちが暗黙に抱く、なにがしかの悪のニュアンス。――今しがたの例でいうならば、深夜に小さな女の子がこっそりベッドを抜け出して、残されたものにとっては一種の行方知れずになっているとき、その事態に人が抱く何らかの悪のニュアンス。幼女を誘う青年にひそむ何らかの悪のニュアンス。安房直子は、これほど多くの、彼女の人さらい、彼女の神かくしを描きながら、私たちが普通に神かくし、人さらいの言い方でつねに呼び覚まされるそうしたニュアンスを、ほとんどすべての作品において、まったくそぎ落とした状態で提出してくる。

たとえば夢野久作の西日本新聞時代の童話に、「クチマネ」[*2]という作品がある。魔術師が、人の口まねをする女の子たちを、魔術で小さな手提げ袋につめてさらってゆく話である。彼は呪文《じゅもん》を唱え、少女たちを袋の中へ、外へと出し入れをする。だがこうした魔術師の振るまいそのものよりも、登場の初めからこの魔術師は、そもそも悪人らしさをたっぷりと作者の手によって付与されており、私たちは、だからこれが、子どものころに大人たちからしばしば脅すように聞かされていた人さらい＝人買いの世界の住人であることを、いやでも了解させられて、筋を追うのである。この人さらいは、最後に官憲に捕まる。社会習俗としての善悪が、そこで疑いようもなくくっきりと、少なくともこのお話の世界には現れる。

アンデルセンの「雪の女王」は、官憲の代わりに宗教的な善悪が、冒頭、鏡のお話として提出される。歪《ゆが》んだもの、間違ったものが、美しく魅力的に見える鏡。カイが雪の女王に惹《ひ》かれ、その胸に抱かれて生きたいと望むことは、それ自体はどれほど善悪の彼岸の出来事に描かれようと、この鏡のエピソードのせいで、これまた、全体は善悪の物語に縁取って提出したものであることがくっきりとする。

だが、安房直子は、構造はどう見ても人さらいの物語であるものから、こうした善悪の相貌《そうぼう》をいっさい捨象して、ただ恐ろしさ、不気味さの物語として私たちにこれらを提出してくる。あるいは、例に見たように、これらを、美しさ、愛らしさの物語としてさえ提出してくる。そしてたったそれだけのことで、物語の推進力として扱われるそうした行いが、すっかり人さらい、あるいは神かくしらしく見えなくなってしまう。いささか、不思議なことだ。

たとえば「野の音」という作品がある。見まごうことなく、あからさまに人さらいの話である。——「文芸展望」(筑摩書房)という、一般誌の創刊号(一九七三年四月)に掲載されたものだが、一人の女の子が、不思議な洋裁店にやってくるところから、話は始まる。私たちは、なにかいわくありげなこの店のようす、店主のおばあさんに、ふっと心を寄せる。というのも、店に訪れた女の子の人なつこさ、率直なキャラクター、そして野の音の聞こえてくるボタンという、視覚と聴覚との好ましい融合のゆえに愛されるアイデア、——これらが、そのボタンの作り手であるおばあさんをも、ちょうどそうしたものと釣り合うものに見せるからだ。

だが、そんなふうに心を寄せたら最後、私たちは、このおばあさんの、大量人さらいという行為を、はっきりとそうだと据えて見る目を、どこかに預けてしまうことになる。妹を捜しに来た青年までが、いっさいの破局としてさらわれてゆくことを、まるで美しいアラベスクを見せられているかのように、ぼんやりと容認させられる。

かき消える少女、かき消える青年。もしこれが、たとえば町じゅうが大騒ぎになって、魔女狩りのような騒ぎに展開すれば、否応なしに善悪は混入し、それによっておばあさんには悪の刻印が押されることだろう。

しかし安房直子の筆は、そうしたことをいっさいしない。したがっておばあさんの人さらいに、悪のニュアンスはない。いな、それどころか、滅ぼされてゆく自然という逆の善悪を、作家は泰山木の精であるおばあさんの側に持ち込んで、むしろおばあさんの人さらいに何分かの理が残るように、配慮を施す。さらった少女たちは、木を繁らせる緑の木の葉となるからである。

人さらいの計算

「たいへん私は惹《ひ》かれて」、と安房直子は、人さらい＝神かくし、のことをさりげなく言っていた。しかし、まず悪を取り除き、つぎに微妙に異なるバリエーションをあくことなく発想し、しかもそれぞれについて複数の作品を、驚くべきことに全く異なる趣を与えて創造し続けてゆく展開を、私たちが俯瞰《ふかん》して、網羅して、目にすると、それは「惹かれて」というあの言い方が普通に示すそれへの関心にとどまらない射程の深さを私たちに感じさせる。

彼女は、人さらいという物語形式そのものに惹かれているのではないかもしれない。何かあるこだわりが身のうちにあって、それが何であるかは名付けられないままに、人さらいという物語の形式が、それを追いかけてゆけば、その名付けられない何かにぶち当たる……、そういう直観が彼女を導いてゆくような動き。そう考えるのがふさわしい、止まらなさと豊かさ。

――この追求のためには、これらが悪であると見えることは、よけいなことなのかもしれない。悪のニュアンスを込めたらば、物語の中で、十分な役割を果たせないのかもしれない。どちらかといえば、人さらいは、むしろ善、むしろ愛らしさにしておくほうが、自分の書きたい物語においては役目を果たす、しかも恐ろしさは十分残る、そんなふうに考えたのかもしれない。

ひょっとしたら、美しさというものは、恐ろしさや暗さとないまぜになった時に、いっそうきわだって、艶《つや》をおびてくるのではないかと思います。（「童話と私」）

「美しさ」、そして「恐ろしさ」「暗さ」についてなら、こんな安房直子の言葉が、エッセーに残されている。また、一般に、自分の創る物語の中で発揮されるさまざまな物語の効果の計算についても、彼女は時たまエッセー上で、こんなふうに告げる。

たとえば、奇想天外な、どんでんがえしを思いついた時。読者が、はっと息をのむその一瞬を、私は、はっきり計算していましたし、（中略）ちょうど、芝居のからくりを、みんな知っていて、舞台のそでで、息をひそめて観客の動きを見ている演出家のように、思えば私は、ずいぶんたっぷりと、読者を意識していたのでした。（「誰のために」）

このような計算を、人さらい物語に当てはめてみる。

それがあることによって、「きわだって」残ることになるのは、そこでもやはり美しさなのだろうか？　愛らしさなのだろうか？

「沼のほとり」のおばあさんは、子どもたちを捕まえて、蛍に変えて、袋に詰める。

ところが、このおばあさんの行為の人さらいらしさは、女の子とおばあさんの交わす言葉の中に紛れて、——そこには奇妙な親しさがあって——、これが子どもたちのおびえる人さらいであることがすっかり見えない。これは、乱舞する蛍の光の美しさのためにだけ奉仕する人さらいなのだろうか？

「霧立峠の千枝」では、故意の乳児すり替えが描かれる。

しかし、それをなすのが、山の精であるがゆえに、人間の子どもがさらわれることの、犯罪性と反倫理性が見えにくい。秋の紅葉の山の美しさのいっそうの引き立てが、乳児のすり替えにこめられた作家の計算なのだろうか？

あるいは、あの「青い花」である。青年が出会ったばかりの幼女をデパートに連れまわす行為は、少女のフェアリーらしさの予感の中で、それが一般社会の中ではどのような行為であるかなど、問題にすらならないように、描かれてしまう。青年のこしらえる傘の見事さは、出会ったばかりの見知らぬ幼女を連れまわすことによって、いっそうくっきりとするのだろうか？

いやいや、それは問いが違う、と人は言うかもしれない。そもそも、彼女は、悪を書いたのではない、人がさらわれようと、乳児がすり替えられようと、それらを悪として書いたのではない、と。——そう言われれば、むろんそれは、そのとおりだろう。彼女は、ただ愛らしい物語を書いた。美しい物語を書いた。そう言われれば、それも、おそらくそのとおりなのだろう。

だが、その美しさ、愛らしさを「きわだたせる」ために、それらと同じ場所に集めてきたコレクションが、どうしても気がかりだ。なぜなら、やはりそれも、間違いなく彼女が書いたものなのだから。

そして、そのすべてが、結局のところきつねが指でつくる窓の中の景色なのであって、ききょうの花畑にたたずんだら最後、私たちは、そこに見せられるものに、ある種の視力を失ってしまうしかないのだとしても、——いや、それだからこそ、このコレクションが、なおのことどうにも気になってならない。なぜなら、普通には悪のニュアンスをどうしても引き連れてきてしまうような、こうした多くのことをきっかけにしなくては、安房直子の見せてくれようとする世界は、何も始まらないのだから。

おそらく、人さらいの系列に属する作品の計算は、もっとずっと違ったことに向かっていたような気がする。だが、こう言ってみるその先を、さらに言葉に乗せてみるためには、彼女の作品の花畑、胸の中に広がる作品の主人公たちの棲《す》んでいた森を、なおも奥へと分け入らなければならないだろう。

目をつぶらせられるものたち

安房直子の花畑にたたずむ私たちが、そこに見ているものをきちんと見ることができなくなる、そういった現象にとらえられてしまうのは、殺戮《さつりく》だけではない、人さらいだけではない。

まるできつねの指が作った窓の中の景色のような、安房直子の270編の作品には、盗み、裏切り、ごまかし、うそ、……。どれほど多くの愛らしいそれらを、私たちは見ることだろう。

たとえば「ふしぎな青いボタン」の愛らしい女の子とうさぎは、二人して忍び込んだ熊の家で、眠っている熊のとっておきの食事を、いきなり楽しく、悪気なくかすめ取るのである。

「月へ行くはしご」の女の子は、月に憧《あこが》れる飼いうさぎをどこへもいかないように閉じこめるのだが、そのさなかに出会った姉妹の父親は、娘たちに美をもたらそうと、月に憧れるうさぎの肉を鍋料理にして食べさせようとする。

「ばらのせっけん」のやさしいおばあさんは、一人の女の子のために、魔法を使って、石けんでできた彫像の赤い唇を盗む。

「日暮れの海の物語」の少女は、海のかめのもとへ嫁ぐ約束を、それが差し迫ると裏切ってかめを滅ぼす。

「オリオン写真館」のさるは、お客さんたちへの失敗をごまかし、逃げて、高い山のてっぺんに安楽の地を見いだす。

「とげ」の少女は、友達の死への自分のかかわりを、それはけっしてはっきりしたものではなかったにしても、ごまかした、という意識から逃れられない。その悩みのある種の愛らしさは、ことの大きさを隠す。

そもそも、作家が自ら処女作と後年認めた「月夜のオルガン」、最初に彼女のファンタジーを特徴づけたその作品の最重要のポイントは、たぬきの兄弟の、人知れずに敢行されなければならない、深夜の建造物無断侵入を抜きにしては語れないものである。

また、ここで目を転じて、物語の中心に語られるものたちに災いをもたらす、いわば敵役の見やすい悪を指摘するなら、たとえば「小さいやさしい右手」の母親が、まものの右手を切り落とすこと、「あまつぶさんとやさしい女の子」の村のおかみさんの意図的なあざむき等々、物語の愛らしい骨格のそこここにちりばめられたこれらの悪の配置は、つねに力強い。

このようにして、作家が書き残したすべての作品を俯瞰《ふかん》してゆけば、何らかの悪の要素(たとえそれが、たとえば遺作である「うぐいす」の少女の突然の雲隠れのように、どれほど悪に見えなくとも)を、少しも含まずに成立している作品を探し出すことのほうが、この作家にあってはいっそうむずかしい。

＊

一九八九年、今にして思えば、この年は、ひたすら書き続けた作家の生涯が終わるまでに、わずかあと四年しか残っていなかったのだが、安房直子は、「わるくちのすきな女の子」という作品を世に出した。

一人の少女の反倫理的なふるまいが、魔法使いの関心を引く。そこが、ファンタジーの入り口になる、という構成。——ありていにいえば、魔法使いのおばあさんが、自分に悪口を浴びせる少女をこらしめるために、彼女を鳥に変えるのである。珍しい作品だ。

むろん安房直子は、鳥になってからの少女が経験してゆく出来事のファンタジーを百二十ページほどに描くのであって、イギリスで活躍するジョーン・エイキンのほぼ同一の趣向の「ことばをひとつ」[*3]同様、この教導的な主題を、それだけ切り離して前面に立てる手法は取るはずもない。

けれど、この作家の作品になじんでいた人々の中には、なぜ、このような現実生活に直接意味を持つ動機を、彼女が作品の入り口に採用したのか、と疑問を呈したものもいたし、また、逆に、よくこうした、いわゆる教導的な素材に参加したと評価する声もあったと聞く。

だが、そうした声は、すべて、彼女がこれからもまだ作品を書き続けてゆくだろうとの、生前の感触の中での声だった。

安房直子の作品を読み始めたとき、作家はすでに他界していたのだったが、私は、はじめそれを知らずにいた。やがて文庫本の略歴でそのことを知り、その結果、ほとんどの作品を、すでに運命の星が決まったものとして読むことになった。そのことを、私は幸運に思う。

『わるくちのすきな女の子』を読みはじめたとたんに訪れた感慨は、このことに多くを負っているはずだ。私は、こう思った。——きっと、彼女は、業を煮やしたのだ、と。……どれほど悪いことした人、してる人のことを書いても、誰も分かってくれない……だから、これを書いた……、と。

もちろん、人はそんなことだけのために、120ページも紙数を費やしたりはしない。またこのころの彼女が、時にはきわめて実用的にモチーフを設定することがあったのも知っている。たとえば「てんぐのくれためんこ」である。彼女は、負け続ける子どものために、これを書いたと、時にははっきりと人に告げる。[*4]そのように、現実に悪口の被害にあう子どものために書いた、と考えるのが、たぶん、普通には妥当なのかもしれない。けれど「緑」のくじゃくの裏側には、作者も手さぐりでしか進めない「銀」のくじゃくが潜んでいる。そのくじゃくの声が聞こえる気がしてならない。

なぜなら『わるくちのすきな女の子』の胸の中には、悪口を言うたびにゴーゴーと黒い炎が燃えるからである。

その女の子は、ひとのわるくちをいうのがすきでした。ひとにいじわるをするのもすきでした。いじわるをするわるくちをいうと、頭の中で、赤い火花が、パチパチと燃えるような気がするのです。女の子の胸の中には、まっ黒いかると、池の氷を、バリッとふんだときのような気もちになるのです。まどがあって、それがときどきゴーゴーと、もえるらしいのでした。

そして、その胸のほら穴に吹きあがる炎は、安房直子自身の心の中に吹いていたあの風、

長いあいだに、私の心の中には、メルヘンの森とでもよびたい、小さい場所ができてしまっていて、(中略)その森は、まっ暗でいつでも、ゴーゴーと風が吹いているのです。(「自作についてのおぼえがき」)

と意識されていた風に、たしかにつながっている。

ワルイコト　スルヒトノコト　ヲ、カクノガ　スキ……、ヒトノ　ワルクチ、カクノガ　スキ……、──キット　イツカ、バチガ　アタル…… こんな誰のものともつかない呟《つぶや》きが、作品のページをたどるあいだじゅう、私の脳裏にまとわりついて、離れなかった。

私には、作家が生きていたときに、まさにその生きることのためにかかわっていたもろもろのつながり、たとえば、児童文学の作家として存在し続けるために努力しなければならなかったこととか、自分を支えてくれる人たちへの考慮とか、そういったものの影は、いっさい届かなかった。彼女を巡る声は、すでに静まっていた。

そのかわり、この作品の書かれていた時期に、そしてその後も、多くの読者たちが、この作家にふさわ

しく、それぞれはバラバラに、けして目立たないところで、数々の安房直子作品の言葉を自分たちの生活の中心に据えようとしはじめていた。彼女が、どのようなかたちであるにせよ、もし悪というものを深部において描き続ける作家でなかったら、これは起こらなかったことではないだろうか？

＊1　「メルヘン童話の世界・作者と語る」（「教科通信」5巻9号　教育出版　一九七八年）
＊2　「クチマネ」（「西日本新聞」一九八三年一月十〜十三日掲載　筑摩文庫版『夢野久作全集1』　一九九二年　所収）
＊3　『ぬすまれた夢』所収　ジョーン・エイキン　井辻朱美訳　くもん出版　一九九二年　この作品も、魔法使いの老婆《ろうば》に悪口を浴びせた少年が、彼女の魔法に縛られて生きる姿を描いたものだが、魔法が解けるまでに彼のなさなければならないことは、言葉についての知恵の発見となる。
＊4　「海賊」追悼号（一九九三）所収のエッセー「めんこ」（島龍子）に、こうしたことを日常の会話の中で語る安房直子の姿が描かれている。

「世界でたったひとつの自分の作品を」（講演　日本女子大学附属中学校　一九九一年／「目白児童文学」30・31合併号　一九九四年）
「童話と私」（一九八九年十一月　日本女子大国語国文学会講演／「国語の授業」110号掲載　一光社　一九九二年）
「誰のために」（「木の花」　創刊号　一九八〇年）
「自作についてのおぼえがき」（「児童文芸」　夏季臨時増刊号　日本児童文芸家協会　一九七六年）

第三章　安房直子のなぞ——書かれていないものの力

指のひし形の窓の中に見えないもの

「安房直子の作品が、『気分の積みかさねによるファンタジー』と言われることがあるのは、どういうことなのでしょうか？　それは具体的に作品の特定の部分をさして、ここ、と言えるものなのでしょうか？」

私の発したこの問いに、中国児童文学研究者の河野孝之は、驚くほど正確な答で応じてくれた。安房直子について語ることになっていたある会合の席[*1]でのことだった。私たちの手元には「青い花」があった。

――「ほら、ここに『白いテーブル』とあるでしょう。（かさ屋の青年が少女と座ったデパートの屋上のテーブルのことだ。）これは、なぜ、白なんです？　ここは、普通にデパートの屋上にあるテーブルで用が足りるのだから、ただテーブルと書いて、何の問題もないのに。飲み物の色と、買った布の色と、……要するに物語の展開には、白である理由がない。それから、彼らが買ったかさの布地の値段、『三倍』とあるけれど、何の三倍なのか、その元の値段なしに、いきなりこまかな三という数字が示されること。気分の積みかさね、というのはこういうことです。」

前章で、私は、安房直子の作品のそこここにはめ込まれている、見えにくい悪を扱った。けれど、あの悪の見えにくさは、問題をそのことに絞るより、逆にもっと広げて、右の河野孝之の指摘するような、悪ではない物事にすらつきまとう、安房直子の書かなかったものの一領域として考えるのが、ふさわしいことと思われる。彼女は、悪らしく見えるようには、書かなかった。彼女は、「白」が積極的に必然であるようには書かなかった。彼女は、「三倍」が、どこから訪れた表現なのか、を有無を言わさぬかたちに表そうとはしなかった。そしてそれが、たしかに安房直子の作品を彼女のものにする。

書かれてしかるべきものが書かれていない、と安房直子の作品を取り上げて、初めて指摘したのは斉藤惇夫である。それは単行本『銀のくじゃく――童話集』(筑摩書房　一九七五年)についての書評だった。

作者は最後まで、広々とした輝く国のことも、くじゃくの王国のことも語ろうとしない。実体がないのだ。『熊《くま》の火』でも、火口の中にある楽園について作者は言及しない。『青い糸』も、変身する鳥の世界が表現されていない。『火影の夢』にしても、実は老人の思い出す青春の実体がない。つまり、常に入り口まで描いて作者は創作を放棄しているのだ。それを描くことにより、はじめて作品が作品となる要が、ぬけおちているのだ。それぞれの短編がある形式をもって精妙につくられていればいるだけ、虚《むな》しさが残るのである。(中略)最後には、気分のみが雰囲気だけが、かすかに感じとられるだけになりかねない。[*2]

彼は、そう指摘しておいて、この理由を最終的には次のように結ぶ。

おそらく、これは作者が描こうとしている世界の質によるものだと思える。愛・老人・青春・別れ・あこがれ・夢……などという相手は、ひょっとしたら作者が考えている以上に一筋縄ではいかぬ、したたかなものであるらしいからだ。そしてしたたかなものを料理するには、作者もしたたかなものに成熟する必要がありそうだ……

斉藤惇夫が、一九七六年の段階で、このように表現することしかできなかった安房直子の特徴、その書かなかったものたち。――しかし、少なくとも斉藤惇夫は、書かれるべきなのに書かれていないというその安房直子をめぐる出来事が、何らかのかたちで時間にかかわるものであることだけは直観していた。というのも、彼が結論として持ち出してきた概念「成熟する」とは、すなわち時間を生きる問題だからである。

そして、この文章を書いてから十七年がたって、彼自身もまたそれだけの時間を生きてきた斉藤惇夫は、安房直子の死に寄せて、「海賊」の彼女の追悼号（一九九三年）にこんな文章を載せた。それはまず、右に引いた自身の過去の文を引用することから始められ、そこから唐突に生前の安房直子との短い会話の記憶に話を飛ばすのだ。そこに「時間」がぬっと顔を出す。

「まず一枚の絵が見えてくるの。それを言葉に写しかえたいのよ。」と、初めてお宅に伺った時の彼女が言い、即座に「絵では時間が表現できないでしょう」と悪態をつくと、一瞬うろたえを見せながらも、「沢山の風景画、いろんな時代の絵……」、彼女は美しく微笑《ほほえ》みながら切り返しました。彼女が二十代の終わりの頃《ころ》のことです。そう。あれから彼女は実に沢山の絵を見せてくれました。（中略）そして、確かにそれぞれの絵は成熟しはじめ、物語としての体裁も整っていったのです。けれどもやはり、私は、どうしても書評に記した思いを払拭《ふっしょく》できずにいました。なんだかすべての作品が、結局絵と時間の問題に収斂《しゅうれん》していくように思え、彼女の方法では今が、時間がとらえきれないのではないかと思ったのです。
（「見せていただいた絵」）

この後に続く斉藤惇夫の文章は美しい。高度成長期という時代の困難を語り、人々がいかに時間を喪失して生きていたかを語り、その中で、安房直子が一人、自分にはそれしかできない一枚の絵という技法で、同時代のほかの誰よりも時間をとらえていたのかもしれない、という感慨を披瀝《ひれき》する。

（彼女が）六十歳をこえたら、今まで描いた絵がすべて瀟洒《しょうしゃ》な美術館に集められ、それぞれがしかるべき位置に陳列され、そこで初めて、ああ、実は彼女の一枚一枚の絵が、見事な時間を表現していたのだと納得できるようになるのかもしれない、……（「見せていただいた絵」）

彼は、彼女の死を迎える数年前から、この感慨に見舞われるようになっていたという。つぎつぎに生み出されてゆく彼女の作品を眺めるという行為が、斉藤惇夫の心の中に、未来にのびてゆく時間を感じさせているこの感慨。重要なことは、氏の指摘したある種の欠落は、そのまま残されつつ、であったということだ。ここには、おそらく密接なものがある。書かれるべきことが書かれていないということと、そこに安房直子の時間が発生するということと。——安房直子の一つの謎《なぞ》が、たしかに、ここにひそんでいる。しかもそれは未来への時間を予感させる力すら備えている。私がこの章でたどってみたいのは、まさにそのことだ。そしてその時間が、少なくとも何人かの人々を生きる方に向かわせたという不思議についてである。

時間の発生

書かれていないものたちから、どのようにして時間が生まれてくるのか？　実際に彼女が書き残した作品の中をたどりながら、その現場に立ち会うことは心地よい。

このことに最もふさわしい作品は、やはり「きつねの窓」である。

かつて、山元隆春が、実にていねいな姿勢で、詳細に、この安房直子作品における作品と時間というものとの関係を論じたことがある。[*3]

彼は、まず雑誌「児童文芸」に掲載された座談会「わたしの中の妖精《ようせい》」[*4]から、彼女の発言「戻っていくような感じ」という言い方を引く。彼女にとって妖精を書くとは、そういう感じなのだという言葉。それから次に、彼女自身が「銀のくじゃく」を語ったエッセー[*5]から、「憧《あこが》れること」と「滅びること」という言葉を持ってくる。そして安房直子の作品の多くに存在する懐かしさ（山元隆春にとってそれは、論じることに先立つ所与のものである）の感触を、この三つの言葉の母胎である安房直子の方法意識から来るものだとし、なおそれは、一つの作品の主題ともなる、と前置きして、「きつねの窓」に向かう。

子ぎつねが、そして、青年が、彼らの指の形作るひし形の中に見出すものは、みな彼らにとって懐かしいものたちだ。かつてあったものが今は失われている、それが懐かしいということであり、それゆえに憧れだけが、彼らに失われたものたちへの道を開く。

こんなふうに、前置きを生かした論法で話を進めたのち、彼は私たちを次の文章に導いてゆく。

「ぼく」の眼にまず映るのは、「こまかい、霧雨」であり、その奥の方に彼にとって懐かしいものである「庭」が見えている。その次ぎに「古いえんがわ」、その下に「子どもの長ぐつ」がたしかに見えている。が、彼の眼の前に姿を現しはしない。おそらく、彼にとってもっとも懐かしい「母」や「妹」の姿は、「家の中」の奥深く隠されたまま、彼の眼には触れないでいる。このような〈風景〉は、二度と甦《よみがえ》らない「母」「妹」や子供のころの彼の姿が、自らの手にはけっしてもう手に入らないということを、ことさらに彼自身に意識させるものである。彼が漏らす「大きなため息」はそのことを物語っている。

眼の前に見えながら、そこに見えているものにけっしてそれ以上近付けないという状況は、人をいっそういらだたせる。「きつね」の与えてくれた窓が哀《かな》しいのは、そこに映し出される〈風景〉が、見る者にとって懐かしいものでありながら、その中にけっして彼が入っていくことはできないからである。

指の窓の中の、眼に見えているものたち、と見えていないものたち。たとえ見えていても、けして手に触れることはできないものたち。——山元論文は、まず見えてはいても手に触れることのできないものの書かれ方が、どのような語法で語られているかを解きほぐす。

そして安房直子作品がしばしば備える時間の感じ、すなわち「戻っていくような感じ」は、ここでは青年の指の中に見えてくるこれらのものたちが、「時間の遠近法」によって表現されていることで実現されている、と論を進める。

「時間の遠近法」とは、青年が指の窓に見る少女の姿や、以前に住んでいた家を語るときの、安房直子の時制の語法の使い分けのことだ。その技法によってこれらの像たちはけして平板には描かれず、読む者は時間の中を揺り戻されるような感じを覚えることになる。「戻っていくような感じ」と、どうしても到達できない感じとが、「時間の遠近法」によってそこに出現する、と指摘する論の運びの全体の構造は、正確この上もない。

だが、この「時間の遠近法」論が、こうして青年が見たものについて、そこに生じた時間感覚を解き明かしてゆく、まさにその瞬間に、作品「きつねの窓」は、青年が見なかったものに関して、論者を、きわめて安房直子的な一つの渦の中に落ち込ませているように思われる。論者は、光景を描く安房直子の言葉たちの中に潜んでいる一つの大きな差を、まるでそれが存在していないかのように、扱わざるをえないからだ。

「長ぐつ」、「えんがわ」、あるいは一つ前に描かれるエピソードの少女の「ほくろ」、つまりは見えたものたちが、まずそこにある。それから、「母」「妹」「ぼく」という見えなかったものがある。

私たちの誰もが、この両者には、たいした違いはないと受け取って、ここを通過してゆくだろう。だが(というべきか?)、そして(というべきか?)、まさにそうやって通過せざるをえないということが何よりも安房直子的なるものにほかならない。見るべきものを、見過ごせ、ということが。見過ごしていいよ、という感じに、あえて書くと言うことが。

とはいえ、母が、そして妹が、「長ぐつ」ほどにも姿を見せないというそのことに、実は何一つ当たり前のことは含まれない。通常の懐かしさ、つまり思いは帰ってゆくが、けして手は届かないということの順当さは、指の窓の中にちゃんと母を見る子ぎつねにしかない。

だから、若かったころの斉藤惇夫の言い方にならって、人はこう言いたくなるかもしれない。子ぎつねが母ぎつねを見るように、青年も母を見るべきだ、この物語が物語になるその肝心の母の像が、ここには書かれていない、と。

だが、もし彼女が、単に筆先の気まぐれな技術で、ささっとそれを書いていたら、「きつねの窓」は、

「きつねの窓」になってはいなかった。たぶん、そうだった。

では、なぜ書かなかったのだろうか？

答は、おそらく、一つだと思われる。

懐かしい、と思える母も妹も、そして懐かしいと思えるような交流が母や妹とあった自分も、おそらく青年には、はなから失われていた、という安房直子の側の、もしかすると無意識裡《り》のイメージ。懐かしくそれらを思い出すということの出発であるはずの母、妹の実体感が、この青年には欠けて落ちているよ、という光景を、それは見過ごしてくれていいから、という筆遣いで書きたくなってしまう心。

「長ぐつ」と「えんがわ」で、それから部屋にともる「電気」の明るさとラジオの声で、さらには自分たちの笑い声で、青年の時間をたどる運動は止まる。たぶんそれ以上のものをかつて見たことがないからだ。

――声は聞こえる。だが、見たことはないからだ。いったい、それは、何が欠けていたことになるのか？

あるいは、何があったことになるのか？

わからない。――安房直子は、ともかくも、その部分をこう書いた。


こんどは、窓の中に、雨がふっています。こまかい、霧雨が音もなく。

そして、そのおくに、ぼんやりと、なつかしい庭が見えてきました。庭に面して、古いえんがわがあります。その下に、子供の長ぐつが、ほうりだされて、雨にぬれています。

(あれは、ぼくのだ)

ぼくは、とっさにそう思いました。すると、胸がドキドキしてきました。ぼくの母が、いまにも、長ぐつを片づけにでてくるのじゃないかと思ったからです。かっぽう着をきて、白いてぬぐいをかぶって。

「まあ、だめじゃないの、だしっぱなしで」

そんな声まできこえてきそうです。庭には、母のつくっている小さい菜園があって、青じそがひとかたまり、やっぱり雨にぬれています。ああ、あの葉をつみに、母は、庭にでてこないのでしょうか……。

(「きつねの窓」)


母の動きを予期する心の、透明な距離感。かるい恐れ。かるい罪。

こんなことは、普通のことだ。誰にだってあるじゃないか、——と、あるいは人は、そういうかもしれない。だが、そこで筆がとまる、ということも当たり前のことなのだろうか?

——彼女が書いたこんなエッセーがある。「私のふしぎなものたち」と題されたもので、あかね文庫の『ハンカチの上の花畑』(あかね書房　一九八八年)の巻末に載せられている。


私はいつも、魔女や妖精《ようせい》や、鬼や山んばにあこがれていました。山の道を歩けば、木の幹の中にひとりずつ木の精が住んでいるような気がしましたし、道を曲がれば、そこに、ものをしゃべるきつねが、ひょこっと立って、私を待っているようにも思われました。

こういう感じは、おとなになった今でも同じです。

けれども、ほんとうのところ、私は、きょうまで一度も、(まったくただの一度も)そういうふしぎなものたちを、ちゃんと見たことがありません。風が、だれの目にも見えないように、また、日の光をだれも手にとることができないように、あの人たちは、もうすこしのところで、するりと、にげてしまうらしいのでした。

この、「いるようでいないものたち」、あるいは、「いないようでいるものたち」のことばかり考えていますと、へんにもどかしくなります。たしかにいるのに、どうして、さわれないのでしょう。どうして、その声を聞くことができないのでしょう。いいえ、ときには、声だけ聞こえて、どうして姿が見えないのでしょうか……。

この最後の部分と、「きつねの窓」の青年の「母」、そして「妹」に向けられた感慨は、人の心の形態として同一だ。

しかし、この部分に関して、私たちが今ただちに言えることは、さほど多くはない。たぶん、次のことだけ。

それは「……」の部分に込められた時間感覚、何かが今にも起こりそうだという時間感覚。もしそれが起こりさえすれば、懐かしさだって手にはいるはずの、何か。――だが当面それがない以上、この予感にとどまる瞬間を、充実する到達感なしに見守る時間。未来をそれで満たす時間。それが、ここにあるということ。そしてそれは、「きつねの窓」という作品全体が、読むものたちにまで投げかけてくる未来の時間なのだということ。

山元隆春は、同じ論のセクション三、「内面の遠近法――『窓』を覗《のぞ》く行為の意味――」において、次のように記した。

彼女の物語の主人公は、その物語の時間の中で、他ならぬ〈自分〉に出会うのである。〈懐かしさ〉とは、無意識の裡《うち》にひそむもうひとりの〈自分〉に出会った時に私たちの〈内〉でわきおこってくる情念である。たとえ、異物と出会ったばあいでも、その中に〈自分〉とかぎりなく似通う要素を見出した時、私たちは〈懐かしさ〉に襲われ、そこに「戻っていくような感じ」を覚えるのである。

この正確な言い方を援用させてもらえれば、「きつねの窓」の青年が出会うもう一人の〈自分〉とは、「母」にも「妹」にも、――そしてここがむずかしい思考を誘う点なのだが、この二人に出会えない以上、結局は自己自身にすらも出会えない……、そういう自己の姿だ。

青年に起こったこうした事態の構造は、気がついてみたらすでに疾走する不安な車輌《しゃりょう》の中にいた、といったようなものと考えてもいいのかもしれない。その感じが強いから、それならと、この疾走の最初を見ようとすれば、方向だけは間違いなく与えられるのに、そこに見るべきものはついに現れず、あと少し、あともう少ししたら、それが見えるかもしれないという純粋な予感の中にたたずむ以外、彼にはなすべきことが何もない。

――それならば、ない、ということを、指が作る窓の中の一枚の絵にしたら、何がないかが、すかし絵のように見えてくるかもしれない、……そしてそこに、これまで生きた時間と、これから生きる時間が、たぶん発生する……。

＊

なによりもまず「一枚の絵」を描こうとする、と自身が語る彼女の作品は、このようにして生まれた時間とともにあるものだったと推測される。

すりこぎは、ままごとのさんしょの木

たとえば「さんしょっ子」を、開いてみる。そこに「一枚の絵」を見つけてみる。
私たちは、その中に、今しがた見てきたような時間が、流れているのを見るだろうか?

＊

「きつねの窓」の青年は、指を染めてくれた子ぎつねの真似をして、過去を振り返る。

さんしょの木の精、さんしょっ子は、いつもすずなの真似をして、私たちの前に現れる。すずなと三太郎のままごとのあとに姿を見せて、ほうれんそうの赤い根っこを刻んでいる。さんしょの木の枝に座って、すずなのお手玉を見つめている。小豆を詰めたお手玉の袋が、ぽーんと高く上がってくれれば、彼女はそれをこっそりかすめ取る。

真似をするためには、人は見つめなければならない。——ことの出発は、すずなと三太郎を見つめるさんしょっ子、しかありえまい。そこには一枚の絵が、たしかにある。

あるいはその絵は、さんしょの木の下で余念なく遊ぶすずなと三太郎を、かすみのようにつつむ緑色のもやだったのかもしれない。さんしょの木の精さんしょっ子、にたとえ姿がなくとも、絵の構図は完成する。絵を絵にする視界は同じことだ。誰かが誰かを見つめている、その全体を私たちが見る、という構図。

しかし、「きつねの窓」とは違って、ここから始まる時間、ここから流れ出す時間は、そのまま懐かしさをかぎ当てる時間とはならない。さんしょっ子は、いかなる意味においても広義のふるさとを、二人に見ているのではないだろうからだ。

では、三太郎とすずなを見ることは、いったい何を見ていることになるのか？

——安房直子の筆は、いつも具体的だ。ほうれん草の根を刻む。お手玉をする。同じ唄を歌う。

そして、そのとき、もし山元隆春の論理のように、さんしょっ子がここで自己自身に出会っているとするならば、そのときの自己自身とは、三太郎を身近に欠いたすずなとしての自己にほかならない。真似れば、真似るほど、そのことがつのる。

三太郎は、彼女を見ない。すずなを見るようには見ない。ただ、すずなの声を聞くように、彼女の声を聞く。……だが、すずなの声を聞くように、彼がさんしょっ子の声を聞くときには、彼に哀《かな》しい怒りが訪れる。


「だれだい、すずなの声でよぶのは。あの子はもう、遠くへいってしまったんだよ」


三太郎が、それでも戸を開けて、彼女を見ようとしたときには、育ちすぎた彼女の体は、透きとおった緑のもやになっている。彼女の追うものは、彼女に欠けているもの、というだけでなく、彼女自身が、もとより一つの大きな欠落に向かうものであることが、もしかすると彼女に展開する時間の源であるのかもしれない。

そしてさんしょっ子の声が、すずなに似ていることは、

「あたいは、自分の声でよんだのに。すずなのまねなんかしていないのに」

自己自身が欠落に向かうもの、自己自身が欠落そのもの、そういう存在にとっては、誰かを見つめると

いうことは、その見つめる対象に無意識に自己同一をもとめる動きになるという悲しさの故であることを、おそらく作者は気づいている。

＊

初めから自己の中の失われたものを見つめることが、生きることであり、遊ぶことだったさんしょっ子は、それゆえに、すずなや三太郎の失うものに敏感だ。彼らが自分の目で確かめるそれぞれの喪失の悲しみは、さんしょっ子にはもとより親しいものだ。

さんしょっ子の姿が誰の目にも見えなくなるとき、彼女は彼らの喪失のすき間を埋める。——いやいや、そうは書いてない。だが、すりこぎに姿を変えたさんしょが三太郎の手に残るとき、私たちは、そう受け取る。いつの日にか、このすりこぎは、三太郎にとってだけでなく、すずなにも、時間を取り戻させたり、先へ、未来へと彼女の時間をつなぐものになるはずだ、と。

仙台地方の子どもらの間でお手玉唄として歌い継がれてきたあの「ひとりでさびし　ふたりでまいりましょう」の唄の響きが、このとき彼らの心のふるさととともなり、また生きる時間を支える伴侶《はんりょ》ともなる。この一編の最後のセンテンスの大切さが、そう私たちに告げてくる。

すりばちの底から生まれるそのやさしいわらべ歌は、風にのっていってしまったさんしょっ子の、遠い歌声なのかもしれません。

たしかに、さんしょっ子の感情は、人の寂しさを埋めることにしか、自分の行為を呼び覚まさない。それは、ごく普通の意味ではやさしさかもしれないが、欠落だけを見つめ続けて生きてくれば、それが必然、それだけが得意とならざるをえない、という点においては、やさしさではない。

懐かしさや、自己の欠落に向かう流れの、一こま一こまは、もちろん行為で満たされる。安房直子の描く主人公たちの行為には、一つのほぼ共通した特徴がある。

たとえばそれは、さんしょっ子のあのすばやい決断、そしてためらいのない、すばやいふるまいである。三太郎の窮状を見たときの彼女の判断は適切だ。すずなの記憶にまつわる布に包まれた小豆。それを彼女は、三太郎にためらわず、届けてしまう。不思議な小豆で、それは、

つかっても、つかってもなくならないのでした。


さんしょっ子のこのような判断、このような彼女のふるまいを、少し深読みぎみに整理してみると、そこに、ちょっとかわった像が結ばれてくる。

たとえば彼女が、すずなのお父さんに姿を見せたとき、それは、さんしょの木を切らないでほしいというすずなを、お父さんが疑わないようにしてあげるためだった、と受け取ってもいいはずだ。可能な深読み——。

また、彼女が三太郎の茶店に姿を見せる決断は、彼女の声を三太郎の母に認知させるためだったのかもしれない。むろん結果としてなのだけれど。そしてそれが、母親に、お手玉の小豆を使うことをためらわせない布石となる。すずなに似ているということが——。

だが最も特筆すべきは、彼女が、すずなのお手玉をかすめ取るせつなの、その決断と、迷いのなさ、俊敏さ。もちろんそれは、本文には書かれていないが、深読みぎみに想像してみると、彼女は行為を、その場限りに消費してしまわないものしか、選んでいないことがわかる。さんしょっ子の行為は、あっけないほど迅速《じんそく》だが、あっけないほど未来を生む。そして安房直子は、このような迅速な判断と、迷わない行為とを、彼女の作品の多くの主人公たちに分け与える。時間を生む源として。

*

一九八八年、「うさぎ屋のひみつ」。

怠け者の奥さんが、うさぎから宅配で夕食を届けてもらうこの話には、ことのほか、右に記した主人公の迅速な判断と行動とが、顕著だ。おいしい料理と引き替えに、それを届けてくれるうさぎに、奥さんは、彼女にとってお金には換えられない大切なアクセサリーを、次々に渡していかなくてはならなかった。ある日、夫にことがバレて、すると夫は、即座に彼女に全面的な協力を開始する。——ここが、一番目の迅速な判断、そしてふるまい。

だが一編のハイライトは、配達に出かけたうさぎの調理場に、音のしない履き物を履いて忍び込んだ奥さんの、瞬時の判断と続く行為とにある。彼女は、アクセサリー類を取り戻しにそこを訪れたのではなかったか？　しかし、うさぎのこしらえた不思議なスパイス、すなわちうさぎ屋のひみつを、一挙に握った彼女は、この偵察行為の中で、一瞬にして心を決める。あれを、全部、かっさらおう！　そして翌日、彼女はためらわず敢行し、ことごとくかっぱらうことに成功する。急いで家に戻る。すると夫は引っ越しの支度をすでに済ませていて、うさぎ屋の調理場から戻ってきた妻と二人、うさぎの目からまんまと行方をくらます。

——なにかが、間違いなく自分たちの未来を紡ぎ出す時間の源だと思えるとき、安房直子の主人公たちが示す、この迅速《じんそく》。奥さんには、大きく欠けているものがやはりあって、それはひと言で言えば、毎日の日常を生み出す根元としての生活時間感覚だったと言えるわけだが、そこが満ちるとなったら、どうにもさからえないこの素早さ。

＊

しかし、私が追ってみたいほんとうの謎《なぞ》は、このような迅速な判断とためらいのなさとの伝播《でんぱ》だ。——いったいどうしてそれが、作品から外へにじみ出るようにして、読み手の心の中にまで広がってゆくのだろうか？　安房直子は、不思議だ。

『茱萸《ぐみ》と荒海』[*6]『さようなら　少年の夢』[*7]などのエッセイスト武田秀夫が、私たちに、この安房直子という時間、の不思議さを十分に伝えてくるエピソードの持ち主だった。

二〇〇三年四月六日、青梅市の多摩川上流の河原の花盛りの下で、彼の著書『私塾霞《かすみ》国語教室』と『セイレーンの誘惑　漱石と賢治』[*8]を携えて私は彼に会った。およそ過酷な現実味には乏しいはずの安房直子作品が、この世を現実に生きる一人の人に、きわめて現実的な行動を選ばせた不思議が、その2冊にこの上もなく生き生きと語られているからだった。

『セイレーンの誘惑　漱石と賢治』の第Ⅴ章「大きな手」は、章題ページの見返しに「夕日の国」からの一行が引かれている。

「百よ。もうおしまいよ」
安房直子『夕日の国』

そして、次のページ、第一行目は、こう書き出される。

『ちくま』（一九九三年三月号）を読んでいたら、「追悼安房直子」という文字が目に飛び込んできた。あっと思って見ると、大河原宣明という六十三歳の人が「読者のひろば」に書いている。

ああ、安房さんが亡くなられたか、まだそれほどの年ではないはずなのにと胸をつかれた。思いがけないことだった。が、つづいてすぐに、なるほどなあ、安房さんが亡くなられたか、なるほどなあと、不思議な納得の仕方がやってきた。不謹慎な話だが、安房さんに亡くなられてみると、それがいかにも自然なことのように思われてくるから不思議だ。安房さんの作品の底にたたえられていた〈死への親和〉とでもいったものにいつのまにか読者として馴染《なじ》んでしまったために、そうしたことが起きたのだろうか。

安房直子という童話作家を私は作品を通じて知っているだけで、一面識もない。一度だけ手紙を差し上げ、返事をいただいたことがあるだけである。

（中略）

当時私は『霞《かすみ》通信』と題したエッセイを雑誌に連載していて、その何回目かの通信に、安房さんの『きつねの窓』『夕日の国』『しろいあしあと』といった作品を塾の子どもたちと読んだ体験を書いていた。「すすきの穂の打擲《ちょうちゃく》」と題したその文章において、私は、すすきの穂で軽く足をたたかれるだけで、野ねずみの巣にも入れるぐらいにその身を小さくつつましくすることのできる少女の〈美しい能力〉といったことについて書いた。それを私としてはめずらしく著者の安房さんに、おかげでこんなものを書かせていただきましたとお送りしていたのだった。

武田秀夫が、そのような便りを安房直子に宛てて書かずにはいられなかったのには、わけがある。一九三九年生まれの彼は、一九八二年、四十三歳にして二十一年間の教師生活を辞したところだった。やめるに至った心のことは、そこに揺らぐ迷いも含めて、彼には納得のゆくものだった。

さて、この先、どうやって生きてゆこう?

彼をとらえていたのは、そのときを生きている自分とそれを眺めている自分とがちょうど半分半分の割合で身のうちを満たす、そんな希有《けう》な状態で日々を送らなければならないという不思議だった。たったそれだけのことが彼から生きている重力を奪い、かわりに視界だけが異様に鮮明となっていた。それはたしかに、教職を辞めるときに、これからそうなるのだと想像していた状態に近かったが、その眺めには、これまた予期していたとおり、未来をたぐりよせる方途がほぼ完全に失われていた。

ぼんやりと彼の頭に浮かんでいたのは、子どものための〈国語の塾〉。しかし少しでも塾についてリアリティのある人なら、この企てがほとんど無謀であることは想像がつくだろう。武田秀夫にしても、それは同じことだったと思われる。まさか教科書に出ている作品を指導要領よろしく分解して解説するなどということは、右のような文章を記すことがそのまま生きることである彼の頭に、兆すはずがない。さらに、たとえそれをしたところで、それだけのために入塾を望む親たちが、この世にいるとは思えない。

武田秀夫が、ぼんやりとした〈国語の塾〉という思いを自分の中で育てるためにやったことは、――そう、ここからは、彼の言葉で語ってもらうのがふさわしい。「安房直子さんの青い手紙」という題を持つ「日本児童文学」一九九三年十月号所載のエッセーだ。

まったくのことに、安房さんの『きつねの窓』に出会わなかったとしたら、童話や物語を三、四人の子どもたちと読みながらの塾という、現在に続くプリミティブな仕事のイメージを、私は自分のものにすることができていたか、どうか。

教師をやめたあと、どうやってメシを食っていこうかとつおいつしつつ、やっぱり塾でもやるしかないかと考え、〈国語を中心とした塾〉とまでは考えがいったものの、さてその先どんな内容をとなると、小学生を相手にしたことのない私は見当もつかなかった。

とにかくまずはモノにあたることだと思いさだめ、私はサンダルばきで地域の市民センターの図書室に出かけて子どもの本を片はしから読み出した。と、ほどもなく、童話集『風と木の歌』を私は手にし、その中の「きつねの窓」にすっかり心をとらえられてしまったのである。

ああ、こういう作品を子どもたちと読んでいきたかったんだ、おれは。これならやれる。

天啓のように、私の心の中で、これからつくっていく教室のなかみがくっきりとその瞬間に形を成した。すぐに私は家にもどり、ビラを手作りし、横なぐりの雨が降る中、小学校五年生の下の娘に手伝ってもらって家の前の団地にそのビラを入れたのである。

このビラ配りは、ほとんどおびえながら、罪の気分さえ持ちながらだった、と彼は私に語ってくれた。花の下の河原は寒く、私たちは場所を暖かい屋根と壁のあるところ、酒と料理の出てくる店に移していた。彼の多くの友人が同席していた。——一九八二年六月十九日の夜の雨は激しく、彼は半分ほど配ったところでお嬢さんと家に帰り、残りは翌朝、独りで団地のポストに入れて回った。

このとき、もし誰かが近づいてきて、あんた、何してる？　こんなもの、入れるなよ！　とでも言われたら、彼はどうなっていただろうか？　自分の行動に、完全な自信を得ることのできるような類の行為では、たしかにそれはない。その場で呆然《ぼうぜん》と立ちつくし、頭が真っ白になって、動けなくなってしまったかもしれない……。

けれど、そうはならなかった。そして、少しずつ、少しずつ、賛同してくれる親たちからの電話がかかってくる。いな、最初の電話は、私にも教えてくれるか？　と問う小さな子どものいる母親からだった……。——子どもたちと安房直子を読む。ただ声に出して、それを読む。武田秀夫は、以後この塾をたたむまで、四月の塾の新学期は、ずっと安房直子から入っていくことを続けたと語ってくれた。

あの、瞬間のひらめきが、そうなったのだ。あの、「きつねの窓」を読んだとたんの迅速《じんそく》な判断、決断、間髪を入れずにそれを移した行動。さらには、ビラ配りという本来の自分の感性に逆らってまでの、しかし着実で、単純な第一歩の行為。そして、それが、どこまでも、彼の時間を前へ、前へとのばしてゆく。

安房直子の時間は、やはり不思議だ。それは必ず身のまわり、それも手を伸ばせばすぐそこにある近さから始まる。それは驚くほど単純で、それでいて確実で、どこかあっけなさにとまどうばかりの日々を、生きているものに手渡してくる。

おそらく、武田秀夫の胸の中には、彼女の作品を子どもたちと読んでいると、ほかの何を読むとき以上に、自分が教師をやめたわけも、この塾でやりたいことも、また今自分が何をやって生きているのかも、ことごとく手元に握っている感触がきざしたのだろうと想像される。彼の塾では、文字通り、順番に音読するだけなのだが。それ以外は、ほんとうに、何もしないのだが。

けれど、たったそれだけで、どこまでもこれをたどっていけばいい、という希有《けう》な信頼がそこに確かに生まれるのだ。

いったいどうしてなのだろう？

もちろん武田秀夫の文章の中に、はっきりした答はない。ただ彼の記すこんな文章が手元にあるばかりだ。

二十年にわたる教師生活を捨てたあとの私には、現実が少し遠のいて見え、しかも輪郭だけはかえって鮮明さを増すという、いわば〈現実に酷似していながら現実以上に明瞭な夢〉とでもいうべきものを見ているような、不思議な心的状況にあった。そしてまた教師廃業後の私は一種の恍惚感《こうこつ》にまつわられながら日を過ごしていたが、考えてみれば、それも、〈痛みをともなわないゆるやかな死〉とでもいうべきものと近接したところから生ずる恍惚感だったのかもしれず、おれはずいぶんあやういところに実はいたのかもしれないなあとこのごろ思っているのだが、安房直子の作品はそうした心的状況にある人間の心にもっとも強い共鳴を誘うなにかを備えているように思われてしかたない。(『セイレーンの誘惑　漱石と賢治』)

そしてその数ページあとに、〈痛みをともなわないゆるやかな死〉は、こう展開する。

安房さんは、小さな風船がいくつかあれば、それで十分にひとは空に浮かぶことができ、異界へ赴くことさえできるんだよと、そんなことを静かに私たちにささやきつづけてくださったような気がする。

この部分を読むと、異口同音に安房直子について語ってくれた、二人の人の声が私の耳を去来する。一人の人の声は〈それは、やさしさ〉、ときっぱり、もう一人の人は〈安房さん、やさしいから〉と。

女優秋元紀子と朗読家川島昭恵。

中京地区を中心に舞台で活躍していた女優秋元紀子の場合も、安房直子の時間は迅速《じんそく》だった。夫に新しい仕事の展開が始まって、それならと彼女もいっしょに名古屋を離れ、再び、かつてそこで演劇を目指して生きていた東京圏内に居を定める。二人の子どもたちは、しかし、まだ幼かった。まだ危うかった。舞台の仕事は、話が来ても、断らざるをえない。すると、こわさにとりつかれる。世界を見渡すまなざしは、どれほど女優の意識で貫かれていても、舞台に身体をさらさなければ、その意識とのバランスが危うくなる。女優秋元紀子は、どのようにして女優で居続けることが、可能なのだろうか？　まだ危うい子どもたちと、どのようにして生きてゆけばよいのか？

ある日、彼女が居合わせたのは、たった一人の演劇とも呼べる朗読の場。一人の語り手が、一つの物語を生き生きと語ってゆく現場だった。その夜、彼女が聞いたのは、朗読家古屋和子の「きつねの窓」。――そして、ここからの素早さは、（私は、何度かそのいきさつを、眼の前でじかに話してもらう機会に恵まれたのだが、いつ聞いてもそれは、すがすがしい驚きだ）、まるで安房直子作品の主人公たちのようだ。彼女は、すぐに図書館に向かう。武田秀夫同様に住まう地域の、近在のそれ。次には、少し離れた、けれどやはり地域のそれ。そして、あっという間に、安房直子のほとんどの刊行本の本文を手に入れてしまう。これを、読むんだ、声に出して、人の前で。だって、それが自分にできる、自分のやってみたい、自分のこの世での役割だから。……　たった一夜に訪れたこの確信は、不思議なほどたしかな足取りで、その年も次の年も、彼女を、彼女の今という時間の中でバランスよく劇的なるものの中に位置させて、日々の時間を紡いだ。そして現在、彼女はほぼ月に二回のペースで、どこかの土地で、安房直子作品を人々の耳に届けて生きている。

その彼女に、私は問いのむちゃを承知で、なぜ安房直子なのですか？　と聞いてみた。すると驚くほどのはっきりした答が、彼女の口から飛び出した。

〈それは、やさしさ〉。

やさしさとは、そんなにも瞬時に、未来への信頼にたる時間を生んでしまうのだろうか。

また、もう一人の朗読家、川島昭恵。彼女も公演の演目に必ず安房直子作品を含めて読み続ける。

どうして安房作品を、と問う私の問いかけに、「出会っちゃったから」、と明るく笑いながらひと言そういった彼女の場合は、迅速《じんそく》さのエピソードにかわって、あっけらかんと信頼してしまうたしかさがあふれてくる。それが彼女に時間を紡ぎ出すたしかさである。

彼女が安房作品に初めてふれたのは、中学生のときで、そのころ個人的に訪ねて童話を学んでいた作家・児童文学者のきどのりこから『ハンカチの上の花畑』をプレゼントされて、だった。数年の後、小学一年から通っていた筑波大学附属盲学校の高校三年のとき、彼女は自由研究の課題に朗読を選んだ。中学生のころから、機会のあるごとに童話を人前で朗読していたからだった。このとき彼女は、読む対象に、すでにためらわず安房直子を選ぶ。担当の先生が安房作品の点字訳を協力してくれて、「自分で読んだのはそのときが最初」になる。

どんなことへの関心も自分でその芽をつみ取ってしまうことのない彼女は、卒業し、大学へ進み、やがてプログラマーの仕事を得る。彼女は、そこからあらためて生きる選択をした。そして忍耐を学んだというプログラマーの仕事、それなりに面白かったというその仕事を辞めて、童話の朗読が道となった。

読むときには、いつも必ず安房作品を含める。ということは、朗読を生きてゆく彼女の時間は、安房直子の作品を点でつないでゆくことからもたらされるわけだ。彼女の朗読の声のゆるぎのなさは、実際に読んで生きている時間の手応《てごた》えのたしかさだ。

「安房さん、やさしいから」

再度しつこく、なぜあなたのプログラムに、必ず一つは安房直子なのでしょうね？　ほかの作品の作者は毎回変わるのに、と問う私に、彼女はそう答えた。

つまり、「出会っちゃったから」という言葉は、信頼できる時間が生まれる伴侶《はんりょ》にこそふさわしい言い方なのであって、つまりは安房直子作品は、そういう伴侶としてやさしいのだと思われる。

武田秀夫の霞《かすみ》国語塾、秋元紀子の演劇、そして川島昭恵の朗読と、その根底にしっかりと息づいている安房直子は、おそらく等しい。不思議なことだ。価値の定めなく揺らぐこの現代にあって、安房直子作品に触れていると、それこそ一つ一つは一枚の絵でしかないのに、――いや、おそらくそれゆえにこそ、私たちにそのような現実的な時間への信頼が生み落とされる。

しかし、それにしても、なぜ？　いったい、あれらの作品群のどこが、あれらの作品群の何が、人々にこのような未来を生む時間への信頼を、ほとんど瞬時に植えつけるのだろうか？

＊1　ファンタジー研究会　第238回　二〇〇三年二月十日
＊2　『銀のくじゃく――童話集』　斉藤惇夫（「子どもの館」一九七六年　二月　書評「羅針盤」。このときの署名は、阿宇蘭子。のち『僕の冒険《ファンタジー》――子どもの〝時〟にむかって』日本エディタースクール出版部　一九八七年　改題収録「入口から内部へ」。引用は、「見せていただいた絵」『海賊』追悼号　一九九三年より）
＊3　安房直子論――懐かしさの遠近法――（『童話の表現　二』表現学体系　各論編第22巻　冬至書房　一九八九年）
＊4　座談会「わたしの中の妖精《ようせい》」（『児童文芸』23巻8号　夏季臨時増刊号　日本児童文芸家協会　一九七七年）
＊5　「自作についてのおぼえがき」（『児童文芸』22巻8号　夏季臨時増刊号　日本児童文芸家協会　一九七六年）
＊6　『茱萸《ぐみ》と荒海』雲母書房　一九九四年
＊7　『さようなら　少年の夢』朝日新聞社　一九八八年
＊8　『セイレーンの誘惑　――漱石と賢治――』現代書館　一九九四年
「私のふしぎなものたち」（文庫『ハンカチの上の花畑』あかね書房　一九八八年）

第四章　魔法の開かれる場所——近さというもの　I

何を見るか

あれは、何という題の話だったでしょう。

たしか、ロシヤの昔話の中のひとつでした。筋も題も、すっかり忘れてしまったその話の中に、美しい魔法がひとつあって、私はよく、その場面を思い出すのです。

それは、こんな魔法でした。

ある時、お姫様が、宴会の席で、おどりを踊りました。踊る前に、お姫様は、自分の右の袖の中に、コップの水を入れ、左の袖の中に、食べ終わったとりの骨を入れました。そうして、おどりを踊りますと、お姫様が右手を上げた時、人々の目には、青い海が見え、左手を上げた時には、その海の上を飛んでいる白鳥が見えました。

そのあと、そのお姫様が、どうなったのか、お話が、どんなふうに進展したのか、何もおぼえていません。それなのに、この魔法の部分だけが、じつにあざやかに、私の心に残っているのです。

幼い私は、この魔法を、溜息《ためいき》が出るほど美しいと思ったのでした。又、コップの水が、海をあらわし、とりの骨が、白鳥をあらわすあたりが、子供ごころに、何となく、いわくありげで、気に入ったのでした。そして、いつか自分も、あんな感じの魔法を書いてみたいと、ひそかに願って来たような気がします。(「私の書いた魔法」)

なぜその記憶が残っているのか、と問わなくてはならない記憶というものがある。人が自分のそうした記憶を大切にするとき、その心の動きとともに、人はしばしば自分の核心へと降りてゆく。「一枚の絵」から自分の作品を始めた、と語っていた安房直子が、題も筋も展開も忘れて、たった一つ、そこだけ切り抜かれたような「一枚の絵」として、幼いころに読んだ作品を記憶しているのは、当然のことなのかもしれない。そしてそのとき、さらに当然のように、その絵がその絵であるための魔法が、くっきりとそこに切り取られてあるのも、おそらく故のないことではあるまい。彼女は、やがて魔法を書く人になったのだから。記憶とは、最も根元的な、その人の世界の見え方に、おそらくじかに結ばれているのだ。

「一枚の絵」が、一つの魔法を呼び寄せる。

その魔法は、たしかに、「身辺の小さな道具を使っておきる、まるで手品みたいな出来事」であって、「ほんものの魔法というのは、こんな小手先の仕事ではなくて、もっと大きくて、超自然的なものだと言う人があるでしょう。」(同)

けれど、自分が魔法を書けば、やはり、まるでこのロシヤの昔話に戻るみたいに、どうしても「そのへんの魔術師が、ハンカチ一枚使ってする仕事に、よくにて」きてしまう。

指でつくった窓の中に、異次元の世界を見る魔法にしても、てまりを入れたたもとの中に、小さな美しい景色を見る魔法にしても、又、なわとびのなわの中にうかび上がる、赤い夕日の国にしても、視覚にうったえる魔法を、私は、好んで使って来た様です。(同)

安房直子が自分で自分の魔法について語るこの語り方を、ちょっと脇に立って、いくらかでもこっちの身から遠ざけて眺めてみる。舞台の袖《そで》に身を潜めて、手品師と手品を見る子どもたちの姿との両方を、同時に目に納めてみるときのように。

「視覚にうったえる魔法」というが、ではいったい、彼女の作品の中で、誰かが誰かに魔法を見せるとき、見せられるものたちの目は、本当のところ何に向けられているのだろうか？　もちろんそのようなことは、文章には書かれていない。けれど作者が想像力でもって言葉を連ねるように、読む側にも読む側の想像力というものはある。

ロシヤの昔話では、魔法を見せられるものたちが目を向ける先は、お姫様の手だ。そして安房直子自身の作品の場合、それは子どもに化けた子ぎつねの指、町娘の着物の袂《たもと》、ぐるぐるまわされるなわとびのなわなど、だ。——このとき、読み手である私たちも、作中で魔法を直接に見せられる相手とともに、向こうが見せたいと思うそれらしか見ない。私たちは、その一瞬当のその相手の全体を把握することができない。まして、出会うに至った展開や出会っている今の状況も、私たちの思いの中からは追い出されている。手品には、そして魔法には、そうさせる力がある。

あのロシヤの昔話の魔法のとき、右のような意味で、安房直子は、そしてその瞳《ひとみ》は、お姫様の手、腕に集中している。むろんそれは魔法の故にだが、そうではあっても、そのとき彼女の心は、お姫様の手と腕とに寄り添って、……もしかすると、顔すら見えないほどに近づいてはいなかったろうか？

子ぎつねの指が形作るひし形の窓に、青年が顔を近づけるとき、青年には子ぎつねの顔は見えず、「てまり」のお姫様がおせんの袂をのぞくときにも、たぶんそれと同じことが起こる。

この、見せられる側の動きを、子ぎつねやおせんや「夕日の国」の咲子の側から想像してみると、相手である青年やお姫様や少年が、自分たちの全体を見ることなしに、思いがけないほど近くに、しかもいささか無防備に近づいてきてくれたことを意味するはずだ。

安房直子が、あのロシヤの昔話を憶《おぼ》えているその憶え方は、彼女がお話の中にあってほしいと願う、そのような人と人との近さ、そのような突然の、無条件な近さをもたらすものについての記憶を、けっして忘れないための憶え方だったように思う。だから自分の作品に手品のような魔法を持ち込むとき、彼女は、ロシヤのお姫様に近づいた自分の意識の位置を、作中の人々にあてがうことになる。

＊

人と人との間に近さを開く、安房直子のこのような魔法、そのとき出現する人の近さというものを、もう少し追いかけてみる。

彼女が大学二年の六月、山室静が日本女子大学の児童学科に創刊した「目白児童文学」に掲載される「月夜のオルガン」という作品がある。一九八五年、彼女はこれを処女作と位置づける。[*1]

一方、私たちの手元にはそれ以前に書かれた彼女の幾つかの作品があって、それは、後年の彼女によっておおむね「はずかしいようなのを」書いていたとしか人前では振り返られることがないのだが、[*2]自分からそれが最初だったと認定する「月夜のオルガン」に導入された魔法を考えるとき、それ以前の高校時代および大学一年に成りたてのころの作品を考慮に入れることはさほど見当はずれではないと思われる。というのも「月夜のオルガン」に安房直子が呼び入れたたぬきの兄と弟との指先に付与された魔法の役割は、以後の彼女の魔法の傾向を基礎づけるものだし、同時にそれは、高校から大学へと彼女が物語を書くたびに直面していたと思われる一つの困難の、可能な限りの最善の解決法だったとみなされるからである。

たとえば「風船」。一九五八年、彼女が高校一年の秋に文芸部の部誌「いもむし」3号に掲載された小品。一九九四年「目白児童文学」の30・31合併号に転載されたことで、現在容易に入手可能なものの中で最も年代の早いこの作品に、すでに当時の彼女の直面していた困難の特徴は歴然だ。

このころの彼女の想像力は、それにかたちを与えれば、必ずや、折り合いのつかない二つの領域という構図をとって外に出る。というよりもっと正確に言えば、この「風船」の場合は、まったくかかわりのない二つの世界がそれぞれ別個にあり、物語の結構が、——ただそれだけが、両者をそれぞれの希望で結ぶ可能性を秘めているのだが、話の展開がそれを拒むのである。

はやらない洋品店の主人が、風船に広告をつけて、空に飛ばす、というのがこの物語の導入である。一九五〇年代、この広告のやり方は実際にあった。たとえばその中に当たりくじの入った風船をもとめて、町や村々の子どもたちは真剣に追いかけたものだ。ヘリコプターからチラシがまかれるときも、同じように追いかけたものだ。

店の主人は、この広告の中に、夢を、たった一枚、入れておく。『この風船を手にした人には、すばらしいドレスを差し上げます』。

店でいちばん高い絹のドレス、それを着るはずのまだ見ぬ人に、店主の託す夢は、言外にしか語られないけれど、そのドレスを、いつまでもショーウィンドウに飾り、店主は拾い主の訪れるのを、ひたすら待つ。店は、急に繁盛しはじめる。しかし、絹のドレスに袖《そで》を通す人は現れない。

店主の夢の添えられた赤い風船は、一人の貧しい、みすぼらしい身なりの少女に、船のデッキで拾われていた。彼女は、その紙切れを大事にポケットにしまった。すばらしい洋服が、自分の身を包む一瞬の夢を見て。

だが、船の着いた町で女工として過ごす日々は、彼女にすっかりその紙切れを忘れさせる。

ある昼休みのこと、ふとポケットの紙切れに気づいて、彼女は取り出して眺める。だが、船上での気分はもう戻らなかった。「きっとだれかのいたずらでしょうよ」。そう心につぶやいて、紙切れを丸め、地面に放って、彼女は午後の仕事に戻る。

子どものころから「お話を書く人」になりたかった安房直子が、机の引き出しの中にしまうためでなく、たとえそれが高校文芸部の雑誌であれ、ともかく人目にさらすという状況で、いざ実際に書いてみると、彼女の心にはぐくまれていた想像力は、このように、まったく無関係な境遇に人と人とを配置させ、そこに、書き手にとっての人間世界というものを反映しているに違いない実に微妙な幻の橋を、おそらくはぎりぎり心に忠実に、架けわたそうと試みる。ぎりぎりにというのは、たとえば、洋品店の店主は、誰か特定の人を念頭に置いているのではないこととか、風船という手段とか、また少女には、誰も相談する人がいないこととか、その少女は、一度は紙切れをしまって、その後に捨てるとか、そういうことが、ただのお話つくりの常套《じょうとう》手段というのではなくて、すべて安房直子の心の何かを忠実になぞっているように思われるからだ。もちろんその心は、こうして一つ一つ作品を当たってゆくことの中にしか見えてこないのだが。

この、出会わない二人としか書けない世界像は、「お話を書く人になりたい」と思う彼女にとって、一つの困難以外の何ものでもない。

人がそれぞれ自分の場所にとどまって、ついに、動き出さないことが、心底、想像力の望んだ方向であるならば、風船という架け橋を思いつくことはありえないからだ。

その一方で、少女が店を訪ねることから始まるであろうもろもろの人間らしいかかわりは、安房直子にとっておそらく世界観に合わず、したがって想像したくないことだったに違いない。もし、そうでなければ、さっさと訪ねさせるはずだから。

しかし、それでもなお、店主と少女が出会わなくては、そもそもこんな設定を持ち出した意味がない、……はずだ。

想像力のとらえる孤独

「風船」の二人の人間像は、つまるところ、安房直子が抱く、人の存在の孤独のイメージによって作られたものだ。

安房直子の想像力は、この「風船」の孤独から、次にはまず、より深化した孤独像へと向かう。「風船」の載った「いもむし」3号は高校一年の十一月で、同じ学年の年が明けての三月に誌名変更となった「生田文芸」4号が発行される。ここに彼女は「星になった子供」というメルヘンスタイルの小品を載せる。余談だが彼女はこれをそのころ、雑誌「日本児童文学」の有料の作品添削という企画に送り、担当していた奈街三郎の評を受ける。

> 児童文学者協会から送られてきた封筒には、奈街先生の御批評が入っていました。原稿用紙一枚に、私のつたない作品を、ていねいに批評して下さっていました。「星になった子供」という私の作品の主題は、もう古めかしいという事、空想には、現実のうらずけ《ママ》がなければいけないという様なことが、書かれてありました。けれども十六の私は、そのお言葉を、充分かみしめる事もできず、自分の書いたものを、えらい人に批評してもらったのが、ただもう気恥ずかしくて、誰にも見せずに、しまいこんでしまったのでした。（「遠い日のこと」海賊五十二号　一九七九年）

ちなみにこの文章は、奈街三郎の追悼に際して書かれており、安房直子は、このとき二十年前の古い日記に挟んでおいたその批評文を見つけだし確認している。またこの評は、彼女が、大学卒業の翌秋、日本児童文学者協会の新童話教室第三期に参加するときに提出する作品「あじさい」（のち海賊創刊号に発表）の、ファンタスティックな要素をある種の現実感の中に配する書き方に、大きく影響していると考えられる。

しかし、この「星になった子供」の書き手にとっての意味は（ということはとりもなおさず読み手にとっての意味でもあるのだが）、それはメルヘンの形式による孤独像の確認ということにほかならない。貧しさと係累のなさが、ほかの子どもたちから一人の子どもをはじき出す。彼の眼の前を、星になりたくて急ぐ王子や、貧しい女や、老いた女の人が通り過ぎる。少年には、しかし彼らの星に憧《あこが》れる理由が分からない。

みんな星になりにいくのでしょう。子どもは何をたずねようとも思いませんでしたし、その人についていこうなどとも、考えませんでした。

すると少年は、老婆《ろうば》から、「おまえの眼は深くない。澄んでいない。だから、星はおまえをよばないのです。」と告げられる。安房直子が少年に想像した孤独は、星から呼ばれない孤独。つまり、普通の孤独ならば、ひとは十分に星から呼ばれるということになる。

これを人の側からいえば、星を見上げてどうのこうのと心を動かすだけの余裕すらない孤独、ということになるはずだ。孤独からの脱出はもちろん、その状態にいたら、およそ望みというものを、いっさい持ちようがない、そのような孤独。「風船」の少女もそうだ。人というものを、そのような状態において想像すること。これが、おそらく当時の安房直子の、あらゆる精神活動に先立つものだったに違いない。

高校三年のときに「生田文芸」6号に掲載された「ひまわり」と、大学一年の、おそらく春にそれを改作した「向日葵《ひまわり》」は、ともにリアリズムの手法をとる。小学生の少年と少女とを直接にかかわらせ、彼らの本質的な乖離《かいり》が、相互的なぎくしゃくした意識の劇として想像される。つまり、それらは、前二作で試みた像としての孤独の把握の次に来る、孤独の内実の追求だ。というのも孤独は、本質的に意識の状態なのだから。この手法による孤独の追求は、丹念にそれらを読むと、ほとんど危うい自意識との格闘のような様相を呈していて、真剣だ。

「向日葵」の発表された「婦人文芸」という雑誌は、神近市子の戦前の同名の雑誌の後継誌として、大手の出版社勤務の当時の一流の女流編集者たちが、文壇への登竜門の性格を持たせて一九五六年に作った同人雑誌である。安房直子のこの作品は、掲載誌の性格を反映し、メルヘンの要素はみじんもなく、そのころ文学を志すものたちには意味を持っていた「純文学」という概念が、この作品を引っ張っていたことは一読して明白だ。少年の意識の表現は、一人称という語りを十分に生かし、その文体は硬く、鋭く、したたかで、翌号に掲載された編集メンバーの合評会においては、その筆遣いに「大変熟練した筆つき」という言葉が寄せられている。

しかし、彼女は、こうしたスタイルで物語を書くことは、このときのたった一度きりで放棄している。彼女は、人と人とが孤独という状態で乖離する意識の物語は、リアリズムの想像力を用いる形式の営みに、どうしてもしたくなかった。けれど、孤独の状態以外を想像する物語も、書こうとしなかった。

では、あの「風船」は、いったいどのような方法を講ずれば、物語に姿を変えるのだろう。

――望むような物語を生み出すためには、まったく異なる発想がどこからかやってこなくてはならない。そしてこのとき、後に彼女が何度もエッセーに記すように、グリムが、アンデルセンが、つまりはメルヘンの、どっさり蓄えられていた心の宝の小箱が開いたのに違いない。「目白児童文学」創刊の告知がなされ、原稿募集の掲示が学内に貼《は》られたのは、「婦人文芸」16号が発行されて2か月ほどしてのことだった。「月夜のオルガン」のものをしゃべるたぬきの、その指先に、当人たちも気づかずに備わる魔法。それが、山あいの村の分教場の先生と、山に住むたぬきの兄弟、というそれぞれ別個に住むものたちに架けわたされる橋となる。

この小さな物語において、女の先生とたぬきの兄弟たちとの間には、「風船」の店主と少女同様に、直接の交渉はまったくない。ただ、たぬきの側だけが、オルガンを奏でる女の先生の演奏を聴きながら、紛れもなく自分たちがそのオルガンを、意図せずにではあったがなおしたのであること、そして自分たちが夜中に忍び込んで奏でた曲が、いつしか彼女によって弾かれていることを知るばかりだ。そして、このこと、つまり完全に没交渉でありながら、少なくともたぬきたちにとっては、そこに近さの存在を感知するようななんらかの橋が架かっていること、これが、「風船」の中に宿題として残っていたものへの答、すなわち物語で実現したかった孤独であると、私たちは素直に受け取れる。言い換えれば、魔法以外の答のあり得ようのない宿題を、安房直子は「風船」によって自分に課していたことになる。

「きつねの窓」も、「手まり」も、「夕日の国」も、基本的に、この、本来は没交渉の孤独なものどうしが、一瞬の近さを実現するというほぼ同じ構造の物語である。

やがて彼女も、少しずつ、当事者どうしをより深くかかわらせる物語の想像力を身につけてゆくことになる。しかし手品のような魔法が、人と人との、互いを順序立てて理解することなしでの、瞬時に引き起こされるあっというまの近さに役立てられることは、この先彼女の想像力から姿を消すことはない。

近さの中の親しさ

一匹のうさぎが、真夜中に畑を耕して、種をまく。真夜中に水をやり、世話をする。もぐらのおじさんにきかれても、だんまりうさぎは教えない。ひみつ、ひみつ！

種はやがて芽を出して、星の光をたっぷり浴びて、すくすくと育つ。けれどだんまりうさぎは、教えない。おしゃべりうさぎに聞かれても、やっぱり笑っているだけ。

花が咲いたとき、笑い声がひらいた花びらの中から聞こえてくる。二人は仲良く、耳をつける。

「何なの？　これ」

「お星さまの笑い声だよ……」

さやになった実ができて、はじめておしゃべりうさぎは気がついた。

「ああ、これは、あずきだわ！」

「おさとうは、あるかしら。もちごめは、あるかしら、」

ガールフレンドのおしゃべりうさぎは、収穫の日が待ち遠しい。

だから、困るんだ。

――小豆はまくらに入るのである。仲良く、頭をつけてみる。すると、二人の耳に、星の歌、星のおしゃべりが聞こえ、閉じた二人の目には、その輝きが見える。これなら、夜のぐっすりの眠りのさなかにも、星の楽しさをあきらめなくていい。

「いいわねえ。すてきな枕《まくら》ねえ」
「時々、かしてあげるよ」

刊行六編、未刊行六編、八年をかけて計十二編にのぼる「だんまりうさぎ」シリーズ。その第二作「だんまりうさぎとお星さま」である。(同シリーズの引用は、初出による。)

雑誌「小一教育技術」(小学館)などに、読み聞かせ用を念頭に置いて書き進められたこのシリーズは、安房直子の想像力がつねに像を結んで描き出す孤独な存在たち、そういうものにとっての近さというものを、――そしてその近さがとりわけ親しさとなる場合を、想像しぬいてみせてくれた話である。

一九七八年「小一教育技術」の十一月号(32巻10号)に掲載されたとき、「だんまりうさぎ」の主人公であるだんまりうさぎは、その冒頭から、おだやかな孤独の中にいることが示される。

だんまりうさぎの家は、畑のまん中にあります。畑には、まるまるしたおいしそうなかぶや、さつまいもや、大根が植えられていて、緑の葉が、風にそよいでいます。
だんまりうさぎは、この畑で、いっしょうけんめい働いて、くたびれると、畑の道にねころがって雲を見て、日が暮れると家に帰って、だまってごはんを食べました。そして、夜になれば、星を見ながら眠りました。

朝から晩まで、だんまりうさぎは、なんにもしゃべりません。歌も歌いません。だんまりうさぎの家には、電話がひとつありましたけれど、電話は、ほこりだらけで、まだ一度も鳴った事はありません。なぜって、だんまりうさぎには、お友達がひとりもいなかったのですから。

野菜畑の真ん中の一軒の家。だんまりうさぎは、畑のことをし、家の中のことをし、つまりは手の届くことだけをして、独りで暮らす。孤独であることに関しての彼ののぞみは、たった一種類こう示される。

だんまりうさぎは、畑でとれたかぶで、サラダを作りながら、このかぶ、だれかにわけてあげたいなと思いました。畑でとれたおいもを、落葉で焼きながら、このおいも、だれかといっしょに食べたいなと思いました。

それを食べてくれるおしゃべりうさぎは、第一話からすぐに登場するが、それでも全編だんまりうさぎのおだやかな孤独は、通奏低音のように、ときには表にまで浮かんで語られ続ける。

やや大げさにいえば、だんまりうさぎは、孤独という一点において、けして自己を見失わない。

たとえば「雪の日のだんまりうさぎ」である。はじめての雪の朝、

きゅうに、だんまりうさぎは、おしゃべりうさぎに、会いたくなりました。あの子と　顔を見あわせて、大きな声で、「雪がふったねえ」と、言いたくなりました。

けれど、雪用の大きな長ぐつのないだんまりうさぎは、出かけられない。電話？　電話はあるけれど、待っているのに、ちりんとも鳴らない。

——「こっちからかければいいんだけどさ……。」

でもそれは、だんまりうさぎにとって、とても勇気のいることなのでした。だって、ちゃんとした用事が、何もないのですから。もしもおしゃべりうさぎのお母さんでも出てきて、

「何のご用ですか」

なんてきかれたら、どうしたらいいでしょう。

彼は、自己自身をけして踏み外さない。むりに電話を取ってダイヤルしたりはしない。そのかわり、うっかり忘れていたストーブをたいて寒さをしのぎ、空腹を思い出して料理を作ろうと心を決める。

彼は、いや彼ばかりではなく、おしゃべりうさぎさえも、この物語では、人はできないことに手を染めない。そのかわり、できること、しなければならないことに、全精力を傾ける。その中には自分の孤独を保つ努力すら含まれる。行き来の始まったおしゃべりうさぎとのつきあいの中で、彼はよく隠し事をする。ひみつ！　ひみつ！　と。

そしてこのシリーズは、おしゃべりうさぎが、なかなかやってこない話、さらには一度も姿を見せない話などをはさみ、やがて二人に山の向こうの町への小さな旅（「山のむこうのうさぎの町」）をさせたのち、ついに最終話「だんまりうさぎはさびしくて」において、だんまりうさぎが、おしゃべりうさぎにプロポ

ーズをするエピソードが描かれる。

二人の交流の中に不意に吹き出してくる親しさというものが、結局のところ、おしゃべりうさぎの気まぐれに委ねられるしかないという不安定さに耐えられなくて、だんまりうさぎは心を決めるのである。

孤独を本質とするだんまりうさぎにとって、しかしながら、ひみつ！　ひみつ！　といって済ましてしまうことのできないプロポーズは、安房直子に真剣な想像力を強いることになる。というのも、彼女の想像力には、だんまりうさぎが、急に孤独の本質を捨て去って、明るく朗らかに自分の望みを、何の不安もなしに口にするようになる、というような姿を無責任に思い描けるゆとりはない。そうした、いうなれば孤独というものについての正確な想像力が、このだんまりうさぎシリーズを最後まで貫いて、これはきわめて誠実な孤独の物語である。

冒頭に掲げた「だんまりうさぎとお星さま」にも、その誠実な想像力は、ゆたかに備わっている。星の声が聞こえ、星の輝きが見えるまくらは、こうした孤独の持ち主たちの上に想像された魔法だ。

というのも、

「おともだち、こんにちは」


と、第一話で、ある朝、口笛とともにいきなり飛び込んでくるおしゃべりうさぎは、家族といっしょに山の家に住み、呼びつけることのできる友達も多く、電話が大好きで、そういうことについてはだんまりうさぎの正反対の性格を付与されて登場している。

しかしこの社交的な存在にも、安房直子は確実に孤独を想像しているからだ。おしゃべりうさぎが孤独だという言い方は、分かりにくいだろうか？　ならば、こう言い換えよう。彼女には、やはり近さ、というものがなかったのだ、と。——そうでなくては、この星の笑い声の聞こえるまくら、という魔法が、おしゃべりうさぎの心に染み渡るわけがない。

おしゃべりうさぎの孤独の本質は、つぎの表現が余すところなく伝えてくる。

「あたし、ちょっと、お願いがあって来たの。このかごの中の、くるみのおもちを、畑の野菜と、とりかえてくれないかしら。なにしろ、あたしのうちは、山だから、木の葉ばっかりで、緑の菜っぱも、おいしそうなにんじんも、ぜんぜんないんですもの」

これを聞いて、だんまりうさぎは、うなずきました。

「いいよ。でも、君の名前は、なんていうの」

すると赤いスカートのうさぎは、

「みんなが、おしゃべりうさぎって呼んでるから、きっとそれが名前よ」

「だんまりうさぎの初夢」には、だんまりうさぎの見た夢の中でのことではあっても、黙ろうと努力するおしゃべりうさぎの姿が描かれる。もちろんそのときには、おしゃべりうさぎの見る夢の中には、しゃべろうと努力するだんまりうさぎも描かれるのだが。——彼女の孤独とは、みんなが彼女をおしゃべりうさぎと呼ぶ、というそのこと以上の近さが、周りの誰彼との間に、何もないことだ。「きっとそれが名前よ」という表現は、きっとそれが自分よ、という内側の声にこだまして、あやうさそのものだ。彼女が、たとえそれ以上の自己を直観しても、そこには意識を向けないことを示すからだ。

星のまくらの魔法が、この第二話で、おしゃべりうさぎの心にひそむ「きっとそれが」の向こう側の闇、そうしたものとしての彼女のおしゃべりな孤独をうち破って、人と人とを近づけてしまう。そしてそれが、ここではこの上もない親しさの出発に素直に結びついてゆく。二人は、一つのまくらに、安心していっしょに耳をつける。花びらに、いっしょに耳を近づけた延長として、ごく自然に。

こうして安房直子の孤独の想像力は、一つの方向を見出してゆく。安房直子は、言ってみれば、だんまりうさぎとおしゃべりうさぎとが、星に呼ばれるための条件を想像することに成功したのである。

＊1　「びわの実学校」131号〈わたしの処女作56〉一九八五年

＊2　たとえばインタビュー「安房直子さん」(『童話塾通信／TEXT2　レッスン10』日本通信教育連盟　講師立原えりか　一九八九年)などに見られる。

「私の書いた魔法」(「児童文芸」25巻14号　日本児童文芸家協会　一九七九年)

「遠い日のこと」(「海賊」52号　一九七九年)

第五章　色彩に惹《ひ》かれて——近さというもの　Ⅱ

なぜ、かさは黄色なのか？

降り続く雨の退屈、——畑仕事もできず、傘が壊れておしゃべりうさぎを訪ねることもできない退屈のさなかに、だんまりうさぎは、それなら傘を自分で直してしまおうと思いつく。「だんまりうさぎと黄色いかさ」。ミシンを出して一日が過ぎ、引っ張り出した古いコートをほどいてまた一日が過ぎる。それを洗って干して次の日が過ぎ、四角い布に仕立てて、一日。それから一日かけて、壊れた傘の骨に貼《は》る。雨の日々をそうやってやり過ごすだんまりうさぎの、作業のために選ばれる古いレインコートの色は、いったいなぜ黄色なのだろうか？

似た問いを、すでに第三章の入り口に、「青い花」についての中国児童文学研究者河野孝之のことばで、私は記しておいた。青年と少女がクリームソーダを飲むテーブルは、なぜ、白なのか？

＊

安房直子は、しばしば色について、あるときはエッセーに、またあるときはじかの言葉で私たちに語ってきた。たとえば「言葉と私」、たとえば「惹《ひ》かれる色」、たとえば「自作についてのおぼえがき」、そして対談「メルヘン童話の世界——作者と語る」などなど。ロッキングチェアーについて語っていたはずの「ガラスのゆりいす」というエッセーにしても、やはり色を告げる言葉たちが、まるで彼女の心のありかを告げるもののように、その短い文章の終わりには配される。……空色、ばら色、すみれ色。

「惹かれる色」の書き出しは、こんな具合だ。

「きつねの窓」を書いた頃《ころ》、(そして、今もやっぱりそうですが)私は、青い色に、とても惹《ひ》かれていました。着るものも持ち物も、ほとんど紺にそろえて、すべての色の中で、紺ほど深くて美しいものはないと信じていました。

(中略)

これは、ほんとうに不思議なことです。ひょっとして、私の体の中には、青い色をひきつける磁石でも入っているのではないかと思うくらいです。

ところで、新しい作品を書く時、私はよく、一枚の絵を――完全に視覚化されたものを、思いうかべます。そして、そのあとから、このイメージを、他人の目にも、ありありと見える様に、言葉を使って、描き上げてみたいという情熱が、わいて来るのです。

私に「きつねの窓」を書かせたのは、いちめんの、青い花畑でした。

どこかの高原の、吹く風までが青く染まっている場所――そこにひろがっている、青い空と、青い花畑――。

そんな風景が、ひょっと目にうかんだ時、私は有頂天になりました。

もう一つ。「自作についてのおぼえがき」の場合。

ある日ふと心にうかんだひとつのイメージを、誰の目にも見える様に、ありありと描き上げてみたいために、ただそれだけのために一編の作品を書く気になる事が、私にはよくあります。

それは、たとえば、夜の雪景色の中にともるオレンジ色のあかりだったり、一面の菜の花の中をかけて行く女の子の姿だったり、森いっぱいに羽を休めている白い鳥の群だったりします。又ときには、青とか緑とかの色彩だけの事もあります。

そういったイメージを、できるかぎりあざやかにきわだたせたいために、私は作品のストーリーを考え、人物を設定し、様々の会話を考えます。小さなイメージが核となって、そのまわりにストーリーができて行くという過程で、私の短編の多くはできました。

一冊のノートに私は、思いついた色々の事をメモしていますが、それを読みかえしてみますと、やはり、ほとんどが絵画的な断片です。


前者の中で、安房直子の用いるイメージという語は、像、それがどのようなものであれ、とにかく何らかの像という意味で、すんなりと私たちの心に届いてくる。

だが、後者の場合、彼女はただ単に何らかの像のことをさしてイメージというだけでなく、脳裏に浮かび上がる色彩、それまでも、同じイメージの名で呼び、考えている。この点に、思いっきり私たちが想像力を加えてみれば、彼女にあっては時として、色は、ただ色というだけで、すでにそれ自体、ドラマとなる芽を含んでいる、そうしたファンタスティックな存在だった、ということになるのかもしれない。

一九八一年刊行の「ひぐれのお客」という作品は、色彩についての私たちの感覚を、鮮やかな手法で彼女のそれへと引っ張っていってくれるめずらしい作品だ。

裏通りの、「ボタンや、糸や裏地を売っている」小さなお店。「ある日のこと、この店に、めずらしいお客がやってきて、とてもすてきなことを、教えていってくれたのです。」

それはカシミヤの黒いマントを身につけた一匹の黒猫。

「じつはね、この黒いマントに、赤い裏をつけたいと思いましてね」

なまいきなくせに、ひどく寒がりの彼は、それから店主の山中さんの協力を仰ぎ、自分の思いどおりの、これしかないという特別な赤を求め、店の品を次々にあらためてゆくことになる。

問題は、そこにある。この黒猫にとっては、色が、色であるだけで、すでにイメージと呼べるだけのドラマ性に満ちているから。

店主が、赤い絹の布地を取り出すと、

ネコは、その布を見つめて、

「色がいけません」

と、いいました。山中さんはむっとしました。

「だって、きみはさっき、赤がいいっていったじゃないか」

「ええ。赤は赤でも、ぼくは、ストーブの火の色がほしいんです。この色は、お日さまの色ですよ」

「……」

山中さんが、びっくりして、目のまえの布を見つめていますと、よこからネコがささやきます。

「ちょっと、目を細めて御覧なさい。ほら、これは、夏の真昼のお日さまの色でしょ。かあっとてりつけて、ヒマワリもカンナも、トマトもスイカも、みいんな、いっしょくたにもえあがらせる、あのときの色じゃありませんか」

上等なマントを羽織った、なまいきな黒猫の大演説が始まる。

「赤は、ぜんたいに、あったかい色ですけどね、そのあったかさにも、いろいろありましてね、お日さまのあったかさ、ストーブのあったかさ、それから、夜のまどにともっている、あかりのあったかさ……これ、みいんなちがいます。それから、ストーブのあったかさにも、薪《まき》ストーブと、ガスストーブと、石油ストーブがありますけどね、ぼくは、薪ストーブの感じがすきなんです。薪ストーブが、パチパチ音をたてながらもえるときのあの感じ。ただ、あったかいだけじゃなくて、こう、心がやすまって、いつのまにか、ふうっと、眠くなってゆくような感じです。不完全燃焼やら、ガスもれなんか気にしないで、森や林や野原のことを考えながら、安心して眠れる、あの感じは、もう、薪ストーブにしかありませんからねえ」

色を選ぶのなら、今の場合、ストーブを選ぶときと同じ注意深さ、それも心から自分を安心させるものは何か、という観点から、どんぴしゃのストーブを見つけだす周到さが不可欠であると、この黒猫は言っているこことになる。

色は、彼にあっては、たしかに色の世界をはみ出している。けれど、それでも、やはり彼にとって、それは色の世界だ。

色は、では、彼の中で、どこへ、どうはみだしているのか？

店主山中さんが引っ張り出してきた、甲乙つけがたい七本の候補の布地を前にした黒猫は、

赤い舌をだして、布のはしっこを、なめはじめました。

「おいおい、そりゃこまるよ。これはみんな、売りものなんだから」

けれどもネコは、緑の目で、ちろりと山中さんを見て、

「なあに、心配いりません。ネコのつばは、すぐかわきます」

といって、たちまちのうちに、七本の裏地のはしっこを、みんななめてしまいました。

なめられて、小指のさきほどずつぬれた裏地のはしっこは、それぞれが、濃い色になりました。するとネコは、そこのところを、はじから、くんくんにおいをかいでみたり、耳をつけてみたり、そっとさすってみたりしました。そうして、さんざんしらべたすえに、まんなかにおかれた、いちばん濃くて、いちばんふかい赤のまえに、たちどまったのです。

＊

色とは、およそ視覚の諸要素の中で、いったいどこに位置するのだろうか?

たとえばプラトンの対話編、卓越性＝徳について語られる「メノン」の中に、私たちはこんな一節を見出す。定義のやり方の例を、ソクラテスがメノンに対して示す箇所である。

ソクラテス　さあそれでは、君のために、形とは何であるかを言うように努めよう。それを次のように言えば君は容認できるかどうか、考えてみてくれたまえ。すなわち、形とは、もののなかでただひとつ、つねに色に随伴しているところのものであると、こうわれわれは言っておこう。これでよいかね。それとも君は、もっと何かちがった定義を求めるかね? ぼくとしては、君が徳というものを、こういう仕方で述べてくれれば満足できるわけなのだ。

「ひぐれのお客」に登場させたこのおしゃれな黒猫にとっての色彩の出来事、それを想像する安房直子の心の動きをたどってみようと思う今、私たちに役立つのは、現代の光学的な色彩論ではなく、またさまざまな色の、心に及ぼす影響を整理してみせる心理学でさえなく、（——なぜなら、通常そうした心理学に従えば、赤は精神を昂揚《こうよう》させる色彩と説明されるが、しかしこの黒猫は、その赤のもとで緩やかにまどろみたいのであるからなのだが）、——むしろ人間の認識能力のあり方を、普通の日常の言葉で可能な限界のぎりぎりまでとらえてみようとする、右に引いたソクラテスのやり方などのほうが、いっそうふさわしいように思われる。

形とは、つねに色に従っているもの。ようするに、色の境目によって、私たちの普通の視覚は形を知る、ソクラテスはそう言っている。ここに厳密な順番を立てるなら、まず色、そして形、私たちの認識の順番はそういうことになる。ここで、もし人が、自分にとっては色などどうでも良く、ものを見ればまず形が目に入ると主張しても、それは、見えている色について、たとえば好悪等の評価の心を働かさないということなのであって、色そのものが見えていなければ、その人には、その人にとって大切であると主張する形など目にとらえようがない。——正しい議論だと思われる。

安房直子の想像力の中で「赤い布」を探し求める黒猫は、ところが色をさがすのに、におい、そして触覚、さらには味にまで応援を求めるのである。だが、私たちは、これらの援軍に呼ばれる臭覚、味覚、触覚などの感覚が、けして形の認識の方向に向かう援軍ではないことを知っている。

色から形へ、というごくあたりまえの人間のものの知り方の、その境目、色から形へのほんの一歩のすき間を、安房直子はぐいと手を差し挟んで、押し開く。そしてその不思議な地平を、彼女は形の認識とは別方向の感覚領域にリンクさせて、それを彼女の物語の舞台に育ててみせる。それは形未満の世界、色彩が明瞭《めいりょう》な形となって見えてくる以前の色彩世界の拡張されたようすだ、といってよいように思われる。

山中さんは、ネコが決めた裏地を、また、じっと見つめました。が、どうもぴんときませんので、ネコのまねをして、はじから順々に、においをかいだり、耳をつけてみたりしました。

するとすこし、わかってきたのです。

はじっこの、ピンクがかった赤の裏地からは、いいにおいがしました。それは、野ばらや、梅のような、小さな花の、やさしいあまいにおいです。山中さんは、大きな息をすって、そっと目をつぶりました。すると、まぶたのうらに、見わたすかぎりのスイトピー畑が、うかんできたのです。スイトピーたちは、風にゆれながら、口ぐちに、ねえ、ねえ、と呼びかけてきます。それから、いっせいにわらいました。まるで、たくさんのタンバリンを、一度にふったときのような、やさしい、はなやかなわらいでした。

色は、気分か?

私たちが何かを把握するというとき、把握の名に値するもののとらえ方は、普通にはやはり形から始まるとは言える。そしてその形の把握を可能にしているのは、異なる色彩どうしの境を線と見る目であって、それさえ備わっていれば、必然的に色彩は、その色彩の境界に囲まれて示される一つの形と認識される。

しかし、ものをそのように見たくない心は、やはりある。そのとき彼あるいは彼女には、何よりも色彩は、その当の色彩の広がりの終わりを持たずに把握されており、しかもそのような色彩の認識の中に、彼あるいは彼女は、何か良きことを見出したいと思う。あるいは何か良きことがひそんでいると思えてくる。もっと簡単に言えば、どうしようもなく惹《ひ》きつけられるのである。

たとえば、雪が山野に降り積んで、家と家との境もぼやけさせ、木々と木々との境もぼやけさせ、道と畑との間もぼやけさせ、見渡す限りに一面の白、あとはところどころの黒々とした影ばかりを見せているとき、——このような場合、目をそこにさらし続けることに強く惹かれる傾向は、はたして気分のひとことで片づけられるのだろうか?

一面の青、一面の黄色、一面の何々、安房直子が、ふっと脳裏をよぎるそうした感触にうまく出会えるとき、そこから人々の行為、言葉、そしてそれらの連鎖としてのストーリーを心に激しく渇望することは、おそらく彼女が人生のどこかで、一面の何々としか言いようのない物事把握のさなかに強く心を動かしたことがあったからであるのに違いない。——だが、ここでもむろん、この議論を順当に展開して、それが何であるか、どう心が動いたかなどは、やはり彼女が生涯に物語ってきたお話をたどることによってしか、けして知られてくることはない。

安房直子が、そしてその作品たちが、私たちの郷愁を誘う最も大きな原因は、ひょっとするとそのような色彩把握（ひいては世界把握）というものが、私たちの人間存在としての出発において、誰の心にも、かつて一度はあったからなのではないだろうか？

＊

大学三年の学期末に、授業のレポートとして提出した「空色の揺りいす」は、「目白児童文学」の第3号に載る。

主人公にとっての世界構造が、色彩によって構成されるという安房直子の出発は、この作品からだ。目の見えない少女がいる。父親は、もし教えることができるものなら、空の色を少女に教えたいと思う。――空、すなわち、明白な境界線を持たないのに、私たちにとって紛れもなく色である、ほとんど唯一のもの。風の精である風の子の助けを借りて、空そのものからじかに手に入れた絵の具で、いす職人の父親は、少女のゆりいすを塗る。

女の子は、三つになったとき、あのゆりいすにすわって、空の色をおぼえました。

次の一行が微妙だ。

この世界で、いちばんひろくて、いちばん高くて、いちばん美しいものが空なのだということも知りました。

広さと高さと美しさ、……世界をまず、この三つから知るという知り方は、色から直接世界認識が始まることに伴う特徴を、適確に私たちに伝えてくる。——むろん、普通はこうではない。形が、色の次の認識となるからだ。しかし、目の見えないという設定によってリアリティを付与されるこの認識の順番が、たとえば安房直子本人のものを、無意識になぞっていたと想像しても、それほど見当はずれではないと思われる。

いすづくりの父親は、次に「花の色」「赤」を少女に教えたいと思う。風の子は、それも引き受けて、新しいいすは赤く塗られる。

ああ、これが赤でしたか。あたたかい厚いひざかけのような色です。音にすればシレソの和音のような色です。いい色です。心に、しんしんとしみる色です。これが赤でしたか。紅ばらの色でしたか……。

今度は、触覚と聴覚と。——先の広さ高さ美しさ、それにこれら二つが加わってゆく動きの中に、私たちは、形状のとしてのものが、どんどん後回しにされる一種の快感を受け取る。そして、このような空間把握であっても、当面世界は成立すると、心の底をほっとさせる。いな、それどころか、形未満のこの世界は、圧倒的に、形の織りなす世界より、身近にある。なめたり、聞こえたりすることは。それが、——つまり、こうした諸感覚に備わる近さというものが、形認識の持つ遠さをくつがえしてくれる快感の源なのだと思われる。

三度目、少女は自分から、次の世界認識の順番の色を、風の子に望むが、それは海の色で、しかし、花の色の赤が、翌朝にはさめてしまうように、色としての海を手に入れることに、風の子は失敗する。かわりに、比喩《ひゆ》としてではない聴覚、すなわち耳にじかに聞こえる歌声が目の見えない彼女の世界認識の手段となるが、安房直子の筆は、ここでも真に微妙な正確さを見せる。——すなわち、この、声という手段による世界の認識を少女がのぞむ相手には、どれほどの信頼がそこに必要か、ということで、彼女の選んだ相手は、父親でもなく、母親でもなかった。

シチューの作り方なら母親でいいが、自分の存在する世界というものを知るには、目の見えない自分に見ることを教えた風の子でなくては、ならない。それが、近さ、というものだから。

＊

だんまりうさぎは、でき上がった黄色い傘に満足だ。すでに四角い布の段階で、それは「まるでちいさななのはなばたけみたい」だった。そして今や、それは、楽々と色彩本来の領域をこえてゆく。

黄色は、お月さまのいろです。それから、たんぽぽのいろ、なのはなのいろ、ひまわりのいろです。それから、プリンのいろ、たまごやきのいろ、そして、ああ、できたてのホットケーキのいろです。

「これをさしておしゃべりうさぎにあいにいこう」と思うだんまりうさぎには、傘は、二人が会うということを包み、かつ支える現場の地平を用意してくれるはずのものに見えている。なぜなら世界は色でできているのだから、黄色は黄色に属すすべてのものにつながるはずだ。

（中略）

そとは、ひどいあつさでした。もうなつなんだと、だんまりうさぎはおもいました。けれども、黄色いかさのおかげで、おひさまのひかりは、やさしく、やわらかくなりました。

「こんにちは。」

「ひさしぶりねえ。」

おしゃべりうさぎは、あせをふきながら、だんまりうさぎの黄色いかさのなかにはいりました。ふたりでさすと、黄色いかさは、ますますたのしいかさになりました。

「なんだか、黄色いへやのなかにいるみたいね。」

と、おしゃべりうさぎがいいました。だんまりうさぎは、うなずきました。

ああ、ほんとうに、そこは、あさ日のあふれる小さなへやのようです。さわやかでまぶしくて、いいにおいがして……。こんなへやであさごはんのパンとサラダをたべたら、どんなにしあわせでしょうか。

「目をつぶってごらんなさい。ことりのこえもきこえるから。」

と、おしゃべりうさぎがささやきます。

ふたりは、いっしょに目をつぶりました。

すると、ほんとうに、とりのさえずりが、きこえてくるじゃありませんか……。


「青い花」の傘の、海のような、そして空のようなあの青もそうであったけれど、色彩の連鎖は、通常の、ものたちの境界を楽々と越えて融通無碍《むげ》であるという点において、もはやそれ自体ごくかすかな魔法だ。そういう色彩のあり方を、安房直子はたしかに自分の中に持っていると思われる。

だから、「青い花」で、青年と少女がクリームソーダを飲むデパート屋上のテーブルが白いのは、それが青年が直前まで望み、かつあの時点で放棄しているあこがれのレースのカーテンの色だからだ。このことこそが、その色の名を、あのシーンに呼んだのである。青年は、人生のその瞬間、白という色彩に立ち会ってほしかった、と安房直子が想像したのである。

それは気分と呼ばれるものであるよりは、むしろ一種の世界認識にこそぐっと近づいている心の姿だ。心？　誰の？　むろん「青い花」の青年の、そしてそれを書く安房直子の。ここでは、そう言って、いいはずだ。

　ことりのこえをききながら、おしゃべりうさぎは、また、おしゃべりをはじめました。
「ねえ、ひさしぶりに、ホットケーキをつくりましょうか。大きな大きなホットケーキこしらえて、はんぶんずつたべるの。たまごをたくさんいれて、お月さまみたいに、黄色いホットケーキにしましょう。それに黄色いバターと、黄色いはちみつ。のみものは、なにがいいかしら。」

　色彩の魔法を共有した二人の黄色の世界が、こうして重なる部分を持つとき、だんまりうさぎに、世界はうれしいものとなり、それは「いくどもうなず」けるものとなる。

近きものとしての色

それぞれのものの、それぞれの本来の姿が、色というその一点に凝縮してつながる、――このかすかな魔法の要素の中で、安房直子が最も重要に用いるのは、互いに遠くにあるものを引き寄せる力だと思われる。

たとえばだんまりうさぎにとって、世界がうれしいもの、心からうなずけるものとなる、というそのことに、最も加担しているのは、おしゃべりうさぎのつくるホットケーキなのであって、彼には、自分で作れる黄色い傘は近きものであっても、このタイミングで差し出される彼女のホットケーキの実現は本来は遠いものだったはずだ。なぜなら、もし色彩の魔法がなかったなら、彼はおしゃべりうさぎに、色が色に結びついて、願わしい世界を出現させるその機微、自分の脳裏に描かれる世界像を、言葉で適確に伝えなくてはならず、しかも、その伝えたことが、あたかもおしゃべりうさぎの自発であるかのように実現されなくては、けして彼の喜びにはならないからだ。そうしたことの困難、そうしたことの遠さ、それこそが、だんまりうさぎにとっての孤独の本質にほかならないからだ。

しかし、形ではなく、色で世界が構成されていると見える瞬間（それが傘のおかげで、おしゃべりうさぎにもやってきた）には、言葉を媒介させたら遠いはずの、多くのもの、多くのことが、あっという間に身の近くに飛んでくる。黄色の傘をすかして届くやわらかな光線は、だんまりうさぎが何も説明しなくても、おしゃべりうさぎにやすやすとホットケーキを思いつかせる。……いや、もちろんそれは、安房直子の想像力の所産なのだけれど、単に、彼女がその展開をなんとなくぼんやり好ましく感じて、そう書いたと想像してみるよりも、ここでの描かれ方には、色彩が形成する世界を世界像として受け止めている人々の心に起こりうるよろこびというものを、彼女が正確にあとづけてゆく、そういう種類の展開だと考えてみるほうがはるかにふさわしい。

＊

「熊《くま》の火」という作品がある。火山の煙の中で幻を見ながら生きている熊の父と娘のところに、一人の男が、姿も熊になって、いわば婿入りしたかのような形態で暮らす、子どもまでこしらえて、という話。その話の大詰めは、人間の世界に、結局は逃げ戻って暮らしている青年のもとに、熊の娘が熊の姿のままで会いに来るシーンである。そのとき安房直子の想像力は、山の頂上から里にまで続く赤い火の道を描き出す。熊の娘のたどってきた道が、単に燃える火というのみならず、色彩の言葉で語られる効果は絶大だ。燃える火は、それが消えるまでに戻らなければならない、という熊の娘の切迫した時間そのものとなり、赤の色彩は、——色彩で語られる道というものの表現は、——山の頂上の、煙に身を包んで飛び込んでいかなくてはならない向こう側を、一瞬にして、それが近きものだ、と、今は人間に戻った青年「小森さん」に対して（と同時に私たちに対して）表現するからだ。

「赤いばらの橋」。小鬼の属す世界と、魔女の娘小枝の属す世界との間にかけられたつたの橋。その橋に魔女がほどこした魔法のばらの花の色も赤だ。小鬼を助けて、小枝は、赤いフェルトの靴を貸す。それは、小鬼を向こう側へ渡すための、魔法破りのアイテム。そもそも、谷の向こう側の世界から飛んできた赤いフェルトの帽子、それが小鬼の小さな冒険のはじまりだった。

そういえば、あの「風船」という作品の、風船の色も赤。分断された世界をつなぐかに見えて、その実つながれることのない微妙さ。安房直子は、赤という色を、そのように使うことが、たしかに多かった。

そして、このことは、少なくとも次のことだけは意味している。すなわち、「風船」の二つの世界、「赤いばらの橋」の二つの世界、「熊《くま》の火」の二つの世界、その分かれ方、その一つにならないという分断、けれどその二つは、どこか近さを含んでいるはずだという感じ。そしてそれらの分断に安房直子が、ある一つの共通のイメージをやはり見ているだろうということ。赤という色彩は、そこにしのびこむ。

＊

作家としての晩年に、安房直子は短編連作という彼女の想像力と表現力に殊のほか見合った形式を見出す。その形式で書かれた作品の一つ『おしゃべりなカーテン』は、カーテンに付与する色彩が各短編の主人公のようなもので、色彩による認識の世界を、カーテンの制作者である祖母と孫娘との心の中に、もう何も心騒がせるもののないような落ち着きで描いてゆく。

ということは、おそらく、安房直子の心において、かつて大いなる力でもあり、それに助けられてもいた色彩は、そのころには、もはや彼女の世界認識の要ではなくなっていたのだ、と想像される。

枯れ木がこう空にむかってたくさんのびているところにずっと立って見ていると、木の細い枝がロープみたいに見えます。レースあみみたいに見えます。私が本当にきれいだなと思って感動したのは、その枯れ枝の中にお月さまがぽっかり入っているのをみたとき……なんだか本当にきいろい毬《まり》が網にはいっているみたいで、「ああ、すてきだなあ」と思いました。

それから、冬は夕日がとてもきれいです。夕焼けが。私の子どもは四年生になる子がいますが、その子が雨戸を閉めていて、

「お母さん、見て。すごくきれいだから、お空見て！」

と、いうものですから、いって見ましたら、もう本当に夕焼けがきれいなんです。いつも見なれている窓の景色なのに、本当にうっとりするほど夕焼けの雲の色がすばらしくて、そこのところに夕方のお星さまがひとつぶ光っている風景が、なんてきれいなのかしらと思って、本当にうっとりしたことがあり

ましたけれども……。

一九八五年一月、日本女子大学附属豊明小学校で、生徒たちにむけて安房直子は講演をした。「どうしたらいいお話がかけるかしら」がタイトルのその講演の中で、右の言葉を安房直子は子どもたちに伝えた。

「童話と私」(一九八九年十一月日本女子大学国語国文学会講演　／『国語の授業』110号掲載　一光社　一九九二年)
「惹《ひ》かれる色」(「日本児童文学」29巻6号　一九八三年)
「自作についてのおぼえがき」(「児童文芸」22巻8号　夏季臨時増刊号　日本児童文芸家協会　一九七六年)
「メルヘン童話の世界・作者と語る」(「教科通信」5巻9号　教育出版　一九七八年)
「ガラスのゆりいす」(エッセー　同題名の作品とは別物)(「室内」412号　工作社　一九八九年)
「どうしたらいいお話が書けるかしら」(講演　日本女子大学附属豊明小学校　一九八五年／「目白児童文学」30・31合併号　一九九四年)
「メノン」(『プラトン全集9』岩波書店　一九七四年)

第六章　誰もが対等ではない

安房　よくみんな言いますね。子供の頃《ころ》はよかったなあって、もう一度帰りたいなあって。私はそうは思わないの。特にね、集団生活がとても嫌でした。小中学校が。学校生活をもう一回しなければならないんだとしたら、子供なんかにもどりたくないですね。

――いやでたまらなかった？

安房　というほどでもないけれど、学校は、やはりあんまり好きではなかった。でも、ちゃんと学校行って、真面目にやって、よくまあがまんして通ったと思います。要するにね、なんていうか、集団ていうのは生存競争でしょ？　早い者勝ち、それから学校っていうとこは同じ事を全部の子供に同じようにやらせて、優劣つける。そういう中で一生懸命がまんしてたもんですからね。

（中略）

安房　自分から、なかなか仲間に入れない。人が遊ぶのひとりで見ている、みたいなね。想《おも》い出すとそういう自分の姿ばっかり浮かんできますね。一人でみんなが縄とびしてるの見たり……。今でもそうですね。多勢《ママ》のところあまり好きではありません。でも、それでいいと思うの。みんなと同じでなくていいと思うのです。（インタビュー「安房直子さん」[*1]）

「けんたと　ゆうじと　だいすけのゆめ」という作品がある。一九八二年、掲載誌は「こばと――あそびのおともだちえほん」（5巻10号　児童福祉会）である。[*2]

公園で遊んでいた子どもたちが、遊び足りない思いを引きずって家に帰る。その夜、三人が三人とも同じ夢を見る。夢の中で、公園のブランコがロケットになって、別れたときの約束どおりに、空の旅、「うちゅうごっこ」がはじまった。彼らが、それぞれに見るまったく同じ夢。私たちは、それによって、彼らが、たしかに何かを共有しているという安堵《あんど》感に満たされる。

違った場所にいるそれぞれが、まったく同じ夢をみるというアイデアは、たとえば夢野久作の西日本新聞時代、毎日のように紙面を埋めた童話作品の得意技[*3]なのだが、彼の場合、同一の夢を見るという設定は、大きく異なる人物たちの見かけ以上の類縁性を、夢のように作品の内部に持ち込むという性質を備えている。そしてそれは、個々別々の人間存在を、そうしたつながりの可能性のある存在と見ることによって、はじめて人間にドラマの発生が信じられる彼の世界観のあらわれである。

しかし安房直子が「けんたと　ゆうじと　だいすけのゆめ」でこの手法を生涯にたった一度、それもほとんどかりそめに採用するとき、大きく異なる人物間の類縁性などというものに、彼女は関知しない。彼女は、このタイトルが伝えてよこすように、はじめから横並びの主要人物どうし、すなわち登場人物の誰彼が、ほかの誰彼であっても、さほど事態は変わらないという均質な登場者の設定を、ただただ試みているにすぎないと思われる。そしてその試みが、たった一作しか書かれなかったということが、安房直子が、人間をどのような存在だと感じていたか、を逆に私たちによく伝えてくる。

この作品に登場する三人の子どもたちは、我が国の学制の中での小学校の同じ学年、もしくは学区域という狭い地域社会での小学生の子どもという範疇《はんちゅう》に属しているはずである。タイトルに見られる彼らの名前は、あたかも何かの名簿であるかのように均質に列挙され、かつ彼らは、そのような、いわば交換可能な扱いによく耐える存在である。——いささか面倒な言い方をしたが、つまり彼らは、彼ら一人一人がどのような少年であるかに先だって、社会の枠組みが規定するある観念の内側において、その限りではそれぞれ対等な存在、ということだ。

そのように、社会的な枠組みを大切にして、その内側に属す存在としての人々の姿を想像力の出発に据えて、そこから人と人との間にはじまる出来事を想像してゆく、という物語は、たしかにある。というより、おそらくそのほうが普通のこと、といっていいのだろう。

どれほど多くの学校同級生ものが書かれているか。どれほど多くの地域共同体の子どもたち、そして大人たちという物語が書かれているか。またどれほど多く親たちの職業階層を枠とした子どもたちの物語が、書かれているか。——枠組みの中の人間という発想から物語を始めることは、たしかに、それらの書かれた多さから言えば、なにも現代に限らず、いつの時代にあっても、またいかなる地域においても、きわめて自然な試みと言うべきかもしれない。

だから、もし誰かが、人という存在を語るとき、社会的な枠組みから想像力を出発させないで、ただただ、ここに一人の人が生きている、と始めたとする。彼あるいは彼女は、たまたま小学校に通っているけれど、そのことは彼らの人格のほんのわずかな部分でしかない。あるいはまた、同じようにして、彼らには親とか兄弟とかもいるけれど、それもまた、たまたまそうなのであって、彼らという人間はそのことに、ほんのわずかな部分しか関与されていない、とする。——そんなふうに、一人の人についての想像をめぐらせて、そこから物語を始めると、私たちは、なんだか普通らしさがない、という印象を持ちかねない。

だが、枠組みの中の人間という発想から始まる物語とは、誤解を恐れずにいえば、結局のところ、人はみな似たようなものだ、という世界像から出発したものなのである。

安房直子は、しかし、この「けんたと　ゆうじと　だいすけのゆめ」という作品を除いたら、社会内的な枠組みのもとに、対等に、複数の者を設定して、その社会の枠組みこそが舞台であると思わせて物語を語り始めるということを、まずしなかった。

人は、別にどこかの学校の同学年生の中の一人、という在り方からその人らしさを決定されなくて構わない。人は別に、どこかの地域社会の平等な構成員という在り様から、その人らしさを決定されなくて構わない。——まず、何よりも、彼や彼女が、ある魂で生きている。おそらく記憶のある限りの彼らの昔から。つまり、人としての彼らの始まりから。その魂で、人は、まず一緒に暮らしている人を眺める。その魂で、壁を眺め、天井を眺め、庭を眺める。その魂で、隣家の人々を、家の前の道を、眺める。——人は皆、それぞれ、違う。それぞれはそれぞれなりに、ある風景の見方をし、ある好みを持ち、ある対人の感受性を持ち、……気づけば、すでにそのように生き始めている。

誰もがみな、対等なのではない。——安房直子の想像力は、人をそう捉える。そしてその捉え方が、私たちに、実に単純明快に、次のことを告げてくる。——すなわち、人には、学齢に達する以前にも、多くの大切なことがあるということ。また、それと同じで、親たちを親たちと分かる以前にも、やはり大切なことが、人にはあるらしいということ。さらには、物事には順番というものがあって、ある場合にはこうした一つ一つを無視して、平等を押しつけるわけにはいかないのだ、ということ。

＊

たった一度しか試みられなかった、安房直子のこの横並びの主人公たちのお話のことを考えるとき、私の脳裏には、一人の童話作家の名と、その作品の姿とが浮かんでくる。それは浜田広介のことである。大正六年、「黄金の稲束」が大阪朝日新聞の懸賞に入選し、まもなく「呼子鳥」「椋鳥《むくどり》の夢」と立て続けに作品をものして童話作家の道を確立する以前、彼が萬朝報《よろずちょうほう》に投稿し続けたいくつかの作品、また春陽堂の「中央文学」誌上の北村透谷賞に応募して入選した小説などのことである。[*4]

浜田広介の、童話作家以前のそれらの小説の主題を、ひとくくりにいえば、たとえば同級生、たとえば会社の同僚、たとえば家族、そういった横並びの人間たちの間で、どうにも他者への自己の対等性が見出せない主人公の苦しい意識、だった。そして、そのとき浜田広介にとっての最も緊迫していた問題は、苦しみそのものもさることながら、苦しむものとしてそこにいる姿を、想像力の中にとらえることの困難だったように思われる。彼の小説の模索は、そのような主人公がいかに苦しいか、そしてそれが何を引き起こすか、ということではなかった。同級生たち、同僚たちの中で、その人がその人であるというそれだけの姿をとらえることの模索だった。

——一人の人は、ほかの人とは違う。社会的な、あるいは家族的な人と人とのつながりの中で、一人の人間をそのようにとらえなければならない。それがどうして、これほどに困難なのか？

たったそれだけのことを適確に表現する方法の模索に、彼は、ほとんど彼を押し潰《つぶ》すような闇を見ていたと思われる。

*

安房直子に、戻る。

主要人物ばかりではなく、副人物たちの扱いにおいても、彼女はめったに、人というものを、その人と対等な存在が、すぐそばに、あっけなく見出されるものとしては、とらえなかった。（そして童話作家となった浜田広介も、またそうだった。）

誰が誰であっても、本質的に大して変わらない、そうしたゆるやかな対等性を与えられた登場人物という数少ない例を、安房直子の生涯の作品の中から拾ってみれば、一つは「銀のくじゃく」の四人のお姫様たち。また「天の鹿《しか》」の姉二人、たえとあや。そして「うぐいす」のラストに登場する五人の女の子たち。あとは、ほとんど重要性を持たせられていないけれど（したがって登場という言い方すらふさわしくないけれど)、「カーネーションの声」で、アパートの入居者たちを「松本さん」「吉川君」「山下君」と記すときくらいだろうか。こうした副人物においてさえの例の少なさは、彼女が、どれほど人というものを十把一絡《から》げに扱うことをさけているかを、私たちによく伝えてくる。彼女は、したがって主要な登場者たちに、十把一絡げにくくれるような気楽な友人たち、という存在を、けして彼女の物語に導入しない。

――たとえば「よもぎが原の風」には、三人の母親と四人の子どもたちが登場する。山暮らしの家族たちを描く短編連作『風のローラースケート――山の童話』の一話である。夕方暗くなってもよもぎ摘みから戻ってこない子どもたちを、三人の母親が探しに行くこの話において、彼女らが考慮するのは、子どもたちが熊《くま》に出会ったかもしれない危険、そして子どもたちをだます可能性のあるうさぎたちへの不安。

山という限られた範囲の生活では、住人たちの少なさは、ある意味誰もが仲間であり、場合によっては友人といってもいいのかもしれない。けれど三人の母親たちのつながりで強調されるのは、こうした危険の感覚の共有だけだ。その感覚にのみ基づいて行動するようすだけが、心地の良いものとして描かれる。このことが、逆に、暗に、彼女たちはふだんからの顔見知りではあっても、それぞれの家族がそれぞれに、山に住むという環境の中に発生する必然的な判断と行動でだけ生きていることを、ありありと示してくる。言い換えれば、ここでは隣人どうしの絆《きずな》は、人と人との人間的な関係では決定されず、それは山に対する姿勢から自然に導き出されるものに限られる。

彼らは、群れをなして生きてはいない。たぶん、人間的にそうだというだけではなく、動物的にすら群れているとは言い難い。

同連作の一つ「花びらづくし」に、そのことがあざやかな具体性を備えて示される。

山の桜の精たちは、その年のお別れの彼らの宴《うたげ》に、山に住む人々を招く。しかし桜の精たちが誰を選ぶかは、山に住む人々には前もって知ることはできない。つまり花の前で、人々は、当然のことに、平等な存在ではない。――したがって、そこに住む限り、すなわち山の不思議を生活に取り込む限り、人と人とは、対等ではない。

彼女が、副人物たちを、ほとんどかき分けない場合。すなわち一つの範疇《はんちゅう》にくくる場合。――たとえば「天の鹿《しか》」の二人の姉たち。

彼女たちは、グリムの「灰かぶり」の二人の姉のように、ある意味、物語のリズムにかかわるのであって、上の姉と下の姉とは、それぞれの人生をそれぞれに生きているようには、けして書かれない。そのように登場者をリズムに扱うやり方は、別にグリムの集めた話に限ったことではなく、安房直子が『オールカラー版世界の童話46　日本のふしぎなお話』に再話として書いた「やまなしとり」にもそのパターンはあって、上の一人が失敗し、次の一人も失敗し、三人目の子どもが成功する、というリズムである。

しかし、どれほど昔話において、このような語りが、一定のリアリティを持っていようとも、安房直子の生きていた時代に、一つの物語の部分として提出されるこのようなリズムが、創作物語の全体の中にぴたりと不自然さを感じさせずに収まってくるためには、そもそも主要人物を語るときの人間把握が、大きく作用してくるはずである。

主要な登場人物の誰もが誰にも似ていず、誰と誰との間にも無条件の同類性などは存在しない。もっと強調すれば、人間の本質における平等というものを無条件には採用しない。

安房直子の作品を、かつて十九世紀のドイツでグリム兄弟が集め、そして記述し、世界に残してくれた数々のあの昔話にかさねるとき、最も同一性を見出せるのは、まさにそのこと、主要な登場人物を完全に孤立した存在として、似たものがいない存在として、想像力が把握していることではないだろうか。

＊

グリムの昔話集をひもとくと、たとえば「ラプンツェル」の冒頭に提示される夫婦には、夫婦といえども、彼らの一緒にいることが、ほかの人間たちから際だって結びついているようなにおいはなく、完全に異なった人間どうしが、たまたま一緒に暮らすことになって、ほとんど理解不可能な相手の欲求に、それでも共に暮らす以上はと、工夫しながらぎりぎりの調整を試み、共同生活を営んでいるといった気配がある。「ヘンゼルとグレーテル」にしても、描かれる夫婦はそうである。

また「手なし娘」などのように、村娘が王様と夫婦になる場合にしても、その娘については、いっしょになったあとにまで登場の最初に示される彼女らしさが最後まで残されている。したがって、私たちには、彼らは（ちょうど娘の両親のように）たまたま夫婦をやったが、一人一人はちゃんと個々の人であることがはっきりと伝わってくる。ラフスケッチとすら言い難いような、あのようなシンプルな説明の中に、そうした人間把握がしっかりと保たれている。

安房直子が描いた夫婦、たとえば「ハンカチの上の花畑」、たとえば「ライラック通りのぼうし屋」、たとえば「うさぎ屋のひみつ」。——夫婦は、どのように描かれているだろうか？

安房直子は、彼らをファンタスティックな出来事の中に放り込む。そのとき安房直子の手つきは、ある夫婦がいて彼らにそういう問題が生じた、という把握の順番に記すのではなく、直面しているあるファンタスティックな出来事を前にして、たまたま彼らが夫婦であるという感触をたしかに、どのシチュエーションにおいても残す。

夫婦とか、あるいはそれを子どもの目で見たときの両親とか、そういった普通には、いとも手軽に一対とみなされる存在を、一九〇〇年代後半の日本に住んでいた安房直子が、グリムの記述がもたらすような、ばらばらな個人がたまたま結びついたといったイメージで把握可能であったということは、彼女がそれだけ、自分をも含めた人と人との、家族とか学校とか社会とかの内側での生存というものが、真にばらばらである感触に、よく親しんでいたことを物語るはずである。

だが、そうであればこそ、彼女は、彼女の時代に即したごく普通の姿に人間存在というものを把握することが困難だったのであり、そこに彼女の作品をほかのいくたの作家たちの作品から区別する、一種せっぱ詰まった諸特徴、あるときには美であり、あるときにはやさしさである諸特徴がひそんでいるのである。

彼女の初期の作品「小さいやさしい右手」には、グリムのようなお話を書きたいと望んだ安房直子の姿が、ことさら鮮明だ。とくに母が二人の娘に、明らかな待遇の差を付けて草刈りに行かせるくだりは、そのアイデア、記述のリズム、どれをとってもグリムである。けれど、そのような額縁を設けて、その中に彼女が自分の絵を描いて、それで不自然なにおいがたちこめないことは、私たちを心底驚かせる。

母から意地悪を受ける主人公の女の子を、後半、粉屋のおかみさんとして登場させるとき、彼女があたかも独りで大きくなり、独りで結婚を選択し、粉屋に嫁ぎ、たくましく太り、けれどそれは彼女が任意の選択として選んだのであって、したがって彼女はその境遇を今生きてはいても、そこにけして縛られてはいないという、何とも美しい孤立の感触を、安房直子は、まるでそれが、ごく普通のことであるかのように書き込んでしまう。まものの子に呼び覚まされた昔の歌を、いかなるためらいもなしに、率直に口ずさむ彼女の姿には、安房直子が想像する人というものの、変化してゆく部分と非変化にとどまる部分とのバランスが、典型的に現れる。

＊

ところで、この「小さいやさしい右手」という作品の、彼女自身の絵の部分には、安房直子が、終生自分の中心的な主題に据え続けた大切なものの一つが、端的に展開されている。

いかなる意味においても対等な存在ではない、まものの子と女の子と。この、対等でないものどうしが、対等でないままに、何の前触れもなしに、出会うやいなや、いきなり対等の口をきく。そして対等に行為を分かち持つ。……言葉を持つものどうしの、このような完璧《かんぺき》な出会いの想像。安房直子の作品から、終生けして外されることなく、彼女の想像力の中心を占め続けるのは、これである。


「ほら、あげる。」

と言いました。その手の中には、やきたてのお菓子が入っていました。

「まあ、あんた誰?」

女の子は、おどろいてさけびました。それから、この小さな手の主を見ようとして、木のうらがわへまわりました——でも、誰もいませんでした。

(中略)

「すばしっこいのね、あんた。」

女の子は、あえぎあえぎ言いました。それから、お菓子をうけ取って食べはじめました。

「おいしいかい。」

と、まものは聞きました。女の子は、息もつかずに食べおわってから、たったひとこと、

「とってもおいしい」

と言いました。


まものの子と女の子との、両者の口調における一種率直さの極み。安房直子は、その会話の応酬を、生き生きと想像して楽しむ。そして自分が書きつけたこの口調に導かれるかのようにして、次に、彼らがシンメトリカルな行為を交わす姿を想像して描く。すなわち、おかみさんになった女の子は、今度は彼女の

ほうからまものにお菓子を渡すのである。

粉屋の白い手のおばさん
ぼくにお菓子をくださいな
ひつじのようにふくらんだ
やきたてお菓子をくださいな

歌いおわって、まものは、われながら、何ていい声で歌えたんだろうと思いました。

粉屋のおばさんは、びっくりしてこちらを見ましたが、すぐにやさしく言いました。

「まあ、一体どこの子供？　そんな所に立ってないで、中にお入り。」

まものは、すっかりうれしくなって、家の中にとびこんで行きました。

おかみさんは、このほころびだらけの服を着た片手の子供をとてもかわいそうに思いました。そこで、パンやきがまから、一番大きなお菓子を取り出してくれました。まものはよごれた左手でそれをうけ取ると、いきなりかぶりつきました。

「おいしい？」

と、おかみさんは聞きました。まものは、息もつかずに食べ終わってから、たったひとこと、

「うん、とっても！」

と言いました。

「ねえ、あんた。」

粉屋のおかみさんは言いました。

「さっきの歌を、もう一度歌ってごらん。あたしも子供のころ、あれとそっくりのふしで歌を歌った様な気がするよ。」

対等でないものが、対等でないままに、対等に一つの行為を分かち持つ――、安房直子の数多くの作品が、たしかに彼女の想像力の核の一つにそれがあると告げてくる。

「赤いばらの橋」の小鬼と小枝、「青い花」の傘屋の青年とあじさいの精、「さんしょっ子」では、それはさんしょの精の望みだ。「銀のくじゃく」の機織りの若者は、織り上げた旗の模様のくじゃくになって、くじゃくの声を発し、くじゃく王家のお姫様たちと対等な存在となる。

「日暮れのひまわり」のひまわりが、眼の前を走ってゆく少年に思うことも、「鳥にさらわれた娘」のしぎが村の娘ふみに望むことも、根元は同じ一つのことだと思われる。

対等でないものが、対等でないままに、対等の交流を実現する……、このことを当のものどうしが完璧《かんぺき》に実現されたと心から得心し、かつそれがそうだと保証される、その形式は、言葉と行為との鸚鵡《おうむ》返し、すなわち、少しもずらされることのない定型の繰り返し、にしか、ありえない。少なくとも安房直子が記した物語からはそう私たちは受け取れる。

だが、今はもう少し、彼女の想像する主人公の、誰も誰にも似ていない姿だけを、しばらくは追ってゆく。

動物と身分と

★　動物（及びそれに準ずるもの）

安房直子の動物主人公（及びそれに準ずるもの）は、まず何よりも、誰もが誰にも似ていない、という彼女の世界像の、うむを言わさぬ表現の要請に応えたものだったように思う。

彼女が最初に自分のお話に動物を持ち込んだのは「月夜のオルガン」で、一台の壊れたオルガンを挟んで、互いに面識も直接の交流もない、分教場の女教師と人の言葉を話すたぬきの兄弟を両側に配したとき、作者は、いかなる意味においても、彼らを共にくくり上げる社会性（そこでは、人は人とどうしても似てしまう）を付与しないでいられた。何しろ、片方はたぬきだから。

そして、たったそれだけのことで、この作品は、オルガンの音楽とそれを楽しむ村の人々への、たぬきの兄弟の隔てられた思いというものを、へだてられてあるがままに、それでよし、として表現できるのだった。大学一年の冬から早春にかけて手を入れたと思われるこの作品は[*5]、ほんのその数か月前に「婦人文芸」16号に掲載された「向日葵《ひまわり》」の、作品としての破綻《はたん》とそれをもたらす極度の緊張に比べると、隅々まで生き生きとしたもののみなぎる明るさに浸された。

＊

浜田広介が、投稿時代の小説で、あれほど主人公の把握に苦しみ、その結果作品としての生命力まで失われていたというのに、一九一七年大阪朝日新聞の募集に応募して入選した「黄金の稲束」で、馬と口のきける主人公を登場させるや、それまでの作品を損なっていた不安定が一気に姿を消し、そこでは村人からの主人公の孤立の表現が、ほとんどのびやかでさえありえたのと、おそらくことは同じだ。

浜田広介は、このときからやつぎばやといってもよいペースで、雑誌「良友」（コドモ社）誌上に、非人間が主人公のお話を発表する。（一九一八年の暮れからは、彼自身も同誌の編集者となる。）「呼子鳥」、「椋《むく》鳥《どり》の夢」、「花びらの旅」、「ひとつの願い」などである。

母と子との、互いに離れることをめぐる思いの違いが、栗《り》鼠《す》と雛《ひな》鳥《どり》とに具体化されている（「呼子鳥」）だけで、それぞれの意識は、出来事の自然さを易々と含んで、悲しみ自体が安定する。花びら（「花びらの旅」）は、自分を翻弄《ほんろう》する相手が雀《すずめ》であると認識して、自分に訪れた理不尽な出発を理不尽なままに受け入れられる。そして魚たちに出会って、花びらと魚との差を共に十分に知る基礎の上に、おだやかな交流を実現する。街灯（「ひとつの願い」）は、街灯という存在の制約上、自分の同類にはけして出会えない。彼は、こがね虫や蛾《が》が、ふだんからの交流相手である。このとき、この街灯の、自意識の突出ゆえに芽生える自己の存在の願いは、本質の異なるものたちの批判にしかさらされない。それなら彼には、十分に耐えることができるのである。


浜田広介の初期と、安房直子と。この二人の想像力においては、もの言う非人間である登場者の果たす役割は、ほぼ等しい。主人公の彼あるいは彼女が、誰とも違っていることをまず具体的に示すこと。そして主人公がもの言う非人間（たぬきとか、あるいは電信柱とか）の場合には、異なる種類のそれを導入し、そのことで具体的に、彼らが同類を持たないことを安定させること。人には同類は存在しない、ということの表現の継続的な安定を求めて、彼らがそこに費やした想像力の努力は、すさまじい。

しかし、考えてみれば、これは不思議なことである。言葉を持ち、互いに口をきいたり、話し合ったりする存在を、動物や電信柱にしてまで、彼らが、人々に分かってほしいと心から望んだ違いというもの、自分が人と違うということ——ただただ違うという、それを伝えるだけのためですらあるような、この想像力、それらはいったい、どういう願いなのだろう。どうしてあれほどせっぱ詰まったものなのだろう。

思うに、彼らの作品から推測すれば、彼らの心中を占めるその思いは、普通には、たとえば学校程度のゆるやかな社会においてすら、もはや人々は誰も用いなくなっている心なのだろう。というのも、もしそういった場で、普通に用いられているものならば、あれほど彼らは、想像力を苦しめずとも済むからである。

また、普通には、家庭生活の中でも、用いられない心なのだろう。なぜなら、もし人の家庭生活の中で、人と人との違いというものに、その心が普通に用いられているのならば、彼らは、もとより安定して、自分もみんなと同じだと思いながら、そういう状況を苦しみ、考え、生きられたであろうから。

それなら、一人の人はほかの人と違っていて、人と人とは、けして対等でない、という、それを分かってほしくて彼らがあんなにも苦しむこのことは、いったい彼らの成長のどの時点で、どこに見いだされたものなのだろう。というのも、もし、彼らが一度もそれを知らなかったのなら、彼らとて、それが想像力に浮かぶことは、ありえないはずなのだから。

——私には、答は分からない。ただ、彼らのそこまでの命の中のどこかで、自分の向き合う当の相手に、あなたと私は違う、けれど違うままで、対等に、どうか本当に対等に、と強く望んだときがあった。作品から想像すれば、だがそれはけして自覚的にではなく、ほとんど自覚不可能なものとして、気がついてみたら彼らの心に根を下ろしていた願いだった。少なくとも、家庭生活、学校生活において、自覚的に対象化できる相手と自分との差、そこから始まったものではないらしい。と、そのことだけは、どうやら言えそうだ。

★　身分

さて、また一方、安房直子は、主要人物に、彼女の思いどおりの想像力を働かせるために、これもグリムの諸編には遍在することの自然であったあるテクニックを用いることがある。「蠟燭《ろうそく》」という一九六二年高校二年生のときに最初に試みた技法で、それは身分差を用いて、人物を想像力の中で動かしてみることだった。

「蠟燭」の主人公は、とある一家の下働きの少年である。新しく雇われたばかりの彼が、ご主人一家のクリスマスパーティーを使用人の目と耳で経験する、というのがこの短編で、少年の意識の記述が中心をしめる。それは、結局のところ寂しさを軸とするものである。が、この寂しさの根元は、身分差それ自体にはない。寂しさは、周囲の人々を見つめなければならないまなざしの内にこそ、ある。したがって「奥様」や「お嬢様」や、同い年の「坊ちゃん」を対象とするさまざまな意識も、いささかも身分差自体を否定的に取り扱う展開はない。なぜなら、この寂しさが、身分差の方向が逆転していても、身に起こりうる寂しさだからだ。また同じ身分階層の中においても、普遍的に存在する寂しさだからだ。

安房直子は、おそらくその読書経験を通じて、グリムや、少女小説に見られる、この身分差というイメージが、人の孤立、言い換えれば対等な存在を持たない人間の状況を、実に説得力をもって想像力の中で具体化することが可能となることを知っていたのだろうと思われる。[*6]

安房直子が、「蠟燭」の主人公の少年の中に、彼のものとして展開させたかった意識は、もしこれが「月夜のオルガン」のように、たぬきかなにかの子どもに設定してあれば、別に使用人という役割を持ち込まずとも表現可能だったかもしれない。しかし、たぬきではない人間を想像力の中に導入して、なお主人一家から切り離された存在としての意識を描こうとする場合、――しかも、その切り離されを、肯定さるべきものとして描く場合、……時代を考えれば、本質的孤立を肯定でとらえて表現することに、使用人を設定することは、微妙この上もないのだが、……ともかく安房直子は、しばしばこの身分差という状況を十分に生かして、人が人に似ていないことの説得力を具体的に増やすようにつとめた。「ひまわり」やその改作「向日葵《ひまわり》」、あるいは「海賊」時代初期の「とげ」、「くるみの花」には、身分違いということの影が、手を変え品を替え姿を見せる。

だが、「蠟燭《ろうそく》」を除けば、身分差を完全に身分差として用いるのは「奥様の耳飾り」だけである。これは、あからさまに小間使いの話である。そしてそこには、あたかも三島由紀夫が短編「離宮の松」で子守娘の危うい孤立の意識を描いたのにも似て、一人の使用人の少女の透き通るような頼りのなさが見事に展開する。

通常、安房直子は、この身分差というものを、動物（およびそれに準ずるもの）である登場者と重ね合わせて、想像力の中に生き生きと位置させる。「まほうをかけられた舌」の小人、「雪窓」のたぬき、「ねこじゃらしの野原」の豆腐屋さんに飼われていたねこ。また「風のローラースケート」の一編、「月夜のテーブルかけ」のたぬき。

なかでもひときわ見事なのは、「べにばらホテルのお客」の青年や、「あるジャム屋の話」の青年などに嫁ぐことになるきつねや、鹿《しか》の娘の言葉にしのびこませて用いるところの、使用人の分を体現させる話法だ。

――誤解しないでほしい。このきつねや、鹿の娘が、使用人の言葉と態度を示すからといって、彼女らに、全面的に前時代的な奥さん像が与えられているのではない。彼女たちは、そのように表現された明瞭《めいりょう》な非対等感を備えることによって、逆にたぐい希《まれ》なる対等感を、その交流の中に得る。そう、安房直子は想像する。人と人との間に、違いというものがなければ、対等感など生ずるわけがない。おそらくそれが、安房直子の確信だった。したがって当然のように、その身分差感覚は、フレキシブルだった。「トランプの中の家」で、彼女はたった一度だが、今度は娘のほうをお嬢様にして、使用人の少年の恋を描く。人間が目撃し立ち会う、うさぎどうしの恋。

また婚姻関係ではないけれど、『ゆめみるトランク――北の町のかばん屋さんの話』の青年とトランクとの関係にもこの柔軟さは見られることで、トランクは使用人の言葉を話しつつ、ほかの誰よりも（ひょっとすると青年の奥さんよりも）青年の主人的存在になる。

これらの手法のバリエーションとしては、「ひぐれのお客」のような店の主人とお客、という設定も多い。だが、一つ一つ指摘するよりも、いっさいをひっくるめて、およそ彼女の描く非人間の登場者と人間との出会いは、すべて、多少なりとも使用人と主人の隔てに近い会話が持ち込まれて、基調となる、という言い方が適切だ。すべては、対等でないものが、対等でないままに、無類の率直な対等性を交流の中に実現するために。

そして『花豆の煮えるまで――小夜の物語』の諸編だけが、そのような基本姿勢、すなわち身分差を、非対等であることの具体化に、仮に用いるという手法の採用からついに免れえたことを知ればよい。安房直子は、小夜という主人公を得て、おそらく初めて、人と人とがけっして同じでないことの、もう一つの姿に向き合ったのだと思われる。

＊

登場させる人物間に、明白な差を持ち込まずには、その想像力を働かせることができない安房直子。人は誰もみな同じではない、誰も誰にも似ていない、そのことが具体的に保たれるように書かれなければ、何も始まらない安房直子。技法をどっさり手に入れて、安房直子は、彼女の物語の基本を、名前を持たない者たちの物語にした。登場者たちを、ただ、ひとこと女の子と記し、若者と記し、そうやって無名のままに物語を展開することができた。なぜなら、人は皆、違うのだから。

女の子がいました、と記しさえすれば、それはすでに唯一無二の話となる。人間は、そのように語られることがあっていい。これが、彼女の物語を読む私たちへの、もしかすると、一番の贈り物となった。名を持たずに語られるものたちの物語が、私たちにやさしいものとなるとき、その力はずば抜けたものとなるからだ。

＊1　この引用は、次の文章と重ねて考察することによって、はじめて一つの人格を伝えてくると思われる。それは、「海賊」追悼号（一九九三年）の「笑いの磁場の秘密」（蓮見啓）の一節である。
「子ども達の学校の荒廃が表面化してきた昭和六〇年頃《ごろ》、私たちはよく〝校内暴力やいじめ〟について話した。自分たちの子どもが置かれている教育環境の歪《ゆが》みに対して、親として無力なことが歯がゆかった。そんなある時、安房さんは問わず語りに云《い》った。

――私も子どもの頃、学校では覇気のない子どもだとか、消極的すぎるとかいわれることが多くて、辛《つら》く思った。その頃は、今の子ども社会のようないじめこそなかったが、ひとりぼっちでいることはよくあった。転校が多かったし、人とつきあうのが苦手だった。そしてその頃は、そのことがとても辛いことのように思えた……。

『でもね、大人になってみたら、あんなことなぁーんでもなかったんだってわかったわ。なんであの頃はあんなに、そのことを辛く思ったのだろうって、今は思うわ』

そう云って安房さんは、ふふっと笑った。安房さんはいつものようなさりげない口調ながら、はっきり云った。――私はそのことを、今の時代の子どもたちにも伝えたいと思うのだけれど、難しい。一般に、子どもは元気で活発な方がいいとか、友達とうまく関《かか》われる子どもが望ましいとか云われるけれど、私は必ずしもそうは思わない。子どもには一人ずつそれぞれの個性があるのだから、ある程度は、その子どもにとって最も楽で自然な、ありのままの姿でいるほうがいいと思う、と。」

＊2　ほとんどの主要な公共図書館は、これを所蔵していない。ただ静岡市立中央図書館の郷土資料室に行けば、この作品を目にすることができる。

＊3　「正夢」（一九一九年四月二十一日　西日本新聞、以下日付は同新聞）、「雪の塔」（一九二三年二月三日～二月九日）、「オシャベリ姫」（一九二五年九月二十五日～十月二十三日）など。また単行本で発表された「白髪小僧」（一九二二年）にも、同趣向が含まれる。

＊4　浜田広介の萬朝報《よろずちょうほう》への投稿作品名の一覧は、以下のとおり。「零落」（一九一四年九月）、「正吉」（一九一四年十月）、「禍」（一九一五年二月）、「影」（一九一六年二月）、「冬の小太郎」（一九一六年四月）、「帰郷」（一九一七年二月）。また北村透谷賞（選者　島崎藤村）を受けた「途暗《みち》し」は「中央文学」（春陽堂　一九一八年四月）。ほかに同様の小説には、「蠢動《しゅんどう》」（早稲田文学一九一八年

七月）がある。

＊5　「月夜のオルガン」の執筆時期については、エッセー「山室先生と私」（『山室静自薦著作集』月報5　郷土出版社　一九九三年）や「山室静先生と私」（「日本児童文学」25巻10号　一九七九年）などに、そのことに触れた記載がある。どちらにも「目白児童文学」創刊の掲示が大学（日本女子大学）構内の掲示板に貼《は》り出されたことが書かれている。時期は一九六一年の十二月。そして、自分の机の引き出しには、そのときすでに書きためてあった作品があり、「誰かに見てもらいたいと、しきりに思っていた」（「山室先生と私」）ことが語られ、次に二十枚ほどの作品を児童学科の山室研究室に「書いて」（同）届けたとある。すなわち、この掲示を見たあとで新しく書いたのかもしれない。しかし、「山室静先生と私」の記述からは、引き出しの中から引っ張り出して届けたとも取れるように書かれている。「おさない童話をひそかに書いては、ひきだしにためこんでいた私の胸に、この時、ぽっと灯がともったのです。／早速、二十枚ほどの作品を、児童文学研究室へ持って行きました。」ここから言えることは、少なくとも提出前の最終稿は、掲示板を見た冬休み直前から翌春にかけてだということ。そのとき初めて書いたものなのかどうかは、現時点では分からない。ただ「向日葵《ひまわり》」から「月夜のオルガン」までの間に、彼女の引き出しにためこまれた未発表の作品は、安房直子研究の重要な課題の一つであることは、間違いない。

＊6　ちなみに、彼女自身は使用人のいる家庭に育ったことはなかった。この件については姉谷口紘子氏の証言を得ている。ただ、一九四〇、五〇年代当時、養父安房喜代年の専売公社勤務に伴って、地方都市を転々と移り住み、転校を繰り返したその頃《ころ》、行く先々の生活環境の中で、彼女が地方共同体からはみ出る存在として、たとえば学校生活において特殊な視線（すなわち身分差別に似たもの）を浴びたであろうことは、想像に難くない。時は、まだそういう時代であった。ただし、養父母が一人娘の彼女に、たとえば実姉たちとの関係において、より裕福な家のお嬢さんらしさを与えようとしていたことは、作品に身分差を持ち込むときの、その扱いに微妙に反映しているかもしれない。筆者の知る読者の一人は、この作者はてっきり貧しい少女時代を送ったに違いないと想像して、その旨谷口紘子氏に伝えたところ、実際は逆であると氏は答えられた。

インタビュー「安房直子さん」（「童話塾通信　TEXT2　レッスン10」日本通信教育連盟　講師立原えりか　一九八九年）

第七章　名を持たない物語と名を持つ物語

主な登場者が、名前を持たない場合

安房直子の作品総数は、現在（二〇〇三年九月）の時点で筆者が把握したものは270編である。ただし、詩作品と短歌は、これを除いてある。270編の内訳は、刊行されたもの155編、未刊行のもの115編である。

この270編のうち、次の3編は、当面の考察から外す。すなわち「赤い花白い花」「こびとのヤコブ」「やまなしとり」。初めのものは、一九五九年に日本愛児協会発行の雑誌「愛児」が企画した、読者の投稿によるリレー小説。安房直子、高校一年の冬の試みだった。あとの二つは、小学館の『オールカラー版世界の童話』のための再話。第39巻『ハウフの童話』と第46巻『日本のふしぎなお話』にそれらは、それぞれ納められている。

こうして目下のところ、267編[*1]が安房直子のお話[*2]の作品ということになるのだが、この中で、主な登場人物（これには動物や樹木や、風、精たち、またトランクなどの無生物をも含め、おおよそ作者が口をきかせ、言葉を持たせているもののすべてを含める）に、いっさい名前を与えずに一編を語りおおす例は、実に134編、ほぼ半数である。ちなみに、ここで名前というのは、ミミとか、正太とか、小夜とか、北村治とか、中原雪子とか、山本さちお、山本かおる、等々のことをいい、変わったところではサンタクロースが主人公であるとき（『サンタクロースの星』）のそのサンタクロースという呼び名も、これに含める。

さて、次に、一編のお話において、登場者が名前を持たない場合、どのようなものが名の代わりをしているることになるのか、それを見ていく。というのも、お話には必ず中心になる登場者たちがいて、それらのもののことは、何らかの示し方で示さなければならないのであるから。

A　安房直子の作品の歴史で言えば、最も基本的な形態は、いわゆる人の名前の代わりに、職業の名をもって、ある人を示し、残るほかの人たち（むろん人以外の登場者も含める）は、これを種別もしくは類別で示す方法である。

作者自身が処女作と認めた「月夜のオルガン」は、先生（あるいは女の先生）という言い方で一人の人を示し、もう一方にはたぬきの兄弟という言い方を当てる。それ以前の高校一年のときの作品「風船」が、すでに主人、と、少女で、主人とは洋服屋の主人である。

刊行された作品の中で最も早い時期に書かれた「空色のゆりいす」には、いすつくり、という言い方が用いられ、それに対しては、女の子、男の子、がそれぞれ当てられる。「青い花」では、かさ屋、と女の子。「だれにも見えないベランダ」では、職業は大工さん、そしてそれに対するものたちは、それぞれ、ねこ、娘、となる。

この手法は、作品制作のキャリアが、最初に一つのスタイルに結実する時期にも、安房直子作品の多くを占める。それは、筑摩書房から『銀のくじゃく――童話集』が刊行されるころで、たとえば標題作「銀のくじゃく」は、機織り、である。そして、この若い機織りには、くじゃく王家の家令の老人と、お姫様とが配される。

また、さらに創作技法が安定してきた後にも、この手法は持続する。短編連作の方法を確立した『ねこじゃらしの野原――とうふ屋さんの話』の中の一編、「ねずみの福引き」は、とうふ屋さん、そしてねずみ、である。だが、このねずみの呼び方には、次のようなヴァリエーションが与えられる。はちまきをしたねずみたちとか、はちまきのねずみとかである。

安房直子の最後の作品といってもいい「うぐいす」は、職業の名で示される者が二人で、これはこの形式の唯一の例外である。お医者さん、かんごふさん、むすめ。ただ、この作品においては、右のねずみの呼び方に起こったことが、主要な登場者のすべてに起こる。すなわち呼び方は一つに固定されず、変化する。お医者さんは、としとったお医者さん、とも言われ、かんごふさんは、としとったかんごふさん、とか、お医者さんのおくさんとかに言い換えられる。むすめは、うぐいすのむすめ、あるいは、わかいかんごふさん、とも呼ばれる。

＊

名前というものを導入せずに、一人の人を描くこと、それは人が名前を持つことが当たり前の世界にあって、何を意味するのだろうか?

ごく常識的に推論すれば、名前以前的な存在の部分を抽出することだ。この言い方が、妙な響きを呼び寄せてしまうのなら、次のように考えてもいい。——ある一つのドラマがそこにあるとき、それが本当に、私たちが名前をもって名前と共に行動しているとき、のドラマかどうかを疑うこと。そして、ある場合には、その一つの行いが、よく考えてみれば、名前と共にふるまわれる人格、の行動ではないのかもしれないと知ること。

安房直子は、人が名を所有して、その名前と共に行動するのではない部分を、そのとおりに、名前を持たせずに、表現した。そして、そこにもまた豊かな世界のあることを、私たちに告げてくれた。彼女がこの手法を採用し続けて、なお、けっして硬直せず、それを柔軟に変化させ続けたこと、そのことがすなわち、この領域の豊かさの証になるだろう。

さて、この方法の作品は、22例を数える。しかし、かたちにとらわれずに、実質で判断すれば、この例は一つ増え23例になる。というのは、作中で、ただ、おじいさん、と呼ばれるにもかかわらず、それが実質的には、独り暮らしの文房具屋の店主(『たんぽぽ色のリボン』)しか示さない場合があるからである。

B　次に、これもまた歴史的に言えば、安房直子が採用した二つ目の手法は、ただ、普通の種および類別の言葉を、各登場者に振り分けることだった。高校一年の三月の作品「星になった子供」は、子供、王子さま、女の人、おばあさんである。刊行されたもので言えば、最も古いこの形は、「しろいしろいえりまきのはなし」で、かあさんうさぎ、おとこの子、おんなの子である。もう少し知られたもので言えば、「北風のわすれたハンカチ」の、熊《くま》、北風、北風のおかみさん、北風の少女、である。

スタイルの固まってきた「銀のくじゃく」のころの作品でいえば、たとえば「夢の果て」では、もっと単純に、それらは、娘、女の人、若者。「海の雪」では、少年、少女。たったこれだけの指示で、一編を書きおおす力量が、安房直子のキャリアと共に身に付いて、やがて、女の子、たんぽぽ（『やさしいたんぽぽ』）、おばあさん、ねこ（「ストーブを買った日」、「手紙」、「ねこの家のカーテン」）、などの、いうなれば最小限の、通常はほとんどドラマに達しないとさえ思われそうな、きわめて簡素な、名に代わる登場者の示し方で、想像力を展開することが、作家のこの領域の豊かさの一つの証《あかし》である。

このような安房直子の作品群に出会うと、私たちは、言うなれば、私たち自身の内にひそむ、名前以前の自己を、――そういう自己があるということを、安心して信頼することができる。

それはおそらく、世界がそうした名前以前の感触で構成されているということが、私たちに懐かしいものだからだ。懐かしいと同時に、今もなお、そのようにも存在していたい部分が、私たちにはあって、励まされるからだ。

さて、この手法は88例を数える。発表雑誌が、低年齢の子どもを対象にしている雑誌である場合、安房直子はほとんどこの手法で、お話の形にしてくる。そしてそのことが、この作家にとってのお話というものの原型を私たちに伝えてくる。

ところで、登場者のすべてを種、もしくは類の呼び名で表現するこの手法は、大半が異なる種や類を導入するのに対して、数はきわめて少ないけれど幾つかのものが、登場者を同じ種類にそろえてくる。

たとえばそれは「きつねの夕食会」で、この作品の場合は、呼び分けられる対象がすべてきつねである。ここに、それらを列挙しておく。「しっぽで綱引き」、「ころころだにのちびねずみ」、「つきよに」、以上の3話が、ねずみ。「そらいっぱいのピアノ」、「もうすぐ春」、以上の2話が、うさぎ。「チェーンステッチ」、「ひかりのリボン」[*3]、「川のほとり」、「ばらのせっけん」、「ひかりのリボン——花びら通りの物語　第1話」以上の5話が、人間。あと「小鳥とばら」も、ほぼここに含めていいかと思うが、この作については、少年の母親、という呼び方で登場する存在が、あと少し非人間性（この場合は魔女らしさ）が強ければ、登場者のすべてが同じ種類とは言えなくなるはずである。

C　三つ目の手法は、登場者の一人に一人称単数を当てて、お話の中心に据える方法である。

用いられる一人称は、私、が、3例（うち、1例、男性）。わたし、が、2例（すべて、女性）。そして、ぼく、が5例である。あと表記なしの一人称（女性）が1例ある。「キラキラスナックの秘密」で、語りの文体が一人称を示しているが、あえて、いわゆる主語は立てずに、お話を語りきっている。

一人称単数で示される登場者が、その人のまなざしで場所を示し、時を示し、また、ほかの登場者、すなわち名前を持たずに、ただ種や類の名でそれと示される登場者たちを語っていきながら、同時に自己をも語るこの手法は、「きつねの窓」が典型である。

詳細は後述するが、安房直子は、登場者たちが名前を持つ物語であっても、しばしばこの一人称単数の物語を著している。そしてそれらについては、私たちは、そこで安房直子が展開する他者への意識というものについての想像力に注意を向けざるをえないのだが、この「きつねの窓」のような、一人称の登場者が名前を持たず、かつその他の登場者が種か類の名のみによって語られる物語においては、安房直子の想像力の捉える登場者の意識のベクトルは、それらとは逆側に向かっていると思われる。

わたし、とか、私、とか、ぼく、とかが、無名性の登場者たちの中に位置するとき、彼ら、すなわち一人称で示される登場者たちは、そうした名を持たない向こう側の存在者とこちら側の自己との、対等性を強くとらえている場合が多い。それも向こうを基準にして、向こうにこっちが近いのだと。実のところ、まったく対等でない、それらのものに対して、である。

それに対して、名を持つ物語においては、あくまで一人称の用いられる側が基準となって、向こうはこっちからどうずれているか、それをあれこれと判断する形態が多く採られる。

「きつねの窓」には、このような、向こうを基準とする自己把握の展開が、典型的に想像されている。子ぎつねが、自分に似ていると受け取る意識が、青年の存在のにわかな安定に役立って、けしてその逆ではない。しかも彼は、子ぎつねによってもたらされたその安定を、自分の中にいつまでも保つのである。幕切れの、へんなくせ、についてのエピソードが、それを示している。

D 「だんまりうさぎ」シリーズ（ここでは、偕成社より刊行された二冊が含む6話以外に、「小一教育技術」等に掲載された残る6話を含め、全12話の物語として扱う。というのも、これは、出会いからプロポーズまでの一貫した物語だからである）の場合は、これまでの三つとまったく異なる段階の、名についてのことがらが、考察されなければならない。
ここでは、名の発生、より正確に言えば、名の発生の直前の無名性とでもいうべきものが、作品の性格と主題とを大きく方向づけているからである。ちなみに、私たちにとってのごく普通の意味での名前は、ここにはない。

だんまりうさぎの家は、畑のまん中にあります。

（中略）

ある日のこと。

だんまりうさぎが、ほうれんそう入りのパンと、きのこのスープで朝ごはんを食べていますと、遠くの方から、口笛が聞こえてきました。

（中略）

耳をすましました。それから、大いそぎで窓をあけました。

するとまあ、畑のむこうから、赤いスカートをはいて、大きなかごを持ったうさぎが一匹、こっちに歩いて来るじゃありませんか。

（だれだろう）

だんまりうさぎは、目をぱちぱちさせました。それから、スプーンを持ったまま、家の外へとびだして行きました。

赤いスカートのうさぎは、だんまりうさぎを見つけて、遠くから手をふりました。それから、

「おともだち、こんにちは」

と、大きな声でよびました。だんまりうさぎは、返事をしようとしましたが、なんだかとても恥ずかしくて、口をもぐもぐさせただけでした。すると、赤いスカートのうさぎは、だんまりうさぎのそばまで走って来て、はあはあ息をしながら、こんな事を言いました。

「あたしね、ちょっとお願いがあって来たの。このかごの中のくるみのおもちを、あなたの畑の野菜と、とりかえてくれないかしら。（中略）」

これを聞いて、だんまりうさぎは、うなずきました。
「いいよ、でも、君の名前は、なんていうの」
すると、赤いスカートのうさぎは、
「みんなが、おしゃべりうさぎって呼んでるから、きっとそれが名前よ」

赤いスカートのうさぎは、この時点から、おしゃべりうさぎとなる。そしてたしかにそれは名前のように、安房直子の地の文においても、これ以後、おしゃべりうさぎはどうしたこうした云々《うんぬん》、と用いられ、一つの機能となる。

しかし、これを告げられただんまりうさぎが、この名前もどきを、どのように使用するかは、また別のこととなる。シリーズ全12編の中で、だんまりうさぎ自身の側から、これを私たちが普通に了解している誰彼の名前のように用いるのは、つごう3回に過ぎない。

うち2例は、手紙の宛名としての名前だ。「おしゃべりうさぎさま」(「だんまりうさぎと大きなかぼちゃ」)、「やまのおしゃべりうさぎさん」(「だんまりうさぎはさびしくて」)。そして、残る1例は、眼の前に相手がいないときの呟《つぶや》きである。おしゃべりうさぎが、麦わら帽子を使う手品のやりかたを、どうしても教えてくれないものだから、だんまりうさぎは独りで工夫して、すてきなマジックを成功させる。それは、帽子の中に蛍たちが集まってきて、音楽会を開くマジックだ。彼は、つぶやく。「(このこと、誰にも秘密にしよう。おしゃべりうさぎにも、だまってるんだ)」(「だんまりうさぎのぼうしの秘密」)。

残るすべてのエピソードにおいて、だんまりうさぎは、おしゃべりうさぎに、名前を持たないものに接するかのように、ふるまう。そして、おそらく、そのふるまいを、おしゃべりうさぎが、スムーズに受け取ることが、二人の交流をお互いの最も深いところから支えている。

おしゃべりうさぎ自身が、実際にこれを自分の名として使うのは、一回である。「だんまりうさぎと黄色いかさ」の導入部、雨に降り込められている二人が、電話で話す場面である。もちろん電話は、おしゃべりうさぎからだんまりうさぎへとかけるのであり、そこで彼女が名乗るのである。

「もしもし、あたし、山のおしゃべりうさぎよ。」

一方、だんまりうさぎにとっての、自分の名前は、どうか。

地の文においては、冒頭の一行の、冒頭の一句から用いられるだんまりうさぎという語が、おしゃべりうさぎにとっても同じ名前としての機能を果たすのは、——第四話の「だんまりうさぎと大きなかぼちゃ」においてが最初である。だんまりうさぎにかわって、彼のホームパーティー（実は誕生日）に客を集めたおしゃべりうさぎが、みんなに彼を紹介する場面である。

「さあみなさん、どうぞ中へおはいりください。これがわたしのおともだちの、だんまりうさぎさんです。はたけしごとも、おりょうりも、じょうずな、やさしいおともだちです。」

この名前は、どのようにして彼女の手に入ったか？　それは、第二話「だんまりうさぎとお星さま」に描かれる。畑から芽を出して大きくなった植物の名を、けっして教えてくれないだんまりうさぎ。おしゃべりうさぎは、やがてそれが、あずきであると知り、収穫したらおいしいものを作ろうと夢をふくらませ、それをだんまりうさぎに向かって語り続ける。

だんまりうさぎは、ああああと、ため息をつきました。

（だから、困るんだ。ぼくは、ぜーんぜん別のもの、つくろうとおもってるのに。）

（中略）幾日か過ぎました。

おしゃべりうさぎが、ふんふん歌をうたいながら、上きげんで山からやって来た時、だんまりうさぎの家のベランダには、もう、さやから取りだされたあずきが、ピカピカ光ってひろげられていました。

そして、家の中で、だんまりうさぎは、いっしょうけんめい、ミシンをかけていたのです。

「こんにちわ《ママ》」

と、おしゃべりうさぎは、言いました。けれどもだんまりうさぎは、返事もしません。

「あら、だんまりうさぎ、何してるの？」


そして、もう一度、これが繰り返される。話しかけるおしゃべりうさぎを無視してミシンを使うだんまりうさぎに、

「どうしたのよ、だんまりうさぎ。このあずきでこれから、おいしいものがたくさんできるのよ。」


このとき、うさぎを修飾するだんまりの語は、おしゃべりうさぎの使用の中で、まだ形容語の性格を残している。それなのに、先に記した「だんまりうさぎと大きなかぼちゃ」において、彼は、はやばやとこの呼び名を自己の名として署名する。——なぜなら、おしゃべりうさぎが、そう呼んだからだ。

みんながおしゃべりうさぎと呼ぶから、きっとそれが名前よ、と認識しているおしゃべりうさぎ以外に、彼には名前というものの範例がない。そして、彼を呼ぶのも、またおしゃべりうさぎしかいない。

こうして、名前というものが、初めて彼の手に入る。以後、おしゃべりうさぎは、彼のもとへやってくると、「こんにちわ《ママ》、だんまりうさぎ」という具合に使うことになるのである。

けれど、こうして発生した名前は、まだ二人の交流においては、本質的には、不要だ。全12編、彼らは、そのほとんどを、互いに名前など要らない存在としてかかわり続ける。そこが、私たち、読む者の心に、かぎりなくやさしい。

主な登場者が、名前を持つ場合

宮沢賢治が、彼の残した作品の想像力の核に、名前、――それは地名「イーハトーブ」であったり、人の姓名であったりするのだが、――ともかくも名称というものを、きわめて重要なものとして据えていることは、よく知られている。

たとえば「やまなし」のクラムボンなどは、ある意味でその究極の姿であって、誰もこれが何かを知りえない名前を軸にして物語を展開すれば、作品全体にも、いわば相似形の顔が生まれる。もっとも、このようなアイデアを用いて、その結果が人々のもとに確実に届くのかどうか、ということになれば話は別のことになる。

「グスコーブドリの伝記」という作品がある。この作品の成立については、あまたの研究、そして推測があるが、たとえば角川文庫『セロ弾きのゴーシュ』（改訂新版　一九九六年）の小倉豊文の解説を見れば、この作は、「ペンネンネンネンネン・ネネムの伝記」として最初の稿が書かれ、つぎにその主人公の名をペンネンノルデとする稿が試みられたという。書き手が物語の姿を、その展開のかたちによりふさわしく整えていくときに、登場人物の名前が、その大いなる変更の対象となるこの姿勢は、言葉の想像力というものの本来の働きにふさわしい。

安房直子は、子どものころに読んで、「何ひとつ」印象を残さなかった宮沢賢治を、「十七、十八になって」熟読して、今度はそこにたしかなものを見る。「現実には決しておこりえない出来ごとを、これだけ生き生きと描いた作品がある事」に、心を動かす。やがては、毎日の原稿の仕事に入る前にウォーミングアップのようにして読むものの中に、「遠野物語」と並べて、宮沢賢治を加えた時期も過ごした。*4『天の鹿《しか》』の猟師に安房直子がつけた清十という名は（ただし、作中それは必ず清十さんという形で用いられる）、宮沢賢治を思い出させる。「なめとこ山の熊《くま》」の小十郎と、「鹿《しし》踊りのはじまり」の嘉十と。おそらく、この名前を用いれば、名は体を表す、ということわざどおりに、宮沢賢治の用いた例にきわめて近い効果を生むことを安房直子は感じていたのだと思われる。

しかし、私がこの章で、名前をめぐって取り上げることは、右のようなことではない。

少なくとも宮沢賢治は、まさに、名は体を表す、を自らの想像力のうちに、がっちりと取り込んでいるのであって、その意味では、彼には、人には名前があるということ自体に、疑いを入れる余地はなかった。安房直子にあっては、しかし、むしろある人々には、物足りないと思えるくらいに、登場者に付ける名前はあっさりとしている。その、ごく普通の、何の変哲もない名前というものを、不意に覆してみせる想像力を、彼女は持っていた。

おそらく、彼女は、人に名前があるということを、当たり前のこととして想像力に取り込むことが、できなかったのだ。そしてそのことが、私たちに名前というものの在り様の幅を、ぐいっと広げて見せてくれることになる。

A　まず取り上げるのは、次の二つの作品だ。――名前をめぐる、これらに見るようなエピソードを、私たちは、まずもって、ほかの作家たちの想像力には、見いだすことができない。

一つ目は、「花からの電話」。この短いお話の主人公は、女の子、と語り出される。また、もう一つは、「丘の上の小さな家」。この、やや長いお話の主人公は、少女、と始められる。二つとも、ここまでは、この作家にあっては、ごく自然な想像力だ。

七つの女の子が、新しい自転車を買ってもらいました。
その自転車には、白いかごがついていて、うしろに、住所と名前を書く、小さな白い板がありました。

丘の上に、小さな家がありました。
赤いえんとつのついた、かわいい家でした。
家のまわりには、かぼちゃの苗が植えられていて、夏になりますと、黄色い花が咲きました。
丘の上の小さな家には、お母さんと、かわいい少女が住んでいました。
少女は色が白くて、まぶたがほんのりとばら色で、子鹿《こじか》のようにほそい足をしていました。

この、いうなれば、安房直子にあってはしごく順当な書き出しの物語が、次の行に、どうなるか？
まず、「花からの電話」。

女の子のお母さんは、そこに、女の子の名前と、電話番号を書きました。

「丘の上の小さな家」は、こうだ。

名前は、なんといったでしょうか……。

私が、安房直子という作家、――けして昔話をではなく、現代を十分に反映させていながら、なお物語こまやかな想像力を見るのは、この二つの作品の、それぞれのさらに次の行だ。

女の子は、その自転車に乗って、ある日、野原へ遊びに行きました。

お母さんが、時々、大きな声で、かなちゃーんと呼んでいました。うらの井戸端でポンプをおしながら、台所で豆を煮ながら、また、奥のへやで、カタカタとミシンをふみながら、お母さんは、いつも、「かなちゃーん、かなちゃーん」と、呼んでいました。

安房直子は、女の子の自転車についている白い小さな板に、母親がその子の名前を書いた、と記す。けれど次の行で、この作家は、その名前を無視する。野原へ遊びに行くのは、女の子、なのであって、母親が、書いた名前なんか、当面どうでもいいではないか。書こうとしている物語は、女の子、の物語だ。名前というものは、それがこの女の子にとって必要な時が来るまでは、表になんかしゃしゃり出てこなくて構わない。

「丘の上の小さな家」の少女については、安房直子は、さらにすさまじい想像力を、名前というものに加える。名前は、かなちゃん、だというのである。母親が、そう呼ぶからだという。そして、ここ以後、安房直子は、その地の文において、この少女を、執拗《しつよう》なまでに、かなちゃん、と表記し続ける。——ほんの夕方までのつもりで森に行き、すっかり遅くなったと帰ってきたかなちゃんの、髪は白くなり、頬《ほお》のばら色は失われる。そこに四十年の月日が経過したからだ。けれど、安房直子の地の文は、母親が呼んでいた名を、変更しない。たった一人で四十年の後に放り出された老いた彼女を、かなちゃん、かなちゃん、とあくまで記して、そこからの彼女の生活を追う。

だって、それが名前、でしょう？　そんな呟《つぶや》きが聞こえてきそうな響きが忍び込む。——先の引用箇所、『かなちゃーん、かなちゃーん』と、呼んでいました。」に続くセンテンスは、こうなっている。

けれども、かなちゃんは、めったに返事をしませんでした。

かなちゃんはいつも、ベランダのいすにすわって、レースを編んでいたのです。ほそい銀の針で、まっ白い糸をすくいとりながら、かなちゃんは、いつか自分が花嫁さんになる日のためのベールを編んでいるのでした。

「花からの電話」の、自転車に書き込まれた女の子の名前は、野に咲く花たちによって、読まれるのである。花たちが、「やまねあきこさん」とか、「あきこさん」とか、「や・ま・ね・あ・き・こ」とか、それぞれの花の気持ちと能力のままに、女の子の名を、楽しく口にするのである。

注意していいことは、女の子は、花たちに呼ばれたのではない。母親が書いた名を、読まれたのだ。この微妙な書き分けに、私たちは、安房直子の、名前というものについての心が、泉のようにわき出してくる現場を、あらたかに見る。

B　主要な登場人物たちの中の、たった一人にだけ名前を与え、ほかのものたちは種や類の名で表記するこの手法が、名前というものを作品の中に想像してみせるとき、安房直子が最も多く試みたやり方である。

右の項目Aの作品も、この形式である。それらは、名前を持つ物語、全133編中、72編、半分を超えている。登場者たちから、主要な、という限定を外せば、ここに属す作品は、3編、増える。

ある登場者によって、その名を想起され、あるいは口にされる人が、その名とともに行動、言動を表現されることがない場合。「雪窓」の美代。また、名を持つ人が、物語全体の動因ではあるが、ふるまうものとしては物語のおもてに現れない、か、もしくはほとんど現れない場合。それらは、「ふしぎな文房具屋」のミミ、「春のひぐれ」の一郎、である。これらを加えて、75編を数える。

*

それにしても、不思議なことである。名は、普通、ほかの名とともに並ぶときにこそ、意味を有すのであって、想像力によって展開されてゆくお話の中で、その名がただ一つ、というのは、いったい、どういうことなのだろうか？

この系統の作品の典型は、初期からは、「まほうをかけられた舌」があげられる。最初のスタイルができ上がってくる「銀のくじゃく」のころで言えば、「熊《くま》の火」。最後の十年の中から拾えば、『おしゃべりなカーテン』の中のほとんどは、この形式だし、また「風のローラースケート」、「ふろふき大根のゆうべ」も、『花豆の煮えるまで——小夜の物語』の中の「小夜と鬼の子」も同じ手法だ。

75編の中で、名を持つものが人間であるケースは、60例だが、そのうち、ほかの主要な登場者の全員が人、それもごく普通の意味での人間である例は3例に過ぎない。「てまり」、「木の葉の魚」、「春のひぐれ」。主人公にかかわってくるのが、別に、動物や、鬼とかではなく、ただ、おばあさん、とか、女の人、とか書かれていた場合でも、実は不思議を使う人であるのが、安房直子にあっては普通のことだからだ。

つまり、この形式で書かれているお話においては、名前というものが、もし当のその登場者に与えられていなかったとしても、ほとんどの場合、その登場者は、ほかから取り分けられ、際だつことになるはずだ。

それなら、なぜ、安房直子は、これらのお話に、名前というものを想像してみたのだろう。そもそも、名を記さずにお話を書くことが基本の制作態度だった、というのに。

おそらく、安房直子は、これらの作品群で、名前というものを、それ自体として、書いてみたかったのだと思われる。そして、それが、――すなわち、名前というものをそれ自体として意識するということが、そのように名を見つめるということが、何よりも彼女の物語の想像力の源泉のひとつにあったのだと思われる。

C　たぶん、こうした名前に関しての意識が、作品の在り方と最もうまく溶け合って、あますところなく表現されているのは、短編連作『ゆめみるトランク――北の町のかばん屋さんの話』においてだろうと思われる。

全10話だが、その第一話の冒頭で、主人公のかばん屋さんを読者に提出するとき、安房直子は、まずお店を語り、次にお店の主人（三代目）の名として、上原一郎を示す。つまり、この名の初出は、彼をそのふるまいにおいて表現する動きの中で、彼に添えられるのではなく、いわば、店にかかっている表札を誰かが読む、といったおもむきをこめて、無機質に提示するのである。

そうしておいて、すぐに作家は、この名を、当の、若いかばん屋さんのふるまいの表現に用い出すが、そのとき彼女が採用するのは、一郎、ではなくて、一郎さん、である。この距離感が、絶妙だ。と同時に、名を名として率直に、一郎はどこそこで……云々《うんぬん》、と記してしまうことに伴う、人間表現の定型を、このやり方はたくみにずらしてゆく。

第二話で、後に、一郎さん、と結婚することになる、むすめ、が登場する。むすめは、かばんを注文し、数日後、でき上がると受け取って帰っていく。その間の二人のやりとりで、作者は、むすめを、むすめ、としか表記しない。彼女のセリフの中に、自分は小学校の先生をしているとまで含めるのに、名は、語らせない。

読者に、むすめの名が伝わってくるのは、一郎さん、が、自分で紙に書きつけた住所氏名を眺めるところ。そこに、中村ゆき子さん、と書いたメモを、彼自身が見るのだ。むすめさんを気に入った彼は、気になってならない彼は、とうとう、秘策を思いつく。彼女に作ったかばんの残り皮で、財布をつくり、おまけのサービスです、と書き付けの住所を頼りに尋ねる、という趣向。

名前は、このとき、住所などと同じように、また表札などと同じように、彼らの交流の本質にはけしてあずからない。そのための布石が、こうして注意深く、しかしおそらく無意識に整えられてゆく。

実際、彼らは結婚するのだが、彼らが、一郎さん、あるいは、ゆき子さん、と呼ぶ場面は、一つもない。それればかりか、第六話「魔術師のかばん」においては、彼らは、ただ、かばん屋さん、おくさん、としてしか語られないのである。それは、この一編が、不思議な同居仲間、古いトランクと、ねこ、の話だからなのだが、そのような中心主題の移動に伴って、名が表現から、すっと消えることを自然にやってのける安房直子には、名というものは、けしてこの世の分かり切った物事には属していないのである。

名に関して、この連作は、一つ、面白いエピソードを持っている。第三話「夜空のハンドバッグ」。二人は、まだ結婚前の交際中なのだが、彼女の発案で、店のショーケースに飾るハンドバッグを作ろうということになる。

「いつか、わたしのかばんをつくるときに、いろいろな革を見せていただきましたね。あの中に、まっ黒い、つやのある革がありましたね。あの革のことがずうっと、わたしの頭からはなれなかったんです。あれで、つくってみたらどうでしょう。それで、ハンドバッグの名まえは、『夜空』というのです。」

これをきいて一郎さんは、すっかり感心しました。なんとすてきな思いつきでしょう。かばんに名まえをつけるなんて……。

私が、安房直子の想像力を信頼できるのは、こういうところの正確さである。たがいの行き来の中では、けして名で呼び合うことのない二人の人間どうしが、彼らの力を合わせて創造するものに対しては、はじめて、そこに名を欲し、それを付与する、――このような、名というものをめぐる二人の心の動き、そしてそのようにして生じてくる名。二人の主人公は、けして特別なヒーローでもなければ、ヒロインでもない。店の仕事でかばんを作る、ごく普通の若者と、小学校の先生をしている若い娘だ。そういう二人に、名をめぐってこのように正確な想像力を与えること。私は、ほかに、類を見たことがない。

D　名を登場者の複数に与えて物語を想像するとき、安房直子は、項目Bに属す例、すなわち一人にしかそれを与えない場合とは、何かが変わるように思われる。すでに右に例示した『ゆめみるトランク――北の町のかばん屋さんの話』連作の個々の短編の多くは、この形式の集大成と呼んでふさわしい。

二人以上の登場者に名を用意する作品数は、37例である。ただし、ここには、短編連作のゆえに、名が同一のものを重複して含んでいる。一つは、チュー吉さん、と、のん子さん。[*5] もう一つは、先の一郎さんと、ゆき子さん。前者は4作品。後者は8作品。(連作『ゆめみるトランク――北の町のかばん屋さんの話』10作品のうち2作品は、誰もが名を持たず、種と類によってのみ示される。)だから、それぞれをもし一つと数えるならば、27種類の組み合わせということになる。

そしてその27種類のうちの、3人以上に名が与えられているものは、11例。またその27例の中で、兄弟姉妹の名の羅列による複数命名は、8例。つまり、兄弟姉妹の名の羅列を除いたならば、安房直子は267作品のうち、たった16作品にしか、三人以上の登場者への命名をしていない。

さて、この複数の登場者に命名する形式の場合も、総じて言えることは、命名されたものたち以外に、種や類の呼び名で示す登場者を、たいがいは配していることである。『ゆめみるトランク――北の町のかばん屋さんの話』には、言葉を話すトランクとねこがいた。そのように、である。

初期に属す作品の中から、この形式の一つの典型をあげるとすれば、それは「霧立峠の千枝」がふさわしい。赤子のうちにさらわれた千枝という少女を、幼なじみの文太が、深い山を訪ねて連れ戻すというのが骨子であるが、筋の展開は、やや複雑で、さらわれた千枝の代わりに、残された赤子が一人いて、両親をはじめ、村中の誰もが、その少女を千枝と思いこんで育てている。長じたある日、山にこつぜんと姿を消した彼女を、幼なじみの文太が探しに出かけ、見つけ、逃げ帰ったつもりが、実はほんものの千枝を連れてきてしまうのである。

あかり屋のしきいの所には、もうひとりの千枝が、まるで人形のように立っていました。そして、店の奥からとびだして来た、自分とそっくりの目をした女の人の顔を、じっと見つめていたのです。

この結末は、おそろしい。作者は、このあとにあかり屋が今も繁盛《はんじょう》していると記すばかりで、幼いころに連れ去られた千枝が、どのように両親と対面したか、はたまたその後をどのように生きたかは、黙して語らない。それが、たまらなく、さびしいお話である。

話を戻せば、この展開において、名を持たない登場者は、宿屋の主人（千枝の父）、おかみさん（千枝の母）、枯葉色の服の人＝山の主、である。人間の里で織物を修行させるために、山の主は、三百年に一度、人間世界に娘を送り込む。それが出来事の背景だ。千枝は、――すなわち、不思議な少女に育った、と記される山の主に送り込まれたほうの千枝は、二つの世界にまたがって生きる。文太は、——文太に、その名が配されてあると言うことは、その少女がかかわれる、一方の側の唯一の存在であることを示している。このことを、選ばれしもの、と言い換えてもいい。名を与えられて登場するということは、このように安房直子作品にあっては、しばしば、それがすでに、特別な存在の体現である。

E　複数者に名を配して、それ以外の登場者を持たない作品の例は、前章で、「けんたとゆうじとだいすけのゆめ」を示したが、ここでは「海賊」初期の「とげ」という作品を取り上げたい。

敬遠していたリアリズムの童話を、はじめて書きました。子供の目を通して見た、罪とか死とかいうものを、私なりにまとめて見たつもりです。今後は、メルヘンだけでなく、こういった作品も書いて行きたいと思いますが、どんな作品でも、『詩』を失う事のないようにと思っています。

「海賊」の掲載号（第4号）のあとがき風コラム「マスト」欄に、安房直子がこう記した「とげ」は、ある意味、野心作である。童話、と自ら記す安房直子の言葉が奇妙なほどに、作品の備える文学の手触りは、同時代のいわゆる純文学雑誌に掲載される小説のそれに、ほど近い。

これを一読して、まず思い浮かぶのは、三島由紀夫の「真夏の死」（「新潮」一九五二年九月　新潮社）であって、安房直子の書庫に、ぽつんと孤立しておかれていた新潮社版の赤い箱の日本文学全集68、昭和三十四年刊行の三島由紀夫集（「真夏の死」収録）が脳裏に甦《よみが》る。

それは、時代の反映なのかもしれない。舞台は、海辺。地元の人々と、避暑客たち。砂浜で起きた死。まず事件が最初にあって、そこから人間たちの意識のドラマが、開始される。三島由紀夫の場合には、戦後という状況のなにがしかのメタファーが、どうしてもそこに忍び込む。

安房直子の、おそらくは無意識のメタファーは、構造と時代は同じでも、もっと個人的な状況だったと思われる。子どもたちどうしの意識の駆け引きが、一人に死をもたらし、生き残った一人の子どもが、さらに複雑な意識のドラマを内側に持つ、そういう想像力だ。どちらも、まず、事件＝死が、動かしがたいものとして提出される。

避暑客の子どもであるひさえと京ちゃん（京一）。そして地元の女の子、さっちゃん。大人たちは京一の叔父の大学生、二人の女の子たちの母親。彼らは、当面、子どもたちを悲劇に追いつめてゆくドラマの脇役だ。


この事件のあと、ひさえは、自分の胸にとげがささっている様な気がしてなりませんでした。誰にも説明する事のできない、自分にさえ良くわからない、小さなとげ——。

(ああ、このとげ、もしかしたら、赤ちゃんの時からあったのかしら。今まで知らなかったのかしら。)

そんなことを思いながら、ひさえは、六才の夏を送ったのでした。


こう終わるドラマだが、ひさえの記憶に呼び覚まされる浜辺の光景、中でも抜けそうな歯をめぐるひさえと京一の意識の応酬のエピソードは秀逸だ。ここには、人間の生きている現場により密接な言葉で想像力を働かせるときの、安房直子の表現力の豊かさが、余すところなく現れている。

だが、こうした手法で人間存在を物語るとき、第四章でふれた「向日葵《ひまわり》」もそうなのだが、この作家の想像力は、親たちという存在に、あたかも謎解《なぞと》きのように突き当たる。いや、その一歩手前で、彼女はいつも物語を閉じる。何度かこの謎に向かいかけては、だが、生涯の作品を見渡せば、安房直子はついにそれは放棄したのである。あるいは危険のバランスだったのかもしれない。

ここでついでに、次のことも、指摘しておかなくてはならない。彼女が、純文学に向かわなかったのは、扱いたい問題の、年齢と事柄の大きさとのアンバランスにあったのではないかということ。彼女が描くとしたら、人間の心の問題は、ここに書かれている子どもたちの意識のように、六歳以前にさかのぼりうることなのであって、普通それは、一人の子どもの意識として、彼女が扱う大きさのままでは、理解が得られなかったであろう。――しかし、安房直子という作家にあっては、そこから始まることだけが、たぶん、彼女の純文学が正面切って向かうべき、心の主題だったのである。「海賊」44号には、「海へ」という作品がある。弘と平井由美子という六年生の少年少女に主題を限り、恋にも似た小さな家出を扱うこの作品は、彼女が書いた数少ない現実的な意識のやりとりの問題だけで構成されていて、「とげ」とともに、興味深い。

そもそも複数の登場者に名をばらまくタイプの作品においては、「とげ」、「海へ」のような作品でなく、ふだんの彼女の彼女らしいお話の場合であっても、彼女が扱って想像してみせる独特な意識（たとえば、世界というものが本質的に分断されていると感じられてしまうことから来る意識など）の在り様が、ほかのタイプのものに比べると圧倒的に現れやすく、しかも彼女は、その主題をどこか、途中で自分から封印してしまう気味が感じられてならない。

F　次に、名のない物語のときと同様に、ここでも、ことの全体が一人称で物語られるお話を取り上げてゆこう。すなわち、名を持つ登場者を含みながら、お話そのものは、一人称単数で示される者によって語られるという形式。中には、一人称単数で示される登場者と名を持つ者とが同一で、それ以外には誰も名を持たない者もある。「あるジャム屋の話」がそれである。私、という表現で登場する主人公の語りの中に、ジャムの瓶に貼《は》るラベルの記載として、森野一郎という名が示される、という具合である。

しかし多くは、まず一人称単数で語りだす者が示され、それとは別人であるところの、名を持つ者が次に示され、そして例によって、種や類の語で示される幾たりかの登場者が、そこに含まれてくる。たとえば「長い灰色のスカート」は、わたし、そして、わたしの弟の修、このほかに、女の人、ピエロ、である。

このスタイルは、全17例。ただしこれに二つ加える事も可能だ。項目B、項目Cで数え上げたものの中から、お話の途中で、それまで種か類の名で語られていたものが、ふいに一人称の語りに入るケースを、ここに加えても不自然ではない。それらは、「青い糸」と「夏の夢」である。この場合は、19例となる。

G　一人称単数の表記は、僕、2例。ぼく、6例。わたし、3例（うち1例は、男で、これは、「サンタクロースの星」のサンタクロース。）それから、あたし、が1例。残るは、すべて、私、で、7例。このうち男性に当てられているのが、1例である。

これらのすべてがそうだとは、言えないのだけれど、一人称プラスそのほかの名前、という形式を取る時、安房直子は、独特の不安をそこに想像し、表現する事が多い。

その典型は、「夕日の国」であり、ぼく、にとって、咲子は、一九六一年の「ひまわり」とその改作「向日葵《ひまわり》」のシーちゃんの後継者のような存在であって、かかわりのさなか、けしてぼくを安心させないものとして終始描かれる。雑誌「保育専科」に連載され、未刊行である「走れみどりのそり」の、あたし、は、もの言うぬいぐるみうさぎの、うさ吉、に振り回され、やはり不安の中でそりを疾走させなければならない。また、一見ユーモアが表に立つ「猫の結婚式」においても、ぼく、は、ギン、とチイ子というねこのカップルに、やはり翻弄《ほんろう》され、落ち着かない。

たしかに、この不安は、一人称単数の登場者プラスそのほかの名前を持つ登場者、という形式に、確実に多く見られる現象だ。

そして、もし読者が、この不安なしに描かれるこの形式を見たいと思うなら、その時は「月夜のテーブルかけ」が、美しい。夫である茂平さん、そして息子の太郎、を見つめる、私、のまなざし、その中からは、もう読者は、いささかの不安も見出す事はできない。他者を名で語る、という、私たち言葉を持つ存在には普遍的であるはずの行為が、長いことさまざまな形式の作品を試みてきた安房直子において、ようやく安定してきた事を私たちは知る。――すなわち、主題にも不安は含まれず、したがって記述までもが、安定を実現する。

H　さて、名をめぐるさまざまな問題の最後に、~ちゃん、と表記される登場者のことを、ここでまとめて記しておきたい。

主な登場者に限れば、20例。些細《ささい》な登場者を加えれば、もう一つプラス（「花からの電話」のサヨちゃん）。お兄ちゃん（「野の音」）、を加えれば、さらに一つプラス。

この、~ちゃん、という、名などに添えて親しさや、慈しみを示す接尾辞が、安房直子の場合、きわめて少なく、逆に、いったんそれが作中に持ち込まれる時の、効果の度合いの大きさに、私たちは目を見張らされる。

単純に想像すれば、この作者は、~ちゃんという形式で人を示すことを、どこか納得していない節があり、使用される際には、その抵抗をうち破る新鮮さが、つねに添うからなのではないだろうか?

「声の森」の、つぼみちゃんは、こう記される。

声の森に入って、生きて帰れたのは、この女の子とにわとりが、はじめてなのです。

〜ちゃん、を用いる叙述自体が、この作家の想像力に与えるすがすがしさに、すみずみまでひたされて、ただ一人、という選ばれにふさわしい響きが、この帰結にもたらされる。

また、「空にうかんだエレベーター」の、ともちゃんは、こうだ。


「やめてちょうだい！　ガラスをたたくの」

うしろで、大きな声がしました。ふりむくと、店の人がこわい顔でたっていました。ともちゃんは、二、三歩あとずさりして、それからおどおどとたずねました。

「うさぎ……、どこにいってしまったの」

と。

店の人は、早口に答えました。

「ゆうべ、ショーウィンドーにどろぼうがはいったらしいの。うさぎは、道路にほうりだされていたわ」

「………」

「すっかり雨にぬれて、とてもきたなくなってしまったわ」

ともちゃんは、目をまんまるにして、じっと店の人を見つめました。すると、店の人は、ぽんと手をたたいていったのです。

「そうだ。あのうさぎ、あんたにあげるわ。もういらないから。そのかわりね、もうほんとうにここにこないでね。ショーウィンドーをたたいたり、よごされたりするの、とてもこまるのよ」

女の人は、店の中にかけこんで、あのうさぎをもってきました。

「もうこないって、やくそくしてくれたら、これ、あげるわ」

ともちゃんは、にっこりわらって、

「うん！　やくそくする」

と、うなずきました。それから、よごれたうさぎをうけとって、しっかりとだきました。

赤いかさの中で、ともちゃんは、うさぎの耳に口をつけました。そして、ささやいたのです。

「うさぎさん、これからはずっといっしょよ」

するとうさぎは、女の子の腕の中でほっとあたたかくなり、こくんと小さくうなずいたのでした。


ここでも、選ばれしもの、としてのあたたかさが、〜ちゃん、の形式によって、私たちに届く。〜ちゃん、は、このように、微妙に、適切に、名前に添えられることがあり得ると言うことを、私たちは、この作家を通じて知る。私たちはその言い方を、まるで、初めてここに生まれたものであるかのようなみずみずしさとともに、迎えるのである。

以下に、この形式の呼び方を含む作品のタイトルを列挙しておく。「ひまわり」、「向日葵《ひまわり》」、「とげ」、「きのはのおてがみ」、「コロッケが五十二」、「くるみの花」、「緑のスキップ」、「貝の電話」、「野の音」、「声の森」、「青い糸」、「夏の夢」、「うさぎの結婚式」、「しいちゃんと赤い毛糸」、「花からの電話」、「空にうかんだエレベーター」、「星のおはじき」、「丘の上の小さな家」、「月へ行くはしご」、「ちいさなちいさなおひなさま」、「小さい小さい絵本」、「まほうのあめだま」、以上である。

＊1　この数字は、もちろん数え方によって動く。私の採用した原則は、次のとおり。すなわち短編連作は、それを一編ずつ分け、ま

た雑誌掲載時から刊行時へとタイトルの変更のあったもの、あるいはそこに改作のあったもの（「冬吉と熊《くま》」から『冬吉と熊のものがたり』へ、「ちいさな糸切り歯」から『ねずみのつくったあさごはん』へ、など）は、今回は同一とみなし、これらには数を加えなかった。

＊2　安房直子は、自分の書いたものについては、「本」とか「童話」とか「作品」とかの言い方で呼んでいたが、書いているものや、書こうとしているものについては、「お話」という言い方で意識することが多かった。このことは、書くということが最も身近であるときには、「お話」という概念がその行為を包んでいたことを意味するだろう。

＊3　「ひかりのリボン」と題された作品は二編あって、それぞれ別物である。

＊4　「『宮沢賢治全集』のことなど」（『十代に何を読んだか』未来社　一九八五年）、および、「読むことと書くことと」（ほるぷ図書新聞　第451号　一九八三年八月十五日）に、これらのことが書かれている。

＊5　安房直子は、一九七二年五月から一九七三年十二月まで、三省堂の雑誌「三・四・五歳」（創刊号から2巻9号まで）に、お話を連載している。「鳥」「雪窓」「てまり」を「海賊」に発表した直後のこの毎月の連載は、安房直子に、お話つくりの技術に相当の負荷を強いたようで、彼女は、次から次へと自己の可能性を試み、その後二度と手を染めない形式のお話などが、ここには多く含まれていて、興味深い。

一回読み切りの各編は、連載途中、この、チュー吉さんとのん子さんという、ねずみどうしの恋人、そして結婚、子育て、の話がつづき、そこだけは、短編連作の形式を取る。なお、このシリーズのうち、刊行された（ただし、フレーベル館の刊行物であって、幼稚園などで頒布される形態であった）のは、「野ねずみの赤ちゃん」だけである。改作され、また、登場者から名がはぎ取られているが、お話はほぼ同一である。また同連載の中から、「たぬきの電話は森の一番」が、東京書籍の教科書に採用されている。

第八章　死と、結婚と

死の物語

「日本児童文学」の一九九三年十月安房直子追悼の特集号に、天沢退二郎は次のように書く。

安房直子さんがこんなに早く亡くなられるとは、もちろん思いもしなかった。生前の安房さんとは一度もお会いしたことはないし、手紙のやりとりも何も、全く没交渉で、しかし七年前にちくま文庫版の『白いおうむの森』に解説を書かせてもらった、それだけのご縁にすぎない。その拙文をいまとりあえず読み返してみると、読者がまず本文よりさきに目を通しかねない「解説」という性格を言い訳にして、何ひとつ肝腎《かんじん》のことを言わずにいたことが明らかであって、してみればここに一文を草するのは、出し忘れて怠けていた宿題を、やはり出さねばならぬという、事あらたまっての気持ちである。肝腎のことを今度は書けるかどうか、自信はないが、しかし安房直子の作品群には、確かに何か「肝腎なことがある」という確信が、私を導いてくれることを願うばかりだ。

＊

その、七年前の文章で私は、安房直子の童話を読むには覚悟が要ると言い、それはほとんどつねに安房直子の童話がかなしいからだと言い、しかしまたその覚悟が必ず酬《むく》いられるのは、死別・他界という基本構造と、死者や他界との交流がよび起こす安房直子的親和力によることを言って、しかしそのさきへは踏みこまなかった。今回は、そこへ、まず踏みこむことからはじめよう。

死別——それも愛する者との死に別れとは、どういうことか。

猟師の長吉に殺された丹頂鶴《たんちょうづる》は、当のその長吉の婚礼に、人の姿をして現れて、一枚の大皿をプレゼントする。彼の家で人が死ぬと、それからというもの、何年にもわたり、大皿には鶴の模様が現れる。天沢退二郎は、このお話をときほぐし、また死をめぐる生者の側の様態を考察する。そして彼は、この一編が、実は死者の側から見た死別の主題にほかならない、と結論づける。

また、「日本児童文学」の同号には、小西正保も文章を寄せていて、そこにはこうある。

目の前にいる安房さんは、ややふとり気味で、ものおじしない、気さくな一人の主婦、という感じだった。

「いろいろ書いていただいて……」

と安房さんが言ったのは、ちょうどその前月、『国語の授業』（一光社）という雑誌で、「安房直子の世界と作品」という特集が組まれ、頼まれて私も「安房直子の世界——独自な幻想世界と死者との交流」というエッセイを書いていたからである。

そのエッセイの中で私は、安房直子の作品の魅力は、一つはゆたかで特異な幻想世界であり、いま一つは、「死者との交流」あるいは「死者への思い」であると書いた。

私は、彼女のおいたちを知らないが、おそらくは幼児体験として、あるいは児童期の痛切な体験として、肉親との死別があったのではないかと想像する、とも書いた。作品でいえば「きつねの窓」「北風のわすれたハンカチ」「天の鹿《しか》」「雪窓」「鶴の家」「長い灰色のスカート」「ハンカチの上の花畑」などからの、一読者としての類推である。

小西正保は、しかしこの年、「海賊」追悼号に寄せた文章で、死別体験の類推から離れ、養女として育った生い立ちに、より注目することを語り、二〇〇一年の花豆通信（花豆の会）3号には、「安房直子童話の深層」というエッセーを発表する。彼女の初期の作品群の孤独、「物語の主調音の影に秘められた哀切な旋律は何であったのか」と問い、一度は彼をとらえた死の主題を、異なるものへと変更してゆくことになる。

＊

たしかに、安房直子は、彼女の想像力を物語に展開するとき、死を、そのどこかにはめ込んで、何らかの役割を果たさせることがけして少なくはなかった。

全267編のうち、43編。直接の死にとどまらず、死の影の色濃いもの（たとえば「雪の中の青い炎」の藤野さんの妹杉子の病）や、幻想の中の死（たとえば「野の果ての国」で、少女サヨが短刀で刺されるイメージ）、そういったものを含めて、私の数え方は、この数字をはじき出す。けれど、安房直子を読む者は、誰しも、これがそうすんなりと決まる数でないことは、十分に承知しているはずである。

彼女は、想像力の中で、よく人を空にうかべ、そのまま行ったきりにして、想像力を閉じる。

私は、「だれにも見えないベランダ」の大工さんは、死に数えない。しかし、「月の光」の少女は、死に数える。そのように、この作家が扱う死を、私たちが、いったん対象化しようと思うならば、それぞれの解釈を多分に含んだ数にならざるをえない。

さて、その43編のうち、死が、殺人のイメージにおいてあるものは、1編で、「日暮れのひまわり」が、それである。死が、自殺のイメージにおいてあるものも、1編。「青い貝」である。戦時中、スパイの容疑をかけられた一家の、混血の少女ミチルが、母と海に飛び込んだことを、わたし、が耳にするからである。——もし「だれも知らない時間」のカメのふるまいに、自ら望んだ死を強く見れば、これも自殺に考えて、分類上ここに位置させてよいと思われる。

猟とともに発生する死のイメージは、多い。そもそも、安房直子が最初に死を扱った「しろいしろいえりまきのはなし」が、すでに、そうであった。女の子は、父親が殺したうさぎのかわりに、うさぎ家族の一員になるべく、姿は人間のまま、人間世界を捨てるのである。

　ほかには、「北風のわすれたハンカチ」、「きつねの窓」、「野ばらの帽子」、「あざみ野」、『天の鹿《しか》』、「月へ行くはしご」が、猟に付随して喚起される死のイメージを用いた作品群である。単に食用としての殺戮《さつりく》という観点からすれば、「エプロンをかけためんどり」を、ここに加えてもいい。

　作中に呼び込まれる死、あるいは死のイメージが、ごく普通に、――幻想とかの要素を交えずに、ともかく普通に病の帰結であるものは、「くるみの花」、「カーネーションの声」、「花の家」、「雪の中の青い炎」、「野ばらの少女」、「湯の花」である。「まほうをかけられた舌」の洋吉の父親の死、「三日月村の黒猫」の山本さちおの母親の死、についてもここに加えてよいと思われる。たとえ、それが作者のイメージでは、事故死のような、突発性のものであったとしても。――というのは、生き残された人々の、それらの死の受け入れ方の表現が、同質だと見なせるからである。

　死が、残酷のイメージと共に語られるのは、「あまつぶさんとやさしい女の子」である。

　だが、死が、生き残る側に最も悲惨な結果を招来するのは、「ひかりのリボン――花びら通りの物語第一話」だろう。あやまって、まだ赤子だった妹に死を呼んでしまった小さな女の子の心が、ほんの短いお話の中に、かたく閉じこめられる。副題、花びら通りとは、心のバランスを失ったこの子が、毎日アパートの四階の窓からまき散らす花びらに由来している。この女の子の散らす花びらは、作者安房直子に、連作を試みさせる。一見脈絡のないその5篇は、この副題を冠せられるか、そうでない場合には、文章の中に、これは、花びら通りで起こったことだ、とどこかに記して、読者に知らせる。内側には空虚しか持たない釣り鐘が、そこらじゅうを共鳴させる響きの源であるように、「ひかりのリボン」の女の子の、むしって散らす花びらが、どの短編のどの幻想にも同じ心の振動を引き起こすかのような、美しい未刊行の作品集である。

＊

43編を繰り返し眺めてみれば、安房直子は、けして死それ自体を想像力に乗せてみることはしなかったと、分かる。死、を見つめるまなざしは、彼女にはない。

死、——それは、そこから物語が動き出すもの、それが導入されると、物語の展開にある方向性が開けてくるもの。そう、感じていたのかもしれない。

だが、彼女が死を採用するとき、そこにはいささかも安直の響きは、添わない。

物語のきっかけとして死を持ち込んでも、——そしてそれが、たとえ本当の死らしくなかったとしても、けしてそれが不実ではなく、不遜《ふそん》にもならない、何かある該当物が、物語を想像するときの彼女の心には、あった、と考えられる。

安房直子の想像力の中の死が、私の脳裏に影を落とすとき、私は、前章で扱った「とげ」という作品に、いつも帰ってゆく。それから、「くるみの花」へ。これは「とげ」の二年後、一九六九年、「海賊」10号に発表されたもので、「とげ」同様、純文学のにおいが濃い作品である。

「とげ」の少女ひさえは、安房直子の想像力の中で、何よりも、取り返しのつかない切迫感を、——ただ、それだけを、生きさせられる。そして、前章で引用した言葉、すなわち、このとげは、赤ちゃんのころから自分に刺さっていたものかもしれない、という言葉は、まぎれもなく親が、ひさえの日常そのものだったこの名付けようのない切迫感に、確実にあずかっているはずだ、というひさえの確信の吐露にほかならない。

死が、殺人のイメージで物語られる「日暮れのひまわり」にも、この切迫感は、横溢《おういつ》している。踊り子を刺して、息を切らせながら逃れてくる白いシャツの少年のことではない。彼の緊迫感は、作品の展開から言えば、すでにあった切迫感とバランスを取るために導入された、一種物語におけるシーソーのようなもののはずだ。それは、夢を見るひまわりのうちに、ひまわりそのものとして、物語の出発とともに、私たちに提出される。夕暮れに目の前を走ってすぎる少年が、自分のかかわりであるはずだと思うひまわりの心。少年に声が届いてほしい、人間になれて、話せたらいい、と願う願いが、すでに息苦しい切迫感に満ちていて、私たちの胸を打つ。「ある夕暮れ」、彼女が「ひとりの生きた娘」になって、「たったったっと」聞こえてくる足音を耳にする、その瞬間に彼女の切迫感は頂点に達する。——安房直子の想像力の中の死は、そこへ、実になめらかに滑り込んでくる。

恋というものから、性のにおいをはぎ取って、意識を相手に絡《から》ませ、意識を相手と溶け合わせ、意識がそのことを充足と意識する、そうした要素だけを抜き出せるものであるならば、「くるみの花」で安房直子が描くのは、その恋である。

靖子は、十歳で、お祭りの日、白粉《おしろい》と口紅でお化粧をする彼女が、物語の冒頭である。相手の少年は、六年生なのに「中学生ほどに見え」る、遠い親戚《しんせき》の子。「悪い子」で、近所のお店からあめ玉を盗んだ話は、靖子も知っている。

「袂《たもと》の長いきもの」を着て、真新しい、おろしたてのぽっくりを履いて、緊張の中で、母や叔母の支度を待つ彼女に、病気で寝たきりだった祖父の、突然の容態の変化の知らせがもたらされる。靖子は、お祭りの衣装と化粧のまま、祖父の危篤を告げに、少年の家に走る。そして、乱暴な少年たけお、との自転車の二人乗りの疾走が、安房直子の想像力の中で、靖子の身の上に展開するのである。——死は、死の影は、こうして、靖子のたけおへの意識の在り様を具体化する触媒として働く。

だが、そもそも、人がけして体験として語ることのできない死というものを、こう用いることが、はたして不誠実だろうか？　死は、意識というものを人間の中心に据えたならば、いわば、虚数なのであって、実数の中の、特定の実数をよりはっきりさせるものとして、その存在を確保してゆく動きは、きわめてロジカルな意識の働きに思われる。安房直子もまた、意識を手がかりとする同時代文学の人間把握からけして遠くないところに生きていたのである。

養鶏の事業に失敗して、東京に働き口を探しに去るたけお一家に、母と二人で別れを告げに行く靖子は、たけおの母の計らいで、少年との、短いが、しかし、たしかな二人だけの時間に恵まれる。花の咲くくるみの木の下で、靖子の育ちにとっては禁忌であった歌謡曲を、自分だって「知ってるわ」と、たけおと唱和して歌うエンディング、

(お母さんなんかへいちゃら、誰に聞こえたっていいわ……)

と、叫んで、同じ歌を繰り返したけおと歌う靖子の心には、美しいカタルシスがある。

＊

そして、死については、最後に次のようなものが残る。

「たんぽぽ色のリボン」のおじいさんや、「やさしいたんぽぽ」のねこたちや、「月の光」の少女のように、空にのぼったり、見えない電車で運ばれたりする、あれらの死。ここには、『天の鹿《しか》』のみゆき、を加えてもよいはずなのだが――。

私たちは、通常、これらは死の類推だとみなす。もちろんその際、みなす人によって、個別に異同は含

まれることになるが、それは、今はいい。

気になることは、安房直子の想像力が、時として、これらの空にのぼるイメージを、けして、いささかも、いかなる意味においてもマイナスのニュアンスを伴わずに展開することだ。

だから、たとえば「だれにも見えないベランダ」の若い大工さんや、「大きなやさしい木」で、木の中のオルガン弾きの青年に誘われるままに、その中へふっと姿を消してしまう少女などが、すっかり幸福そうに見えるのと少しも変わらなく、死に向かう彼らのイメージもまた私たちのもとに届く。

死、が必ずしも不幸であるわけではない。それはそうなのだが、安房直子の描くこれら、この世からの姿の消し方が、いったいどういう根を、どこに張って、死と絡《から》み合ってくるのか、私にはよく分からない。

ただ、こんなふうには、言えないだろうか？　すなわち、ここに列挙したようなイメージは、むしろ生にこそ属すのだ、と。もう少し、くわしくいえば、死という言葉、死というイメージでしか表現のできない生の部分を、このような形で示そうとしている。違うだろうか。

結婚の物語の前に

結婚という言葉を直接に用いるにしろ、あるいはおよめさん等の言い方で示すにしろ、物語を展開する想像力の中に、安房直子が何らかの形で婚姻を持ち込むのは、全267編のうち、47編を数える。死をそのように用いる話とほぼ同等である。そしてここには、むろんのこと、「さんしょっ子」や「木の葉の魚」のような、恋愛の観念を全く含まない結婚が多く含まれる。

ところで、その逆に、結婚という概念に結びつかない異性間の仲の良さ（つまりは広い意味での恋、恋に似たもの）、そうしたものは、彼女の物語全体のどのくらいを占めるのだろうか？

人と人、うさぎとうさぎ、ねずみとねずみ、のように、同種族間のそれは、わずか19例にすぎない。しかも、その大半（15例）が、一九七七年以前に書かれて、あとは一九八六年に3例、そして一九八九年の「あやとりねずみ」が最後となる。ちなみに一九七七年の「ころころだにのちびねずみ」では、知り合って仲良しになるねずみの男の子と女の子の間に、指輪をプレゼントする結婚ごっこが、二人の仲の良さの到達点として描かれている。またごく普通の意味での、恋愛の一こま、を読みたいならば、安房直子の試みたそれらは、「ひかりのリボン」、「レースの海」、「川のほとり」という、いずれも一九八六年に書かれた短いお話にしか、求められない。

異種間のそれ、たとえば、人とうさぎ、人と木の精、りんごと星の精、ねことトランク（いずれも異なる性別であることが用語その他から知られてくる）などのケースは、24例である。そしてこの場合は、同種間の例ほどは、時期が偏らない。一九七七年以前には13例。そして残りの11例のうち、8例までが、一九八六年までに、けして時期は偏らず、ぽつりぽつりと分散して書かれている。一九九一年の「マントをきたくまのこ」が最後である。親しくなる経緯が最も丁寧に描かれている作品は、同じ年の、『ゆめみるトランク――北の町のかばん屋さんの話』の「ねことトランク」である。

興味深いことだが、同種間の異性どうしの仲良しの話が結婚を含まなければ、このように、書かれた年代に関連づけられる特徴を、私たちは容易に発見する。だが、話に結婚が含まれるときには、こうした時期による集中や過疎といった変化はほとんど見られない。そして、ここから結論すれば、異なる性別間どうしのかかわりは、数にして半分は、結婚という概念を含むかたちで展開するのであって、その焦点を伴うときには、それは作家の心の中の何かゆるぎないもの、時間による変化を受けないものと結びついていたのだ、といえるはずである。

*

ところで、このついでに次のことも考察すべきだろう。それは同性どうしの仲の良さ、つまり、ともだち、というかかわりの形態である。仲の良さ、と書いたが、むろん「小鳥とばら」の冒頭のような仲の悪さも、ある場合には同じ主題ということになる。このかかわりを想像力のうちに展開してゆくもの、そういうお話の割合は、いったい、どれくらいになるだろう。

男どうし21例、そして女どうしのケースが、これまた、奇《く》しくも21例。もちろん人と人のみならず、人とたぬきであっても、またその他の何かと何かであっても、示される性別に基づいて、それを含めて数えた結果である。

面白いのは、男21例の最後の作品は一九八六年に書かれていて、そのとき女どうしの例は、まだ10例しか数えられないことである。だが、ここからあと、いわゆる友達関係の想像力は、すべて女どうしという形を取って、同数にそろうことになる。

＊

繰り返す。つまり、結婚を含む話だけが、こうした年代に伴うばらつきを被らない。そして、それは、何を意味することになるのか？

一九九二年、神宮輝夫との対談[*1]で、安房直子は、こんな発言をする。

子どもができたからといって、作品にじかに子どもが出てきたりするものもないし、赤ちゃんの話も書いてないんです。

しかし、同じ対談の中で、次のようにも口にする。

主婦になってお台所をするようになってから、ずいぶん食べ物のことを書くようになりました。

後者は、想像力が、安房直子の生きる時間の出来事に支配されることがある、ということを意味している。それに対して、前者は、彼女の想像力の中には、生きる時間の出来事に左右されない、そういう種類のものが確かにあることを告げている。

結婚という想像力の核を持たなければ、総じて人と人との関係に向かうとき、彼女の想像力は、必ず生きている彼女自身の何事かの影響を受ける。先のデータは、そういうことを意味しているはずである。もちろん、いったいどういう彼女の人生の出来事が、作品にそうした影響を及ぼしているのかは、私たちには推測することさえ無意味であるが。

で、一方、結婚の物語は、生きている彼女の出来事の影響を被らずに、コンスタントに物語の部分を占め続ける、ということは、これは、その他の仲良しもの、たとえば恋などとは、全く別種の想像力の起源を持つ、そう結論できるだろう。——誤解のないように、ここに註《しる》しておくが、今、指摘していることは、たとえば結婚というものの描き方に、時間の系に添っては、何の変化も見られないかどうか、などのことではない。そうではなくて、ことを、まず、端的につかむ、結婚とか、入学とか、あるいは死とか、そういうふうに、想像力の対象を端的に把握するときのレベルで指摘しているのである。

＊

結婚は、いわゆる人生の出来事の中で、たとえば友情とか恋とか、そういう外的な形を伴わないものとは違って（——したがって、それらは、すぐにそれであるのかないのか、まぎれてゆくことになる）、つねに明瞭《めいりょう》に名付けられる人生上の出来事だ。そしてそもそも、そうした明瞭にかくかくと名指せる人生の出来事のことを言えば、安房直子が扱う事柄の種類は、そんなに多くない。ここに、まず、それらを整理しておきたい。

A　第一に、誕生、すなわち子どもが生まれること、を含む話。これは、8例である。「空色のゆりいす」、「オリオン写真館」、「鶴《つる》の家」、「のねずみのあかちゃん」、「霧立峠の千枝」、「エプロンをかけためんどり」、「ひかりのリボン——花びら通りの物語」、そして「春風のカーテン」。

ここには、赤ちゃんとか、赤子を思わせるその他の語の記述も、ただ一語一行、それがあるだけで含めた。生まれてくるとか、あるいは生まれてどうなったか、とかを、そうしたことの部分であるにせよ、とにかく何らかのエピソードにして含んでいる誕生話は、「空色のゆりいす」と「のねずみのあかちゃん」、そして連作『おしゃべりなカーテン』の中の「春風のカーテン」、3話だけである。

B　誕生日が、取り入れられているもの。右と同様に、たった一語でも、用いられていれば、数に加えた。「走れみどりのそり」、「だんまりうさぎとおおきなかぼちゃ」、『うさぎのくれたバレーシューズ』、「月へ行くはしご」。

C　入学、入学式という語を、取り込んでいるもの。「オリオン写真館」、「すずめのおくりもの」、「はりねずみのランドセル」、「小さい小さい絵本」、「はりねずみのお礼」、「うさぎの学校」。ただし、それらはすべて学校の外でのエピソードである。

そもそも、安房直子の全作品中、学校という存在の順当な中身に触れたものは、二つしかない。一つは、「月夜のオルガン」の、音楽の授業風景と、たぬきの兄弟が忍び込んだ夜の教室、である。残るもう一つは、「オリオン写真館」の次の章句。

オリオンは、いつか、村の小学校の前に来ていました。学校の庭には、桜が咲いて、のどかな歌声が流れていました。

『学校か、いいなあ……』

ずいぶん前に、オリオンも、学校へ通ったことがありました。おさるの小学校は、谷間の、つりがね草の花の中にあって、オリオンはそこでお行儀と、簡単な算数を習いました。オリオンがとてもりこうで礼儀正しいのは、そのためでもありました。

学校に関して、たったこれだけしか想像力を動かそうとしなかった安房直子について言えることは、次の二つのうちどちらかである。一つは、「月夜のオルガン」で、想像力の対象としての学校については、ほとんどすべて、必要なことは終えたと感じていた。そして、もしそうでないのなら、彼女は、学校という場所を、そもそも想像力を働かせて何か心を動かしてみる対象とは、どうしても思えなかった。いずれにせよ、彼女は、彼女のつづる物語に、学校という存在は、持ち込まなかったのである。*2

D　「あるジャム屋の話」に、たった一カ所、卒業という言葉が、書き込まれている。「大学を卒業して、一流といわれる会社に就職しましたものの、ほんの一年でやめました」と。

卒業生という言葉は、「月夜のオルガン」に見つかる。「この数年というもの、分教場の卒業生という卒業生はみんな『ミ』の無い伴奏で歌って来ました。」

卒業をめぐっては、この2例にとどまる。

E　仕事をめぐる順調、不調が素材に取り込まれているものは、次のとおり。ただしここに、非現実な要素の強い、あるいは非現実そのものである存在者たちの非現実な仕事も含めた。

「向日葵《ひまわり》」、「青い花」、「小さいやさしい右手」、「オリオン写真館」、「雪の中の映画館」、「さんしょっ子」、「冬の娘」、「まほうをかけられた舌」、「あまつぶさんとやさしい女の子」、「西風放送局」、「ライラック通りのぼうし屋」、「銀のくじゃく」、「熊《くま》の火」、「青い糸」、「サリーさんの手」、「小さいティーカップの話」、「夏の夢」、「南の島の魔法の話」、「ねこじゃらしの野原」、「海の館《やかた》のひらめ」、「チェーンステッチ」、「金の砂」、「あるジャム屋の話」、「うさぎ屋のひみつ」、「どんぐりの林」、「三日月村の黒猫」、「春の窓」、「べにばらホテルのお客」、「丘の上の小さな家」、「かばんの中にかばんをいれて」、「たんぽぽ色のリボン」、「うぐいす」。

——以上、32編である。「サリーさんの手」の人形つくりの女工さんの不調、というか疲労困憊《こんぱい》のイメージが、一九六一年、安房直子大学一年のときの「向日葵《ひまわり》」に出てくる人形工場の女工さんのエピソードと同じであることは、注目されていい。

F　遊び、および習い事、稽古《けいこ》事などの順調、不調は、以下のとおりである。

「星になった子供」、「北風のわすれたハンカチ」、「コロッケが五十二」、「さんしょっ子」、「だれも知らない時間」、「てまり」、「しっぽで綱引き」、「口笛」、「小鳥とばら」、「てんぐのくれたメンコ」、「だんまりうさぎのぼうしの秘密」、「星のおはじき」、「サフランの物語」、『うさぎのくれたバレーシューズ』、「わるくちのすきな女の子」、「すきとおったリボン」。

G　最後に、病気、および体の不具合が、何らかの形で素材に、あるいは素材の部分に取り入れられている話を挙げる。もちろん、死と重複するものも含めて、数えた。

「向日葵」、「きのはのおてがみ」、「くるみの花」、「山男のたてごとⅡ」、「あまつぶさんとやさしい女の子」、「だれも知らない時間」、「雪窓」、「てまり」、「鶴《つる》の家」、「しゃっくりがとまらない」、「雪の中の青い炎」、「お日様のむすこ」、「海からの贈り物」、「ねずみのつくったあさごはん」、「もうすぐ春」、「山のタンタラばあさん」、「だんまりうさぎとぺんぺん草」、「秋の音」、「ゆきひらのはなし」、「小さなつづら」、「月の光」、「グラタンおばあさんとまほうのアヒル」、「ひかりのリボン」、「野ばらの少女」、「歌声の聞こえるカーテン」、「赤いばらのかさ」、「銀のぬい針」、「たんぽぽ色のリボン」、「湯の花」、「うぐいす」。以上30例。

病気に関連して興味深いのは、安房直子は誰か人の死を語るに際して、しばしば、そこに何の死因も、また死に至る状況も記述しないことがある、ということである。病気をめぐる扱いを捜してゆくと、逆にそのことがよく分かってくる。彼女にあっては、多くの場合、死はこの世の季節が移ろうように、人に当たり前に訪れる何事か、という側面がどうしてもぬぐえなかったものと思われる。

＊

さて、以上、これらの列挙から、おのずと分かることがある。

安房直子自身が、これを意識していたかどうかは、確かめようもない。だが、彼女にとって、作品に描く想像力の中の人生、それもごく普通の日常言語の意味での人生の焦点は、きわめて少なかったということだ。

それは、やはり普通に、誕生から始まる。しかし、それには大して重きが置かれない。入学が、次に来る。けれど、それにも安房直子は、あまり立ち入らない。学校でのことは、ほんの少しだ。すでに記した「月夜のオルガン」と「オリオン写真館」の章句を除けば、「星のおはじき」の、わたし、と、あやちゃんとの出来事が起こるのが学校の教室、これだけだ。「うさぎの学校」は、就学を控えたまり子とうさぎが、二人で予行演習のように、学校ごっこをするお話だ。そして当の学校そのものは、この想像力の中からは、しめだされる。安房直子が展開する物語の中では、それが普通だ。たとえば「わるくちのすきな女の子」が、

　女の子は、学校がおわると、公園でゴムとびをしました。

と書かれるように。

こうして、人生の、始まりの部分に関しては、このように、彼女は想像力を、そこに深くは立ち入らせない。ところが、一方、終わりに関しては、ことが逆になる。人生の終わりとしての死が多いことは、すでに見た。あるいは死ではなくとも、人生を去る話も少なくない。そもそも、明瞭に名付けられないこと

についてであっても、安房直子は、それらの終わりを想像する力がきわめて強い。ただし、卒業という、学校に関する終わりのことは除く。そして、このような始まりと終わりとの間を埋めるのは、もっぱら仕事や遊びの好不調、病気などの体の不具合。そして食事。これが、安房直子の想像力の中での人生、だ。

ということは、想像力が、もっぱら日常に対して働くのであって、非日常は、彼女の想像力を刺激しない。――誤解しないでほしい。今は、枠組みの話をしているところだ。ごく普通の意味での人生の出来事という枠組み、の話。たとえば「ききょうの娘」でそれを言えば、これは毎日の食事の話だ、ととらえる枠組み。その中が、ききょうの化身であるむすめと彼女の持ってきた不思議なお椀《わん》、となっている、そのことの性格、性質を今は取り上げているのではない。

夏休みとか日曜日とか、そういうたぐいの軽い非日常ですら、この作家はほとんど想像しようとしない。したがって、旅行は、ほんのわずかしかない。「かばんの中にかばんをつめて」くらいだろうか？　しかし、これも販売促進活動だとみなせば、旅行ではない。「きつねの窓」、「天窓のある家」、そして「べにばらホテルのお客」などの山荘滞在は、旅行というより、別荘の使用のニュアンスが強く、その分非日常性が薄められる。

祝い事、行事はどうだろうか？　これらも、ほとんど無い。誕生日については、すでに記した。あと、お正月が3回。ひな祭りが2回。お祭りの類が、4回。それに準ずるような市が、1回。クリスマスが3回。

だが、そのかわり、右のような人生用語では、けして名付けられないものが、想像力を駆使してつづる彼女の物語の日常にはあふれている。その名付けられない出来事が、登場者たちの、生きているということの核心を占め続ける。そして、こうしたことこそを、彼女の想像力の本来の領域だとみなせば、実は、彼女の想像力の描く死は、生きていることの終わりではないのかもしれない。――結婚もまた、結婚ではないのかもしれない。なぜなら、それらを描くことが、多過ぎたから。……この論理は、奇妙だろうか？

みゆきは、朝から晩まで、陽気に歌をうたいながら、母親の仕事も、父親の仕事も、せっせと手伝いました。そんな末娘のために、清十さんとおかみさんは、やっぱりいい縁談をさがしていました。

「いいおむこさんがきまったら、おまえにも、きれいな着物つくってやるぞ」

と、清十さんは、口ぐせのようにつぶやきましたが、これをきくと、みゆきは、いつも首を横にふって、

「わたしの相手なら、もう決まってる」

と、いうのでした。

「いったいだれだね」

あっけにとられて、おかみさんが問いただすと、みゆきは、ぽつりぽつり、こんな話をしました。

「もう長いこと、くらやみの谷で、たったひとりで泣いている人がいて、その人のところへ、わたしは行こうと思う。わたしは、その人を、明るいところへいっしょにつれて行ってあげるんだ。わたしは、小さいときから、そんなふうに思っていた……どうしても、そんな気がしてならなかった……」

「そりゃいったい、どういうことだね」

清十さんとおかみさんが、何度ききかえしても、みゆきは、あとはだまって、とんぱたとんぱた、木綿の布を織りつづけるのでした。

結婚は、しばしば登場者の想像力と結びつく。この『天の鹿《しか》』のくだりは、安房直子の描く結婚の物語

の一つの典型である。また「あるジャム屋の話」の中の青年森野一郎の、結婚についての想像力は、こうだ。

「あのう」

と、私は呼びかけました。

「いつ、およめにきてくれるのですか――」

すると、雄鹿《おじか》は遠ざかりながら、ふりむきもせずにいいました。

「この子が、人間の姿になれたときに」

と。

「いったい、どうやって、人間の姿になるのですか――」

「これから、さまざまの花を食べ、さまざまの泉の水を飲み、さまざまの呪文《じゅもん》をとなえ、となえおわった月夜にきっと……」

私は、心の中で、くりかえしました。

(さまざまの花を食べ、さまざまの泉の水を飲み、さまざまの呪文をとなえ、となえおわった月夜にきっと……)

するとき、とつぜん、やりきれないような思いが、私の胸にこみあげてきたのです。

「おーい」

と、私は呼びました。それから、走って、鹿のあとを追いかけました。

「そんなこと、しなくてもいいんだよ。鹿のままでもいいんだよ。毎晩、ぼくの小屋でいっしょにロシア紅茶が飲めるなら、それでじゅうぶんなんだから」

では、これらのイメージの中のいったい何が、どのような特徴であるとみなされて、その他の結婚の物語に反映していると言えるのだろうか?

＊

結婚の物語は、「空色のゆりいす」から始まる。「ひめねずみとガラスのストーブ」のような、異なる性どうしの親密な同棲《どうせい》も含めていいはずだ。「山男のたてごとII」のように、驚くべき配偶者が配されていれば、それはすでに広い意味での婚姻の主題だ。そして「野ばらの帽子」、「熊《くま》の火」のような異類婚。殺された鶴《つる》に祝福される孫娘の結婚式は、「鶴の家」。「どんぐりのくびかざり」のような、率直なプロポーズの話も、安房直子の想像力は描いた。

「火影の夢」には、結婚の破局が描かれる。「小さいティーカップの話」の奥さんのファンタジーは、幼女のころの恋心の萌芽《ほうが》のようなものを、もう一度生きてみる話なのだから、紛れもなく一つの結婚の物語だ。「日暮れの海の物語」、「赤い魚」、「奥様の耳飾り」、「カスタネット」「木の葉の魚」、これらの物語は、結婚に二重写しに現れる悪の物語。「夏の夢」「南の島の魔法の話」などが代表しているのは、幻を見る人の、幻の結婚式。

それから、一九七八年に、「うさぎの結婚式」という作品が来る。これが結婚を含む物語の23作目だ。少し詳しく見てみよう。

——さなえちゃん、は、宮沢賢治の「どんぐりと山猫」の一郎のように、また安房直子自身の「きのはのおてがみ」のこうちゃん、「うさぎ座の夜」の小夜のように、動物から便りをもらう女の子だ。かねた一郎に届いたのは、裁判の手助けの依頼で、こうちゃんのもらうのは、薬を届けてほしいというさぎからの依頼、そして小夜のもらうのは、冬を前にしたうさぎたちの、年の最後の娯楽、うさぎ座芝居への招待だったが、さなえちゃんが受け取るのは、うさぎたちからの結婚式への招き、花嫁のベール持ちの依頼だ。

かねた一郎は、自分から声をかける。栗の木に、それから、きのこに。やまねこが通らなかったか、と。しかし、封筒を片手に原っぱを急ぐさなえちゃんには、小鳥たちのほうが話しかけてくる。そこから、このお話の、出来事は始まる。

「おじょうちゃん、どこへ行くところ?」

靴は脱げるし、リボンはひらひらするし、真っ白なスカートが気になるしで、さなえちゃんは、気ばっかりせいて、いそげない。

「いま、十二時ちょうど。けっこんしきがはじまったよ!」と、次の小鳥。

遠くで鐘が鳴り、行進曲が響き出す。

「それが、はなよめさんのベールだよ。さあ、早く持っておあげ」と、また次の小鳥。

長い長いベールのはしっこが、さなえちゃんの目の前を、するする動く。花嫁なんかどこにも見えず、ベールは森の中につづいているばかり。小鳥の言うままに持つには持ったけれど、宴《うたげ》の声が聞こえるだけ。すると、ベールの動きが、ぴたりと止まった。

「けっこんしきはもうおしまいだよ。うさぎさんは、着がえをして、旅行にでかけたよ」

さなえちゃんの持っていたベールは、はらりと落ちて、白い花畑に変わる。森に入ってゆくと、くるみの木の下に、宴会のあとが見つかった。

すみっこの席に、ひとさらのお菓子と、ひとさらのサンドイッチと、お酒がのこっていました。そして、その前に、

さなえさま

と、書かれた名札がありました。

もうおわってしまった、えんかいのテーブルで、さなえちゃんは、サンドイッチとお菓子を食べ、あまいお酒をのみました。[*2]

「うさぎの結婚式」を読むと、そのたびに、一つの感慨が、私をとらえる。安房直子の想像力が展開する結婚は、これが、……このお話にひそむ何かが、すべての原型なのではないだろうか、という思い。

さなえちゃんは、けして到達することができない。花嫁の姿の見えないままにベールを支え、最後に用意された食べ物を食べ、大人並みにちゃんと供されていた甘いお酒を飲む。それがさなえちゃんにできるすべてだった。――この短い物語を下に敷いて、安房直子の結婚の想像力を眺め返せば、よく分かることがある。それは、どの話にも結局からみついてくる、あるにおい。どうしても、ついには届かない、という距離感。たとえば、異類婚にしても、安房直子の描くそれは、つまりは、何かが何かにどうしても届かない、そういう思いのヴァリエーションなのではないだろうか？

章の冒頭に引用を掲げた『天の鹿《しか》』。この物語の最後、鹿と娘が一緒に明るい方へのぼってゆくエピソー

ドのポイントは、言葉と心との通い合う彼らには、実はどこにも生きる場所がない、そんなところには届かない——結局は、そういうことではないだろうか？　そしてそのことは、引用した中にすでに暗示されている。それは、娘が、両親に口をつぐむ、というその一点に。——みゆきを訪れてやまなかった直観が、そもそも語れないものだという、そのことの中に。

そしてまた、「あるジャム屋の話」の森野一郎の呟《つぶや》き。——自分との結婚なら、鹿の姿のままでいい、という彼の思いにひそんでいるのは、実は、これから何年も苦しむ鹿への同情の形を借りながら、本当のところ人間との結婚を、手の届かないところに遠ざけておきたい、彼の願いの吐露だったのではないだろうか。

結婚という事態への手の届かなさには、さまざまな立場と形態が想像される。——『天の鹿』の少し前に書かれた「走れみどりのそり」には、あるむすめの結婚と彼女のつらい夫婦生活のようすが、その夫が戻ってくることで捨てられるぬいぐるみの視線で描かれている。この視線、結婚というものをとらえるこの立場、構図。示唆的だ。「猫の結婚式」の猫たちは、ユーモラスに書かれてはいるが、ここにもまた、彼ら、すなわちギンとチイ子とを見守る、ぼく、の彼らへの手の出せなさが、ある。

結婚を含む話の29作目は、「チェーンステッチ」、ここには離婚が、想像される。はっきりと、別れた、と書かれるのはこの作だけである。そして30作目の「エプロンをかけためんどり」は、死んだ奥さんの代わりに子どもたちの面倒を見るという、いわば後妻物語。ただし、それがめんどりか、人間か、ということだ。そして、それがどちらになろうと、子どもたちには、その結婚に、手はけして届かない。

38作目の「だんまりうさぎはさびしくて」は、おしゃべりうさぎへのプロポーズの話だが、それはだんまりうさぎの手紙の文面まででエピソードが終わる。おしゃべりうさぎがどう応じたか、そして彼らがどうなったかは、私たちにはけして届かない。

44作目と45作目、「夕空色のかばん」、「夜空のハンドバッグ」は、交際、そして結婚と段階が描かれる。これは、かつて三省堂の雑誌「三・四・五歳」に、チュー吉さんとのん子さんのそれを描いて以来のものだ。興味深いのは、ここでも一郎さん、ゆき子さん、と、人を表現することである。この「さん」からは、むろんそれが、世に言う安房直子のやさしさそのものなのだが、人という存在へのあたたかい距離感が、私たちの前に開かれる言い方だ。

ところで、最も重要な作品が、すでに43作目から始まっている。「花豆の煮えるまで」が、それである。祖母が小夜に語る、小夜のお父さん、三吉と、山の風の精との結婚は、「うさぎの結婚式」のさなえちゃん以上に、けして小夜には手の届かない結婚だ。……この言い方は分かりにくいだろうか？　娘が親の結婚に手が届かないのは当たり前、と受け取られるだろうか？　しかし、一人の娘が両親の元で安定しているとき、その娘は彼らの結婚のうちに存在している、という言い方は可能なはずだ。そしてそのとき、すなわち彼女は、両親の結婚から隔てられていない。ところが、小夜は、そうではない。

両親の不思議な結婚と、母の失踪《しっそう》とによる、小夜の、彼らからの隔てられ方の、深さと、複雑さが、これほどシンプルな表象のもとに想像される見事さが、私たち読者をこの物語に結びつける。そして、結婚を素材にした話の45作目がこの連作のつづき「大きな朴《ほお》の木」で、そこには、今度は父親の再婚への動きが語られる。しかし物語は、それこそ、多くこの作家が書いた異類婚の結末同様、ここにも安定したものは何も含まれず、それが小夜の手の届く範囲に起こることかどうかは、けして示されない。

最後は、「うぐいす」、47作目だ。ここでは、結婚は、失踪そのものとなる。病院の老夫婦には、それは絶対に手の届かない結婚だ。というのも、人間に姿を変えていたうぐいすが、うぐいすに戻って、彼らの元を去るからだ。

＊

安房直子の結婚の想像力は、畢竟《ひっきょう》するに、さまざまなかたちでの、手の届かない人々への、その届かなさの感触そのものの具体化した表現にほかならないのではないだろうか。他人の身に起こる出来事であれ、また、たとえそれが自分を当事者とするものであれ、その点が少しも変わらないのではないだろうか。

ただし、『冬吉と熊《くま》のものがたり』のさちえは、手が届かなくなりかけた夫冬吉を取り返す。その取り戻す動きが、彼らの結婚そのものであるような「カスタネット」の系列の、安房直子には数少ない結婚譚《たん》もあることはある。不気味なのは、熊との友情を楽しむ夫冬吉は、すでに少し熊になりかかったところを最後にさちえに助け出されるのであって、そのとき腕だけは、熊になったまま。しかも、そのことがハッピーエンドのニュアンスで描かれていることだ。いっしょに熊のビールを飲む危険はこりごりであっても、冬吉もさちえも、熊との交流を、すべて拒むわけではないのである。

つまり、冬吉とさちえの結婚とは、そのような、けして同化できない異物をはらむものなのであって、そのような結婚というものの把握、安房直子の想像力のなす把握は、やはり手の届かなさに通じているのである。

さて、最後に「丘の上の小さな家」について触れておこうと思う。先に結婚の話を数えたときには、これは含めなかったのだが、あるいは加えて総数48としてもいいかもしれない。

「丘の上の小さな家」のかなちゃんは、レース編みに没頭する少女であり、かつ母親の呼ぶ声に逆らう少女だった。彼女は、将来自分が結婚するときにかぶるベールを編み続けていた。この少女が、ほんのいっときのつもりで、編み物の技術を学びに行った森の蜘蛛《くも》のレース学院から帰ってみると、すでに四十年が経過していて、親しかった人々が死んでいる。彼女は、母親が最後に飼っていたねこの助けを借りて、レース編みで身を立てるのだが、ある日、一人の女の子が、レース編みを習いたいとやってくる。自分の結婚式のためのベールを編みたい、とその女の子はいう。かなちゃんは、

「私もむかし、そうだったのよ。この世で一番うつくしいベールを編みたくて、じっとしていられなくなったの」

「それで?」

「それで……」

と、かなちゃんは、少しためらってから、小さな声で言いました。

「それでね……レースの学校へ行ったの」

「その学校は、どこにありますか。今でもありますか」

少女は、思いつめた目で、かなちゃんを見つめました。かなちゃんは、丘のむこうをながめました。今ではすっかり大きくにぎやかになった町のむこうに、あの黒い森は、まだありました。ざわざわと風に鳴る木の音が、かなちゃんの耳には、聞こえるようでした。

「ええ、たぶん……。たぶん、今もあると思いますよ」

そう答えて、かなちゃんは、目をふせました。すると少女は、かなちゃんにとりすがるようにしてたずねました。

「どこにあるんです? その学校。私も、ぜひ行きたいの。その学校に行って、どうしても、木もれ陽《こび》編みをおぼえたいの。そうして、すばらしいベールを編みたいのです」

「それは、おやめなさい」

かなちゃんは、静かに首をふりました。どうして? と、少女の大きな目がたずねました。かなちゃんは、ゆっくりと言い聞かせました。

「たとえあなたが、その学校へ行って、思いどおりのベールを編むことができるようになっても、そのベールをかぶる時を、あなたは失ってしまうのですよ」

かなちゃんは、少女を家の中に招き、お茶をごちそうし、そして告げる。あなたのベールは、わたしが編む、毎日少しずつ編むから、時々見にいらっしゃい。


こうして、丘の上の小さな家には、たったひとり、やさしいお客様が来るようになりました。

けれど、その編み方だけは、かなちゃんは、けして少女に教えようとしない。


丘の上の小さな家で、かなちゃんは、くる日もくる日もレース編みをつづけました。いくつものテーブルかけと、それから一枚のベールを。

夏がくると、かなちゃんは、家のまわりに、かぼちゃの苗を植えました。そして、その黄色い花がいっせいに咲くと、ふっと手をとめて、考えこむのです。その耳に、かなちゃーんと呼ぶお母さんの声が聞こえるような気がしました。夏の夕陽《ゆうひ》が、あかあかと、丘のふもとの町を照らしていました。そのむこうの黒い森も照らしていました。

「かなちゃーん、かなちゃーん」

その声は、空からあふれてくるようにも、遠い森の方からわいてくるようにも思えました。

これが、「丘の上の小さな家」というお話だ。ベールが示す結婚は、かなちゃんにも、そしてひょっとすると、かなちゃんに編んでもらう少女にも、手が届かないのかもしれない。そしてそれが、かなちゃーんと呼ぶ母の声、の手の届かなさと二重写しになる、そう安房直子の想像力は記すのである。

＊1　「安房直子――語るという形式にたいへん惹《ひ》かれます」（『あまんきみこ・安房直子・末吉暁子』（現代児童文学作家対談9）偕成社　一九九二年）

＊2　初出、「REED　母と子の本」14巻1号（リード図書出版　一九八七年）の本文による。「おはなしメイト」2月号　4巻11号（メイト保育事業部　一九八七年）の本文は、「お酒」の代わりに、「ジュース」となっている。

＊3　安房直子は、幾つかのエッセー、対談で、自分の学校時代のことを語っている。（インタビュー「私の少女時代」、対談「活躍する卒業生――高校時代・大学時代…　安房直子×小林久三」、インタビュー「安房直子さん」など）。

そしてそれらには、おおむね、けして楽しくなかったことが見て取れる。けれど、そうであったから、物語には書かなかった、と私たちが単純に思っていい根拠は、物語という想像力の世界には、ない。というのも、それだからこそ、学校を舞台にした物語を書き続けるということだって、この世にはたくさん例があるからだ。

ちなみに、「ゆみ子さんのこと」という文章がある。小学校の同級生のことをつづった文章だが、語られていることだけではなく、言外に、安房直子の学校生活を私たちに想像させてくれる喚起力が、この文章にはある。また「国語の教科書と私」というエッセーは、学校という、いわば社会的環境の中で、その社会性を遮断した彼女の個人が、どのように心を動かしていたかがよく伝わってくる好エッセーである。

インタビュー「私の少女時代」（『鳥にさらわれた娘』巻末　ケイエス企画　発売・偕成社　一九八七年）

対談「活躍する卒業生――高校時代・大学時代…　安房直子×小林久三」（日本女子大学附属高校PTAだより　52号　一九八六年／「目白児童文学」30・31合併号　転載　一九九四年）

インタビュー「安房直子さん」（「童話塾通信　TEXT2　レッスン10」日本通信教育連盟　講師立原えりか　一九八九年）

「ゆみ子さんのこと」（「別冊教育技術」5巻5号　小学館　一九八八年）

「国語の教科書と私」（「豊かさと創造――大書の国語」3　大阪書籍　一九八七年）

第九章　母の物語——言えないこと　I

「母のいる場所は金色に輝く」

佼成出版社の雑誌「マミール」の「母の日に思うこと」という特集欄に、安房直子は「母のいる場所は金色に輝く」と題したエッセーを寄せたことがある。一九七八年、安房直子三十五歳、ちなみに長男が、この年四歳になる。

この、極端に抽象性の度合いの高いタイトルは、最後から二つ目の段落の次の一節、

子供にとって、母親のいる場所は、いつも輝いています。どんな暗い日にも、そこだけは日があたっていて、金色の空間なのです。

から来ているが、母という存在がこのような硬質の抽象によって語られることは、普通のことなのだろうか？　この問を持って、さらに四つ、段落を前にたどれば、次の表現にぶつかる。

そんな母が、私には、太陽のようでした。

「太陽」という言葉が比喩《ひゆ》に用いられるとき、たとえば氷は、現実の触感としての冷たさの比喩にも用いられることがあるのとは違って、ほとんど必ず、その抽象的な在り方が、たとえとして機能する。唯一性と普遍性と、である。

およそ、人にとって、「母」が、ほとんどただ一つの明瞭《めいりょう》な唯一性であり、同時にその具体であることは、すぐに了解される。しかし、母なる存在は、太陽の象徴するもう一つの意義、すなわち普遍性をたとえられると、おかしなことにならないだろうか？　安房直子のここでの語り方、とくに「金色の空間」という表現は、記憶の中の母に、個人にとっての唯一性を越えた、やや過剰な普遍性の概念をつめ込みすぎているように感じられてならない。

「太陽」という語を、安房直子に呼び込んだ、その前提の表現は、こうだ。


学校という、「外界の荒波」からかけもどって、母のそばのあたたかい安全地帯にこもっていられるときが、私にはやさしい日だまりのように思われました。

子供のころの私は、気弱で臆病《おくびょう》でした。学校では手をあげて発表することも、友達とにぎやかに遊ぶこともほとんどなかったし、ひとに意地悪をされてもされっぱなしという、はがゆいほどに覇気のない子供でした。そんな私が、それなりに精いっぱい、その日の集団生活を送って、かけもどったとき、母が待っている家は、あたたかい安らぎの場所でした。[*1]

「日だまり」といい、「安らぎの場所」という。しかし、この美しい言葉を導くどのような具体が、この母と子とにあったのか、それを記す言葉をたどれば、安房直子が同エッセーに示すのは、次の三点に帰着する。一つ、学校から帰宅すると、母は、よく洋裁をしていた。一つ、おやつは、手作りだった。一つ、それを食べながら話す話を、よく聞いてくれた。この三つのうち、洋裁の話は、すぐに帰宅という時点のエピソードであることを離れて、日常の様態へと一般化される。母は、子ども服のスタイルブック（デザイン画は中原淳一）を持っていて、それで何でも作ってくれた。残り布で、アップリケや刺繍《ししゅう》を施し、ポケットを付け、「世界にたった一着しかない子供服」をこしらえた。……具体で始まった話が、すぐに、極度の抽象概念に引き寄せられるのである。手作りのおやつについては、「プリン」、「蒸しパン」、「焼きりんご」などが、列記されて、それ以上には発展しない。

三つ目の、話を聞いてくれたことについては、安房直子の文章を示そう。

そのおやつを食べながら、その日のできごとを、ひとつ残らずしゃべりまくる私でした。学校では貝のように無口だった私が、母の前では、すばらしく饒舌《じょうぜつ》になりました。母は私の話を、よく聞いてくれました。読んだ本の話も、私の空想も、私の作ったでたらめな物語も。

これを読んで、もう一度、タイトルを見返す。「母のいる場所は金色に輝く」。――どういうことなのだろうか？

＊

このエッセーのことを考えるときに、思考を導く比較対象として、私は、よく、とある文章を眺める。そのタイトルは、「むかし魔女だったママ[*2]」。

遠い記憶の道をたどると、いつもゆきつくところ……そこにはやさしい魔女がいて、にわとりの三本爪《づめ》の小屋に住み、庭には金のバラの花が咲いて、やさしさと懐かしさのしみこんだ空気が流れています。その魔女は金の手を持っていて、その手でふれると、きたないものも美しくなり、悲しいことも嬉《うれ》しいことに変わってしまうのです。

小さな私にとって、ママはその魔女で、不思議なことばかりするように思えたものです。病気になると、にがいお薬を飲まなくても、ママの作った香りのよい、フルーツのスープを飲むと、いつの間にか直ってしまったり、古いハンドバッグから素敵なエナメルの靴を作ったりします。キッチンに入っていくと、さっきまでは何もなかったのに、クッキーが山のように焼けていたり、死にそうな小鳥もママがやさしくなでると元気になったりするのです。

また、私の家では子供はレストランに連れていってもらえなかったので、ママはよくレストラン遊びをしてくれました。「マドモワゼル、きょうのワインは何にしましょうか」とママがうやうやしくたずねます。私が赤といえばトマトジュース、白といえばレモンスカッシュがでてきます。

思い出の中の、若いママはとてもクリエイティブで、小さな私の仲間にも人気があり、日曜日になると、我が家は友達でいっぱいになったものです。

母を、何かほかのものによって端的に表象させる動きと、その一方でどんな比喩《ひゆ》も拒むであろう強い具体性。——どっちの書き手にも共通の、この取り合わせ。極度の抽象と、具体と。

だが、それぞれの現れ方は、全く逆だ。まず、小沢ヴェラの場合を眺めてみれば、とくに右の引用の中の、「レストラン遊び」を記す言葉の具体性は、おそらくはどんなものにも浸食されることのない揺るぎなさを、はっきりと備えていて美しい。——ところが「魔女」として語られる母の像には、それだけの揺るぎのなさが、ない。

一方、安房直子である。太陽の比喩が表象している「金色の空間」のほうには、言葉の隙《すき》がまったくみられない。その硬質の堅固さは、揺るぎようがない。ところが記憶の具体性は、実際にエッセーの中でさえ不安定で、すぐにも形を変えて、抽象性という具体離れに逃れてゆこうとする。

これはそれぞれの母という存在のせいなのだろうか？　それとも書き手たちの個性の問題なのだろう

か？

——それにしても、と私は、ほとんどため息をつきながら、思う。

いったい彼女たちの描くそれぞれの母たちの具体像と、もう一方の、それを表象するもの、すなわち「魔女」とか「金色の空間」とかとの間に、本当に何かそう言われるにふさわしい関連があるのだろうか？　彼女たちは、どうやら、おそらくはその直観で、たしかにあると思いこんでいるようなのだけれど……。

私は、答を知らない。だが、　ただ一つ、これだけは言える気がする　母、という言葉は、それが想像力の中で用いられなくとも、——ただその言葉で、率直に記憶を述べるだけのときであっても、まるで想像力が生み出す物語のような地点に、書き手を運んでいってしまうものらしい、と。

母の物語

「赤い花白い花」という作品が、私たちの手元に残されている。一九五九年安房直子高校一年の正月に発行された「愛児」という雑誌の企画、「リレー小説」の第二話が、彼女の投稿を採用したからである。

大きな公共の図書館を軒並みあたってみたが、この雑誌を保存しているところは見あたらず、私は安房直子本人の所蔵の当該号、ただ一部をしか目にすることしかできなかった。したがって、彼女の投稿が、どのような話に対して試みたつづきのアイデアであるか、現在のところ不明である。

そのような限定の範囲での話であるが、この小説で安房直子が展開した筋は、こう始まる。

小学校の教室、算数の時間。

けれどその中にたったひとり、まるっきり別のことを考えている子がいました。

〈もしかしてぼくのお母ちゃん、汽車か電車に乗ってどこか遠い所へ行っちゃったんじゃないかしら〉

少年は、五日も帰ってこない母親のことが、次第に気がかりになり始め、きっと大阪（話の舞台は、大阪が輝かしい都会として子どもたちのあこがれの的になる、一地方の町）に行ったのではないか、と想像し、独りで電車に乗って探しにいこうか、十五円で行けるだろうか、顔見知りの駅員さんに止められやしないだろうか、とあれこれ思案するようすが、こまかく描かれる。ところが、うろうろしていた駅で、この四日間ご飯を炊いてくれた隣のおばちゃんに声かけられ、なだめすかされて、家にもどってみると、はたしてお母ちゃんが、帰っていた。

はだか電灯の光があけっぱなしの玄関からぼんやりともれているのを見ると、けんちゃんの心はひどく重くなって行きました。

けれど一歩玄関にふみ入れた瞬間、けんちゃんの心は百ワットの電気がついたように明るくなりました。一度に血がかっと頭にのぼるのをおぼえました。

だってそこにすり減った見覚えのある、なつかしいなつかしい下駄《げた》がぬいであったのです。けんちゃんは思わずさけびました。

「うわあ、お母ちゃん、帰ったん！」と。

母の物語、という観点から見れば、この筋の展開は、安房直子の書いたものの中で、最も母を描いていると言えるかもしれない。（ただ、母一人子一人、というこの設定が、彼女のオリジナルではないと思われるから、今回、数える数には加えなかった。）

母とは、何よりもまず不安を与える母、である。そしてそれに対して、全く一人きりで対処する小学生が導入されている。――ところが、書き手の想像力は、そこに親切な隣のおばさんを設定して、当然のように彼女に母性を付与する。

よくあるパターンかもしれない。けれど、これが、あたかも、一人の子どもに、二人の母、というように近い印象を与えてしまうことは、けして、よくあることではない。そのように受け取れるポイントは、子どもが、何でも独りで考え、悩み、決断する存在として描かれているからだと思われる。

＊

安房直子の想像力が育む物語においては、叔母、あるいは伯母、そして乳母は、右の「隣のおばさん」のように、しばしば母像なのであって、総作品数の中から母の物語を数え上げるには、それほど多くはないけれど、これらを含めたほうがよいように思われる。そのうえで、お母さん、お母ちゃん、母ちゃん、母さん、ママ、母親、そしてかあさんうさぎや、かあさんねずみ、こういった類をすべて拾い出し、さらに、そこに、考察に値する母の像が、きちんと想像されているかどうかを判断して、さて、母を含む物語を数えれば、88編が見つかる。これまで設けたさまざまな範疇《はんちゅう》の中では、最大の作品数である。

その88編のうち、28編が男の子、あるいは成人した男、が、その母にとっての子どもである母の物語である。(「チェーンステッチ」や、「エプロンをかけためんどり」のように男女の子どもを持ってはいても、とくに男の子の母の物語とは呼べないものは、数えなかった。)残りは、ほとんどが女の子とその母の物語で、さらに残る4編は、子どもの性別が意味を持たないお話の作り方をしたものとなる。

また、面白いことだが、かあさんねずみと子どもたち、母さんだぬきと子どもたち、のように複数の子どもたちを一括して登場させる場合、安房直子は、まずその子どもたちを男の子だと想像して、物語を作ることが見て取れる。

しかし、この数そのものよりも、重要なのは、その数え方にあるだろう。——というのは、私たちは、ぱっと一目で分かる、分かりきったものを拾うのではなく、一編ごとに、これは、母の物語かどうか?と問い、そして判断を加え、微妙に揺らぎながら、数え上げてゆくことになるからだ。

子どもに砂糖をなめさせようと無理をする母のエピソードを持つ「あまつぶさんとやさしい女の子」のような話を、これは、母の物語だ、と数えるのはやさしい。このような物語だけで、安房直子の、母の物語は、よし、と単純にみなせるならば、問題は何も起こらない。

しかし、「北風のわすれたハンカチ」の北風のおかみさん、彼女のくまの子に対するふるまいには、あきらかに、安房直子がその後いくつもの作品で展開する、不安をもたらす母という像が、たしかに見出されるのであって、それならこの作品も、安房直子の描いた母の物語の一環だ、とやはりみなさざるをえない。

——ここ、……ここの、この母も、母の物語といえるのではないだろうか？　そのような疑問が、各作品ごとに、一方にあれば、逆に、ここの、この母は、母とあっても、物語の中でそれにふさわしい想像力が、働いているようには思われないではないか、と思案させられることもある。

結論を先に言っておくのが、よいと思われる。

第七章で扱った、名前というものと安房直子の関係を思い出してほしい。——それがこの世にあることが、いわば当たり前すぎて、普通、日常生活ではほとんどことさらな意識をかぶせることのない存在であった名前というもの、それを安房直子は、彼女の想像力の物語の中で、実に新鮮なものにして私たちに提出したように、これから、ここで扱う、母、という存在（あるいは母という言葉）も、彼女の想像力の描く物語にとっては、何一つ、当たり前のものは含まれない、そういった存在であっただろうということが、このような、一つ一つの数え方の中から自然に現れてくるのである。

彼女は、別に変わった母を、その想像力の物語に呼び込んだのではない。個性的な母を、想像力の像にして示しもしない。まして、現代性などというとりとめのない、そのとき限りの価値に基づく現代的な母、など一度も示そうとはしなかった。

名前のときと同様に、提出してくる母像もまた、その多くは、はっきり言ってやや古風であり、その意味も込めて、きわめて普通な母の像である。悪をふるまう母の像にしても、安房直子の想像力の中で、普通の悪をふるまう母の像である。

けれど、どの母像においても、それをそこにはめ込むことに伴うとまどい、ためらい、そしてまたあるときには、そこにそのように用いられることの当たり前さ、の新鮮が、読む者に息苦しいほどに溢《あふ》れてくる。彼女の想像力においては、だから、こう言わざるをえない。母がいる、というそのことは、彼女の物語においては、いささかも、当たり前のことではないのだ、と。そして、そのことが、真に、恐ろしい。

＊

具体例に入ろう。

「声の森」という作品がある。作家の想像力が物語の舞台に呼んでくるのは、かしわの古木ばかりの森。――そこへ迷い込んだものは、動物であれ、人であれ、みなかしわの木に養分として吸い込まれてしまう、恐ろしい森。森のかしわの木立の武器は、声だ。彼らは「人まねの木」と呼ばれる。動物や人の立てる声を、森じゅうのかしわの木々の葉が、際限もなく「人まね」をして、動物たちを滅ぼす。

一人の女の子、つぼみちゃんが、世話を任されていたにわとりを追いかけて、この森に入るが、彼女の知恵が、脱出を成功に導き、この森から帰ってきたただ一人の人となる。

つぼみちゃんは、まず、こんな言葉で、読む者に紹介される。

毎朝、おとうさんとおかあさんが、畑を耕しに出かけたあと、つぼみちゃんは、ひとりで、にわとりの番をしました。この子は、わらのほつれた麦わら帽子をかぶり、おかあさんのお古のエプロンをかけていました。

さて、おとうさんについては、この一語のみであって（そうであっても物語に深くかかわってくるケースが、この作家にはあるのだけれど）、少なくともこの作品においては、父親が、いない、というかかわりすらもなく、また、いるから、どうのこうの、というかかわりもない。

それに対して、母親のほうは、ちょうどつぼみちゃんが、いつも、お母さんのエプロンをかけている、という態度にふさわしい展開が、想像力の中に始まる。

——けして声を立てずにいようと、つぼみちゃんは頑張るのに、にわとりは、こわがって鳴き立てる。そのにわとりを静めるために、つぼみちゃんの歌う歌。「眠れ眠れ、にわとりちゃん」、これが、「それは、つぼみちゃんのおかあさんがつくった、にわとりの子守歌なのでした。」

この、つぼみちゃんの歌を、森じゅうのかしわが復唱し、それが彼らの命取りになる。お互いの歌声で、すっかり眠ってしまったかしわを見届けて、つぼみちゃんは、叫ぶ。——「おかあちゃん」、と。そして、それが、暗かった森に、初めて月明かりを呼び込む誘いとなり、道が照らされ、つぼみちゃんを森の外へと導いた。


家ではおかあさんが、あたたかいミルクを用意して待っていました。

声の森に入って、生きて帰れたのは、この女の子とにわとりが、はじめてなのです。


これは、母の物語だ、と私が数え上げるとき、そう判断する理由は、母なるものについての想像力が、いわゆる主題であるかどうか、とか、それが作者の最も力を入れている点であるかどうか、とか、を見るのではない。そういうことではなくて、たとえ単に、お話の枠組みとして、それがほんの軽く書かれたものであっても、そこに安房直子にとっての、一つの母像が刻まれているかどうか、それにだけ集中して判断を加える。

たとえば、「空色のゆりいす」。

この作品では、赤ちゃんの母親は、おかみさん、という語によって存在が示され、言及される。彼女は、……つまり、おかみさんは、いすの色は「赤がいい」と口にしたり、赤子の目が見えないと分かったとき、泣いたり、大きくなった女の子が、シチューの作り方を教わる人であると、書き込まれたりする。

けれど、これを母の物語に、私は含めなかった。というのは、ここで想像されている母像は、むしろ、母の不在の物語（たとえば「きつねの夕食会」など）にこそ似た位置を、安房直子の想像力の中で占めていると思われるからだ。

ある日、女の子は、おかみさんに教わって、シチューをこしらえてみました。

という一行の表現し尽くす母の不在。お父さんの奥さんはいたけれど、私にとってのお母さんじゃなかった、と思う娘の気持ちが手にとるように分かる見事な表現である。

さて、このように一編一編に、読む側からの判断を加え、「鳥」の年老いた海女は、カモメが変身した少年のいささか強引な養母なのだが、そうであっても、これを母の物語だとみなして数えたし、また「日暮れの海の物語」のいとばあさん、は、ぬいもののじょうずな娘、さえ、を描く安房直子の想像力において、これも一つの母像であるとみなした。

＊

ところで、安房直子の想像力が描く母像の中には、当の母自身が他者に対して、自己を母としてのみ示そうとする母像がある。たとえば「ねずみのつくったあさごはん」などがそうである。ある女性（この場合はねずみである）が、異性の他者（この場合は、人間の歯医者さん）に自己を見せて何かをふるまうとき、ことさら子どもたちを引き連れて、母としての自己像をのみ表に立てる存在として表現されている。

この「ねずみのつくったあさごはん」は、もともとは歯痛に困り果てて、人間の歯医者さんに糸切り歯を治してもらったねずみが、靴下の繕いをしてお礼をする、というお話だった。その初出のときのタイトルは、「ちいさな糸切り歯」である。これが絵本になる段階で、お話がふくらみ、ある日散歩にでた歯医者さんが、そのねずみの家族に、朝ご飯をごちそうになるのである。このとき、こう書かれる。


やがて、みどりの　こけが　いちめんに　ひろがっている　ばしょに　でました。

「ここが　わたしたちの　おうせつまです。さあさあ、あそこの　テーブルへ　どうぞ。」

そう　いわれて、はいしゃさんは　くつを　ぬぎました。

すると、ねずみは　てを　ぽんぽんと　たたいて、こんなことを　いいました。

「はいしゃさんが　おいでになりましたよー。あさごはんの　したくですよー。」

「はあい。」

「はあい。」

という　こえがして、きの　かげから、つぎつぎに　こねずみたちが　でてきました。

そして、さあ　それからが　おもしろいのです。

かあさんねずみと　こねずみたちが、はいしゃさんの　めのまえで　おりょうりを　はじめたのです。


このあと、料理やテーブルセッティングのようす、そして朝食とつづき、最後には、いつでも、またどうぞ、とふたたび招待までするこことになる。

前半ではねずみ、と記されてきていた登場者の表記は、かあさんねずみ、あるいは、ねずみのかあさん、となって、彼女は母として以外の存在ではなくなる。興味深いのは、こうしたケースでは、父親は（というより親の片方は、というべきだろう）、まず物語に呼び込まれないことだ。「きつねの夕食会」では、母ぎつねが不在であるように。――安房直子の描く母の物語の一つに、このねずみのような像を加えないわけにはいかない。

*

右のケースとは、ちょうど逆の母像の提示の仕方を取る物語も、安房直子にはある。「月夜のテーブルかけ」が、その一つだ。連作『風のローラースケート――山の童話』の2作目であるから、この、私、が茂平さんの奥さんだということは、読む者はすぐに了解するのだが、子ども太郎の存在は、当面どこにもそれと示されずに、生意気なホテルの経営者のたぬきとの応酬が進むのである。そして、たぬきが、予想外に早く茂平茶屋をたずねてきたときに、はじめて、戸をたたく相手をいぶかる夫婦の心情表現として、次の一行が入ってくることになる。

店のとなりの部屋で、小さい息子の太郎が、たった今眠ったばかりなのです。寝つきの悪いぼうずに、また目をさまされたら、とてもめんどうです。

しかし、息子の存在の指示が、このようにあっても、まだ、これが母の物語であるとは、すぐにはみなしがたいものがある。なぜなら、このシチュエーションにあって支配的なのは、茂平夫婦の用心深さの表出だからである。しかし、やがて彼らはお月夜を迎え、それはたぬきのホテルをたずねることを約束した日で、安房直子の想像力の筆は、こんなふうにそこを進めてゆく。一度も母およびその類語が使われないにもかかわらず、これを母の物語に数えるのは、この一節のためだ。

私たちは、早めに茶店をしめて、太郎をつれて、外へ出ました。

あたたかな、いい晩でした。どこからか、ほんのりと、花のにおいの流れてくる晩でした。

太郎は、父親に、かたぐるまをしてもらって、

「たかい、たかい」

と、はしゃいでいました。私は、小さな財布を入れた、てさげ袋をぶら下げて、そのあとからついて行きました。太郎のまねをして、

「たかい、たかい」

と、いいながら、私の足は、ひとりでに、スキップになりました。


この一節に出会ったとき、ここでの私、の像が、実は冒頭、生意気なたぬきと出会って言葉を交わす私、からひと続きに流れてくる像であると、したたかに感じさせられ、ああ、そうか、最初からこの人間像は、母像だったのだと、一瞬にして気づかせられ、かつ実感させられたからだ。


これと似た技法の作品には、「キラキラスナックの秘密」というのがある。キラキラスナックとは、子どもたちが景品の故にこぞって買い集めるお菓子の名で、実はその景品のゴム人形は、それを集めて会社に届けた子どもたちがビルの中で変身させられた姿だった、というオチのつく話である。

この作品は、わたし、とは、一語も記述されない、けれど、まぎれもない一人称スタイルの語り口で、製造元を調べにいくある人物の見聞がつづられる、といった形態を取るのだが、ビルのエレベーターで、子どもたちから、「おばさん」と声がかかるまで、実はその人物の性別も年齢も明かされることがない。

けれど、わたしはこれを母の物語に数えている。「月夜のテーブルかけ」と違って、その存在の感触が母なのではないけれど、そのかわり、全編を覆う善悪の判断が、まぎれもなく母のものだとみなせる、という理由からだ。もっとも、さらに理由を補足すれば、安房直子という作家が描いた、という限定が加わるのであって、社会悪の告発など終生書こうとしなかったこの人にあっては、ここに、我が子を心配する母以外のまなざしが、どうしても見えてこない、ということである。

＊

だんまりうさぎのシリーズには、全12編の中に、たった2度、お母さん、という言葉が出てくる。それは、いずれも、おしゃべりうさぎの母親を示す言葉である。

一度目は、「だんまりうさぎ」、つまり連作の第一話、おしゃべりうさぎが、野菜と交換しようとして持ってきたくるみもちについて、とうとうとしゃべりまくるおしゃべりの中に出てくる。

「こんなにおいしいもの、誰がつくったんだろう……」

だんまりうさぎは、目をまんまるにしてさけびました。すると、おしゃべりうさぎは、楽しそうに話しました。

「あたしのお父さんとお母さんと、妹と弟と、あたしとでこしらえたの。
やまのうさぎのくるみもち
食べても食べてもまだたりない
すてきにおいしいくるみもちってね」

そして、残る一度は、こうだ。「雪の日のだんまりうさぎ」。——「雪が降ったね」と、ただ、そうひとこと、おしゃべりうさぎと言い交わしたいだんまりうさぎは、長ぐつがなくて、山にたずねてゆくわけにはいかない。そこで彼は、電話機を、じっと見つめる。番号も知っている。でも、いつもみたいに、むこうからかけてきてくれれば、すぐにだって言えるのだ。「雪が降ったね」って。なのに、今日に限って、電話はぴくりともならない。

「そりゃ、こっちから、かければいいんだけどさ……」

と、つぶやきました。

そうです。受話器をはずして、3のダイヤルを二回まわせば、おしゃべりうさぎと話ができるのです。でもそれは、だんまりうさぎにとって、とても勇気のいることなのでした。だって、ちゃんとした用事が、何もないのですから。もしも、おしゃべりうさぎのお母さんでも出てきて、

「何のご用ですか」

なんて聞かれたら、どうしたらいいでしょう。

「だから、むこうからかけてくりゃいいのに……」

だんまりうさぎは、電話のまわりを、ぐるぐるまわりました。

ここには、たしかに、くるみもちのときの例と違って、興味深い母像がある。だんまりうさぎが彼自身の想像力としてとらえるおしゃべりうさぎの、そしてひいては彼にとっての、世にあるすべての女の子の母の像がある。けれど、このだんまりうさぎが彼の心にとらえるそれを、安房直子の母の物語群に加えることはできないだろう。

＊

しかし、同様にわずかな登場とはいえ、母の物語に数えなくてはならないと考えられるものもある。たとえば「グラタンおばあさんとまほうのアヒル」がそれだ。

安房直子は、魔法が必要になる数多くの女の子を書いた。そしてその母を書いた。「鳥にさらわれた娘」がそうだし、「花豆の煮えるまで」の小夜と、それに対する山んばと風の精の母娘がそうだし、「丘の上の小さな家」がそうだ。そして安房直子は、魔法が必要になる男の子も書いた。「まほうをかけられた舌」、「海の館のひらめ」、「三日月村の黒猫」、「てんぐのくれためんこ」。さらに小さい話を加えれば、数多い。だが、生きるのに魔法が必要になるそれらの男の子に、どういう母を自分の想像力が呼び込むかは、ほとんど試みようとしなかった。「グラタンおばあさんとまほうのアヒル」には、それがある。

おばあさんのグラタン皿から、ひょいと飛び出した魔法のアヒル。彼の出会う三人目の人間、夕暮れの寒空の下、バスの停留所で母親を待っている男の子。

「しゅんちゃん、どうしたの。いったいだれがシャツにそんな落書きしたの」

「これ?」

と、しゅんちゃんはわらって、

「ひ、み、つ」

といいました。すると、おかあさんはふきげんになりました。

「新しいシャツに、そんなもようつけて……。こまるじゃないの」

「いいの、いいの」

「いいことありません。だいいち、お洗濯したら色がみんなにじんでしまいます」

おかあさんは、おこっていました。

安房直子が、このようなシーンを、物語の中で想像することは、きわめてめずらしいことだった。

＊

さて、もっとわずかな登場にもかかわらず、母の物語に加えるべきものがある。

「いいにおいのする木」が、それである。

すずめや、風や、雪から、なりの小さいことをからかわれていた木があった。彼女は、自分の体の中の、甘いものの流れに気づいて、それを言葉にして話してみるが、ますます、ばかにされた。

だが、彼女は、春になると、いいにおいを放ち、そのことでみんなから愛されるようになった。という趣向の小さなお話だ。いぬいとみこの「葉のないツバキ」などにもみられるパターンのこの話の、最後のシーンに、小鳥の母子が、安房直子の想像力の中にやってくる。

やがて、雪がとけました。風が、やさしくあたたかくなりました。

小さな木に、小さな花が、たくさん咲きました。そして、その花のかたまりから、あまい、いいにおいがあふれてきました。

それは、冬のあいだ、小さな木のなかをながれていたもののにおいでした。花のにおいは、庭いっぱいにひろがってゆきました。

「おかあさん、いいにおいがするね。」

ことしうまれた小鳥が、巣のなかでいいました。

「そうよ、ちんちょうげの花がさいたのよ。」

と、お母さんの小鳥は、いいました。こどもの小鳥は、よろこんで、
「ちんちょうげ、ちんちょうげ。」と、歌いました。このときはじめて、小さな木は、自分のなまえを知りました。

大切なのは、「このときはじめて、〜知りました。」と記す安房直子の想像力の、つながっている先だ。私たちは「空色のゆりいす」の目の見えない女の子に、この表現が与えられていることを、よく知っている。彼女は、空を知り、ばらを知り、海を知る。しかしそれは、風、秋の風の精によって、彼女に加わったものだった。

この、小さな木は、それを、小鳥の母子の会話から知る、と展開する。小鳥の母は、子に、言葉を伝える。子どもが、それを復唱する。……小さな木は、それを聞いて、知る。

安房直子の「名前」についての想像力は、時として不思議だ。そして母についての想像力も、また。——名前は、よその人、よその親から、おぼえることになる、その構造が三十年近く開いたお話どうしに、地下水のようにしてつながるからだ。

*

「あるジャム屋の話」とか、『トランプの中の家』などをも、私は、安房直子の描く母の物語に数えてゆく。——おそらく、これらを、そうとみなす人は、少ないことと思われる。

たとえばこの二つを例に取れば、どちらも、その冒頭において、彼らを物語に出発させる役割を果たしているに過ぎないのだから。しかも、母の役割は、この二つの話においては、反対方向を向いている。『トランプの中の家』の姉妹、私、と、あつ子とは、安房直子の想像力の中で、母に出発を、いわば命じられるのである。一方、「あるジャム屋の話」の、私＝森野一郎は、母のさりげないひと言を引き金にして、安

房直子の想像力の物語の中に入ってゆく。そしてその動きの最初は、こう記される。

　「母さん、大きななべはどこ？　それから砂糖は？」

二つの話とも、これだけで、母の登場は、あとはいっさいいない。

それならば、なぜ、これらの話を母の物語とみなすのかといえば、安房直子がその晩年に幾つかの作品の中で、ちょうどこのように母に送り出されることや、また、母の方へという動きをきっかけにして登場者を物語の中へ放ち、しかし、そのままこれらの母像を放り出さず、最後にきちんと再び呼び込む話を書くからである。それらは、『うさぎのくれたバレーシューズ』であり、『マントをきたくまのこ』であり、『うさぎの学校』などである。

この2種類の作品群を、交互に眺め返して思うことは、送り出す母、迎える母、といったきわめてシンプルな対の想像でさえ、時に、一人の人間のうちで、それを実現するのがひどく困難でありうる、という不思議である。

ここに、時間の系ということを持ち出せば、たしかに、安房直子は、晩年になるまでは、この迎える母というイメージが、どんな単純なものにしろ想像しにくかったのだ、と確かに言える。

＊

『花豆の煮えるまで――小夜の物語』の中の2作、「風になって」と「大きな朴《ほお》の木」は、私は母の物語には数えなかった。――もちろん、数えるべきである。

偕成社の編集担当の別府章子の文章[*3]は、安房直子が、「小夜にはあたらしいおかあさんをと思っています。」と便りにも寄せ、口にもしていたことを告げている。そうなのだろうと、素直に思う。けれど、それをしたら、どこにも母の物語がなくなってしまうことを、安房直子本人はおそらく気づいていたと思われる。「大きな朴《ほお》の木」に呼び込まれる北浦のおばさん、小夜の父三吉の二度目の奥さんになるであろうことが暗示されるこの婦人を、小夜が、新しいお母さんと思うくだりが微妙だからだ。

「風になって」で、風になる小夜は、母＝風の精を、母であって、その実、母でない、と、その身にしっかりとたたき込んだ、と私には思えるのだが、ちょうどそれと同じように、北浦のおばさんを新しい母と思う中に、まさにその人が母ではないことが、強く吹き出してくるように思えてならない。小夜の心の中で、母というものを、どちらからも追い出さなければ、小夜は、山んばとも、風の精とも仲良くなれないし、父三吉の新しい相手である北浦のおばさんと、やさしくやわらかくかかわることができない。「山んば、ごめんね」という小夜のつぶやきは、小夜をつぶしてしまいそうに、重たい。

私が、この二作を母の物語に数えないのは、むちゃである。けれど、やはり、数えなかった。

＊

安房直子が、その作家としてのキャリアの最初から書き続けていた雑誌は、「目白児童文学」で、毎年十二月の締め切りに合わせ、原稿料なしでするこの仕事を、彼女はことのほか楽しんでいた。[*4]そして、死の直前にも、彼女はその29号のための原稿を編集部に届けていたことが知られている。[*5]それが、「うぐいす」で、死後の一九九五年に、小峰書店より絵本として刊行される。

この作品に見られる母の物語は、何か？

世話になった病院の先生夫妻のために、人の姿になって、手伝いに来ていたうぐいすの娘は、自分の恋のために、病院から姿を消し、老夫婦を見捨てるのである。

三日後に、そのうぐいすから届いたたどたどしい文字の手紙には、こう書いてあった。

いろいろ、ごめいわくかけました。
わたし、やっぱり、けっこんしました。
もう、かんごふさんにもどることはできません。
でも、もうすこし、まってください。
らいねんあたり、きっとおやくにたてるとおもいます。

このとき、うぐいすは、自分が、母となる身であること、の中にいる。いや、すでに、母である。
そして時がたち、翌春の、ある月の夜、突然、五人の娘が病院にやってくる。それは去ったうぐいすの娘たちで、

「わたしたち、お母さんに言われてきました。看護婦さんになりにきました。」

と口をそろえて言う。

「包帯の巻きかたと、消毒のしかたと、湿布のしかたは、お母さんから習ってきました。もう少し、いろいろなことを教えていただいたら、お役に立てると思います。」

不思議な物語である。不思議な母である。というのも、母は、おそらく、この五人の娘が、自分のよう

に、ここから、また恋のために去ることを知っている。そして、おそらくそれでいい、と思って、この老夫婦の元へ、送り込んだのである。

私が驚くのは、子どもであったときの自己と、母になってからの自己とを、分裂させずに同一につなぐ安房直子の想像力に、である。

母という存在に、ぎりぎりの想像力を向ける、これが彼女の最後の作品となった。

ところで、安房直子の母の物語の中には、先にもわずかに触れたが、時間の系に添って変化が見られる種類の母像があることも、無視できないことだ。

彼女のように、その想像力が、想像力自体の起源と展開をもって、物語の中に位置を占めてゆき、作家の生活の経験とか出来事とかからの影響がきわめて少ないと推測される場合、次に見られるような、母という存在への想像力の経年変化は、どう考えるのがふさわしいのだろう。

たしかに、作品を書き始めた初期のころに、彼女の母の物語は、多く、母＝悪、のイメージをそなえていた。まるでそうとしか、想像力が動かないかのように。

「コロッケが五十二」のこふきちゃんに、

「大きらいな母ちゃん」

と母をとらえさせる安房直子の生き生きとした悪母の想像力には、迫力がある。

もちろん、そうでない母のイメージもある。

「あまつぶさんとやさしい女の子」などは、悪母ではなく、愚母だ。そして、こうした酷な言い方をつづければ、「空色のゆりいす」のおかみさんは、無能な母、だ。いずれにせよ、彼女らに積極的なプラスの要素を見いだすことの、難しい存在だ。「しろいしろいえりまきのはなし」の母像などが、かすかにそうしたマイナスの要素から免れて見えるが、しかし、これは、村の女の子を村から完璧《かんぺき》に引き離し、行く方知らずにさせるという行為の、悪と紙一重の微妙さが、表向きの善人イメージを導きやすくしていたのかもしれない。「小さいやさしい右手」、「赤いばらの橋」、「水あかり」、「鳥」、「野ばらの帽子」、「霧立峠の千枝」、「小鳥とばら」と、そのあたりまで、母像が魔女に重なることになる悪母の要素を持っているものは、ぱらぱらと、たやすく拾い集めてゆくことができる。

ところで、こうした魔女風の母のイメージは、安房直子の、どのような想像力と互いに補塡《ほてん》し合っていると言えるだろうか？　というのも、一般に、一つの想像力は、他の想像力の中でバランスを保たなくては、存在できないからなのだが。

一見すると、たとえばけなげな娘、のようなものを、その典型に考えたくなるかもしれない。しかし、つぶさに見てゆくとすぐに分かることは、彼女の物語の多くは、魔女たちのなす悪から、いかにしてそれをごまかし、かわし、すりぬけるかに力点が置かれているのであって、かならずしもけなげとかの徳目が、魔女たちの悪に拮抗《きっこう》しているわけではない。しかもそれらのすり抜けは、けしてそれが中心に描かれるべき、というような強さをもって目的的に描かれているとはいえない。

むしろ、母の像に悪を持ち込むことに伴う対抗のイメージは、一つの作品の中には含まれていないのかもしれない。そこで、この作家の想像力の全体を見渡して言えば、この問の答は、次のようなことになるのではないだろうか？

すなわち、当然母が描かれていいはずの物語に、母が、影すらも見せないということ。それが、母に付与する魔女性とバランスする対抗イメージとなる。——作品でいえば、たとえば「まほうをかけられた舌」がそうである。「きつねの夕食会」がそうである。「熊《くま》の火」がそうである。

この不自然さの中に、安房直子の想像力を支える言語構造、における母という語の性格が、よく現れているように思う。――何よりもまず、母という語は、率直に言い出すことの困難な語だったということ。それは、グリム譲りの、悪のイメージに包んでやれば、いささか口に出しやすくなるものだったということ。けれど、ごく普通に、それがいるとみなされるシチュエーションでは、どうしても、言えないことに属す語だったということ。

*

言うまでもないが、初期の安房直子の母の像が、すべて、悪のイメージを含みもっているのではない。そのころの母の像には、多く、そうしたイメージが見つかる、というのである。そして、このことが意味を持つのは、まもなく、安房直子の母の像から、こうした魔女のイメージが減ってゆき、姿を消すからである。

一九八〇年の「しいちゃんと赤い毛糸」という作品のラストに語られる母の像は、それまで安房直子が、けして想像せず、したがって書かなかったものである。おばあさんが、森の枯れ木の精と争うようにして守って持ち帰り、しいちゃんのためにこしらえた赤い毛糸のぼうしと手袋。しいちゃんが、それらを身につけて森に行くと、赤いぼうしと手袋は、森の枯れ木の精たちから不思議なたき火として、取り上げられてしまう。さて家にもどってみると、木々の歌声の予告どおり、お母さんから手紙が来ていて、それは、まもなく退院して家に帰れるといううれしい便りだった。――「だれも知らない時間」の、かめの夢の中に沈む女の子さち子の母の病気は、物語の想像力において、さち子のエピソードの導因でしかない。そしてその用いられかたは、母に魔女性を付与するときの多くのやり方に等しい。導因であるということが。そしかし「しいちゃんと赤い毛糸」の母親の入院は、エピソードを締めくくるものとして、物語の想像力の中に呼ばれる。

しいちゃんは　てがみを　うけとりました。
てがみは　なつかしい　おかあさんの　においがしました。
てがみの　中から、おかあさんの　声も　きこえてくるようでした。
しいちゃんは　うれしくて、いつまでも　そのてがみを　だいていました。

――このような母像の用い方を物語に取り込んでから、安房直子の想像する魔女ふうの母＝悪の像が、少しずつ変わり出す。この話に用いた女の子の名、しいちゃん、が、高校三年のときに安房直子が文芸部誌に書いた「ひまわり」の女の子と同音名であることは、私たち、読者には意義深く響く。

　翌一九八〇年の「もうすぐ春」の母は、しもやけに苦しむ子うさぎを、一生懸命応援する母うさぎである。同年の「ねずみのつくったあさごはん」も、エピソードのエンディングに、その母像の母性が、きわまる。

　そして、これらの母像を挟んだ後、「チェーンステッチ」の離婚して子どもを独り育てている母とか、「月夜のテーブルかけ」のように、行住坐臥《ぎょうじゅうざが》、母である人物とかを経て、変化させられた母＝悪のひとつの典型が描かれる。それは「きつね山の赤い花」の母ぎつねである。子どもと一体となって、悪も善もごく日常的に平然とこなす母、そしてそれゆえにたっぷりと生活のにおいを含んだ母、の物語が、安房直子の想像力に訪れたのである。注目していいのは、この時期に、「エプロンをかけためんどり」で、新しいお母さん、というアイデアを初めて試みたこと。

＊

　こうして、母の像の、最後の変化が、安房直子にやってくる。

方向は二つある。一つは「サフランの物語」。母から逃れて、魔女に捕まる娘を、当の母が助けるという形態。魔女と併存する、魔女とは異なる母、を想像できたという点が、安房直子にあって、新しさを示す。もっとも、この要素は、かすかになら、「しいちゃんと赤い毛糸」にもあった。というのも、枯れ木の精の中に、一人、魔女にして母というイメージを備えているものが、すでに登場していたからである。さて、もう一つの方向は「空にうかんだエレベーター」。娘が、母をいたわりながら、母を無視するというパターン。……つまり、逆に、母のほうからこのことをとらえれば、娘にいたわられ、かつ、無視される母、というイメージだ。

ショーウィンドウのうさぎの所に駆けつけた、ともちゃん、の表現に的確にそれが現れている。

その夜おそく、横断歩道をあの女の子が渡ってきました。女の子は、ショーウィンドーの前までくると、コツコツとガラスをたたいて、
「うさぎさん、あたし、ともちゃんよ。とうとうきたわ。ベッドからこっそりぬけだしてきたのよ。おかあさんには見つからなかったわ」

そして、このともちゃんの夢は、いつも人の洋服ばかり縫っている貧しい母に代わって、自分の洋裁店を持つことなのである。

しかし、右のように時間の系で変化する特徴を、ざっと整理する方法は、およそ安房直子の想像力には、ふさわしくない。彼女の描く母の像は微妙で、一作ごとにすべて異なるその微妙さを強引に無視せずには、時間による変化の特徴などという雑駁《ざっぱく》さには耐えようはずがない。

だが、作品の命を捨てるに等しいことを知りながら、あえて、そのやり方をここに試みるのは、たしか

に、安房直子が、母＝悪の像を、想像力の中で次々に錬磨して、おそらく本人自身気づかぬうちに、それが、一つの収斂《しゅうれん》していく先を、浮かび上がらせてくるように見えるからだ。

その向かっていく先は、もちろん「花豆の煮えるまで」の小夜の母の像、そしてその娘の像なのであって、この最終的な母娘像が、どのような道を経てたどり着いたかの見取り図を、こうして示せれば、と思いながら、右に記してみたのである。

＊

ところで、見てきた母の物語における悪母の像の時間の系での変化を、安房直子の生活の出来事と結びつけて何かを語ることに、意味があるとは、私は思わない。それは、あるだろう。……あるだろうけれど、重要なのは、そのことそのものではないはずだ。重要なのは、そのように長い時間と、困難な想像力の試みを経てまで、改変しなければならない、そのような原イメージだ。母、の語に結びつく、どうしようもなく重たい原イメージを、つねに抱いて生きていなくてはならなかったというそのことだ。

言い換えれば、安房直子は、母、という、それこそおそろしく単純なはずの語に、自家製の辞書、それも複雑な辞書を、何通りも作らなければならなかった。

――誰かが、もし、安房直子に、母とは何か、と問うとしよう。そして、そのとき、答が、彼女の描いたすべての母の物語群の全体でしか示せないような、複雑きわまりないものになっても、それは当然だと思われる。文学とは、言葉に命を吹き込む辞書のようなものだ。母という言葉、に安房直子が吹き込んだ命が、彼女の作品だ。母とは、このようでもありうる、と幾通りも幾通りも倦《う》まずに示し続けるこれらの母の物語は、安房直子の辞書（用例集）なのだ。そしてこのような辞書の実現は、書き手にとっても、読み手にとっても、文学の存在意義の、きわめて大きな一つだ、と言えるはずである。

＊1　立原えりかが日本通信教育連盟の講座の一環として、童話塾をおこなったとき、そのテキスト「童話塾通信」の「TEXT2　レッスン10」（一九八九年）に安房直子とのインタビューを載せた。その中で、安房直子は、こんな発言をする。

「安房　（前略）ひょっとしたら大人の方ががまん少なくてすむんじゃないかみたいな気がしますけどね。ほんとに、集団生活をうまくやれない子供にとっては学校生活っていうものはたいへんつらいもんじゃないかな、と。

――そうでしょうね。

安房　弱肉強食ですからね。そういうところで、とにかく私はとろくてぼんやりしていて……。通信簿、子供の時の通信簿までとってあるのね。それを見ると、先生の批評が「消極的」「覇気がない」「声が小さい」「発表しない」……みんなの先生も書いてるのね。小さいのに「覇気」なんていう難しい字をおぼえて。それがなんかもう劣等感みたいになるでしょ。自分はもっとこうハキハキしなくちゃいけないんだと（笑）。いっつも自分で思いながら、できない。手が上げられないとかね。手を上げて発表したこと一度もなかったような気がします。わかってても手を上げられない。そうするとそういう性格をわかってくれる先生っていうのはいいんですけども、そうじゃない先生は、天真爛漫《らんまん》でないへんな子供っていうふうに見ますでしょ、見られますでしょ。」

安房直子の意識の在り様を、物語以外の場で私たちに伝えてくれる数少ない言葉の例である。ことに、「覇気がない」と、言われつづけ、書かれつづけて、その文字をまずおぼえてしまうエピソードが、興味深い。

＊2　「むかし魔女だったママ」小沢ヴェラ（『お料理はお好き――入江麻木の家庭料理』入江麻木　鎌倉書房　一九七七年）

＊3　「小夜のこと」別府章子　（「海賊」追悼号　一九九三年）

＊4　「『目白児童文学』と私」（「びわの実学校」131号　びわの実文庫　一九八五年）

＊5　「安房直子さんと『目白児童文学』」　吉田新一（「海賊」安房直子追悼号　一九九三年）

「母のいる場所は金色に輝く」（「マミール」7巻5号　佼成出版社　一九七八年）

第十章　父の物語——言えないこと　Ⅱ

二通りの父の物語

安房直子の想像力が育てる物語の中で、父、父親等の言葉が、一つの限定されたイメージを形成して、その物語の部分に参加しているものは、母のそれに比べて多くない、という印象が、私たち読む者にとってはまず先行する。

私の知っている一人の熱心な安房直子作品の読者は、これらの作品について語り出すとき、お父さんなんか、ぜんぜん出てこないし……、と、このことを、自分の引きつけられる大きな要素の一つに数え上げるのである。

しかし、実際に、作品の中から、父、父親、お父さん、父ちゃん、等々、この存在を指し示す言葉を拾えば、それほど少ないわけではない。作品にしても、「空色のゆりいす」、「雪窓」、「海の口笛」のように、父と娘、という親子を描くエピソードを想像力の中心とする物語が、刊行された作品の中からもすぐに見つかるのである。

私の手元に集まった詩、短歌、エッセー、インタビュー、対談、講演、聞き書き、等々の中から、安房直子が、はっきり、父という文字を用いて、何事かを語る例を拾い出そうとしてみると、全129編中、たった2例しか発見できない。

「『灰かぶり』と『シンデレラ』」が、その一つ、「先輩訪問・児童文学者安房直子さん」が、もう一つである。後者は、聞き書きである。(「父の仕事の都合で日本じゅうを転々とし、」という例は除いた。それは「心を豊かにしてくれる私の森の家」である。)

「『灰かぶり』と『シンデレラ』」には、こうつづられる。

グリム童話にふれたのは、ほんの幼児のとき。子供の本など、ろくになかった時代に、父が、三巻本のグリム昔話集を、どこからか見つけてきて、それを時々、母が私に読んでくれたのでした。今思いますと、それは、どうやら完訳本だったらしく、グリムのあのぞっとするような暗さと、不可思議な魅力が、そっくりそのまま、伝えられていました。

そして、もう一つ、「先輩訪問」の聞き書きは、こうまとめられている。

幼少の頃《ころ》は、一人っ子にありがちな、内気な性格だったそうで、お友達と戸外で遊ぶことより、室内でお母様手作りの人形の洋服でお人形さんごっこをすることが、大好きだったとか。

また、お父様のお休みの日にはご一緒に書店に行き、沢山の本を手に帰宅、片っぱしからその本をお読みになったということです。

＊

——本は、父が、買ってくる。母が、それを、読んでくれる。

——父と一緒に出かけ、父が本を買ってくれる。それを、ひとりで、読む。

本の享受の、二つの形態。それに対して、本の入手は、ほぼ同一の形態。それとも、こう考えるべきだろうか？　本の入手と享受にまつわる、同伴者の転換。

いずれにせよ、そこには、同伴者の、在と不在が、いつもまとわりついてくる。

読んでもらったものを、独りで読むとき、母が、在から不在へと転じる。

一方、入手のほうは、不在から、在に転じ、そして、当然これは、もう一度不在に転ずるはずだ。つまり、長ずれば、父とではなく、独りで本を買うであろうから。

＊

料理研究家の佐藤雅子は、優れたエッセーイストでもあるが、よく、父について書く。そうした数多い文章の中で、私の記憶に引っかかる不思議な一行がある。

「父と西洋料理」[*1]というタイトルのエッセーの、最終行だ。


父の艦がふたたび長い遠洋航海に出る日、べそをかいてみんなにたしなめられたあのころに、できるものならもう一度返りたい思いでいっぱいでございます。

私が不思議と思うポイントのために、いくつか補足しておく。エッセーイストの父親は、海軍機関学校を出た将校で、英国を初めとする海外勤務の経験の豊富な軍人だった。艦に乗って洋上に過ごす時期と鎌倉の自宅に過ごす時期とが交互に来るのが、海軍生活の基本である。食生活に関心の深い彼は、自分の妻に英国式の食事を作らせ、自ら細かい指示も出し、食事の作法から会話に至るまで家庭を整え、生活を楽しんだ。そうした生活のことをエッセーイストは、こう記す。

子どもたちにも、のちのちのために少しでも役だつようにと、外国の家庭の食卓についてのあれこれの知識を持ち帰ってきたのでございましょう。母を通して、今の私への大きな贈り物になりました。

「私の宝もの」[*2]という別のエッセーには、父が海外から送ってくるカードのことが記されている。祝宴でのメニュー・カードである。それは母の元へであり、まとめて2冊のアルバムになっていた。子どものころ、エッセーイストは、よくそれをアルバムから外して眺めて、母に叱《しか》られた。けれど、母の晩年、とうとうその2冊のアルバムは、母から自分に贈られて、私の宝物となった、というのである。

父を語る、ということには、必ず微妙な在と不在がかかわってくる。そして、その在と不在には、つねに「母を通して」という母の在、不在がからんでくる。

最初に引用した文章の不思議は、「返りたい」とのぞむその先、すなわち「あのころ」という時代が、父の出航の日の、「べそをか」くという具体性に集約する不思議である。つまり、父のもたらした生活も、はては宝物も、すべて父の不在とともに、エッセーイストの所有なのである。——もしかすると、父そのものですら、その不在として、エッセーイストのうちにあったのではないだろうか？

＊

安房直子の想像力が描く父の像には、二通りのものがある、と私は考える。

一つは、ちゃんと、父、あるいはそれに類する言葉を伴って、物語の中に位置を占める像。そしてもう一つは、それを全く描かないことによって、私たちが、その不在をこそ所有することになる、父の像。

冒頭に私が記した一人の読者のケースは、描かない、という書き方、そういう父の像のことを語っていたのかもしれない。そしてそれらも、母の像を想像する想像力のケースと同じで、安房直子の辞書の、父という項目を満たすに十分、かつきわめて重要なことだと考えられる。

父の不在の物語

父の不在の物語、と私が呼ぶものの、一つの典型は、「きつねの窓」である。

なぜ父親は、青年の指の形作るひし形から締め出されなければならないのだろうか？子ぎつねのほうが、「ぼくのかあさんです」と、彼の指の作るひし形の中に母親しか見ないことに、違和感はない。いささかも、ない。――なぜって、きつねだから……、ということだろう。

――では、そこで、青年も、単に対をとって、……なのだろうか？

それとも雨の中に放り出された長ぐつを片づけに、母が縁側に出てきそうな時刻には、父は、家にはいない、ということなのだろうか？

けれど、それをいうのなら、父のいない時間を、想像してしまうこと、それこそが問題となる。ひし形の指の中に見えてくる家の中から、父の声も聞こえてくる、という想像が実現されていたとしても、この物語にとっての不都合は、別段、何一つ感じられない。

ところが、右に導いた合理性をはねのけて、この物語の父の不在は、これを読むとき、少しも奇異でない。ということは、父は、いるのだ。この不在の感触の中に、強く。そうとしか、考えられない。私たちの感覚も、それに同意して、うなずく。

同じ年の作品、「だれも知らない時間」のさち子の父親の場合は、どうだろうか？ さらに、同年の「夕日の国」の咲子については？

カメに出会って、夜中に一時間、誰にも気づかれることのない時間を分けてもらうさち子について、その父親を記さないことには、どのような、合理性があるだろうか?

もし、たった一行、さち子には父親はいませんでした、という記述があれば、私たちには、それ以上何の疑念も浮かばない。なぜ、いないのか、などという疑問が、この物語の展開にしたがって、私たちの心に兆すだろうとは、考えられない。それは、たとえば、ちょうど「海からの贈りもの」のかな子に、「かな子のおとうさんは、はじめっからいません」と、一行が差し挟まれたとき、私たちが、そこに想像力というものの実に自然な自己展開を嗅《か》ぎ当て、なめらかに次へとたどるであろうように。……だが、そうした一行は、どこにもない。

また、たとえば、カメにもらった時間の中を駆け戻ってきたさち子が、家にたどり着いたとき、父親の寝息は、おだやかでした、さち子が抜け出したことに気づいた気配はありませんでした、というような記述があれば、私たちは、それをも私たちの想像力の合理性で受け止められるだろう。しかし、そうした想像力も、どこにも行使されない。

だが、ここから、議論は「きつねの窓」と、同じ道をたどる。――物語の想像力の中で、さち子に父親がいると展開されても、何の不合理もないはずのこの話は、しかし、現行どおり、たったの一行も父の在不在に言及のないままで、何の違和感もなしに読み通せる。

それなら、父は、いるのだ。母にかかわるさち子の振るまいのどこにも姿を見せない、というまさにそこに、「きつねの窓」同様、さち子の父は、強く存在している。(こうした父たちは、いったいどういう瞬間のさち子になら、どういう瞬間の「きつねの窓」の青年になら、彼らを描く安房直子の想像力が、きちんとした姿の父を欲する形で、かかわってくるのだろう?)

「夕日の国」の咲子に、父親のエピソードが、いっさい含まれないことは、右の二つとは、いささかその非表示の原理が異なるはずだ。——単純なことだが、それは、これが、母の職場の物語だからだ。そしてこのことは、この作品のもう一人の登場者、ぼく、の側の物語が、ぼくと父親との職場物語であることと対をなしている。

対、という言葉のついでに、さらに、このお話の中の対を指摘しておけば、ぼく、が何を商う店の子どもなのかを示すのは、話がしばらく進んでから、ショーウィンドーに飾る品の具体名の表示まできて、初めて知られるのであるが、私たちから見たときの、この手探りのような判明のしかたが、ちょうど咲子の母の、本当の職業の判明のしかたと、どんぴしゃの対を取る。

展開のこうしたバランスは、読者への効果のための企み《たくら》(?)、計画(?)、そのような、書き手にとって目的のはっきりと限定された作業の一つ、とみなして、私たちがそこに何事かを見出すよりも、ただただ、うそつきな女の子、を描くという想像力がほとんど自動的に、そこに必要なバランスを、過たず、自身で展開していく過程に生じた正確さ、とみなすほうが、文学というものを考えるうえで、より重要なことと思われてならない。さらに、もうひと言付け加えれば、そのような想像力のバランスの自己展開という考え方は、文学のみならず、その文学の本質を、ほとんど残さずうちに持つところの、言葉というものの自己展開、それを考えるうえでも、最も重要なことのはずである。

「夕日の国」に、咲子の父親が、もし書かれていたとしたら、たとえばそれは、妻の職場のまわりをうろつく夫、などというかたちもありうるように、咲子のつくうそを、さらに幾つか増やすほうに働くことだろう。そしてそれは、一方のぼくの側の、職場物語としてのシンプルさも、奪うだろう。——そうなれば、作品は、別の作品へと姿を変えなくてはならなくなるはずである。

それゆえ、「夕日の国」のタイプの、父の描かれなさは、前の二作とは異なると考えなければならない。

＊

描かれないという形で、かえって父の存在がはっきりと刻印されている、そういう形態の物語は、42例を数えた。そのうち、子どもが男の子であるケースは、13例である。ただし、子どもが複数で男女を含む場合をこれに加えれば、もう2例増えて、15例である。残るすべては、女の子とその母にとっての、不在の父という形態である。

この類のカウントにあたって、次のようなことは、特筆されるべきかもしれない。

A　まず「秘密の発電所」だが、この作品には、人間の家族とカエルの家族とが登場する。そして、人間の家族においては、父は、描かれないけれど存在するだろうところの父、の形を取り、一方、カエルの家族の場合には、父は、はっきりとその像が言葉で描かれる。

このことは、次のように、一般化できる。安房直子は、登場者を人間以外のものに設定するときのほうが、人間を描くときよりも、父、母、子どもたちという集合のそれぞれを、きちんと言葉に乗せてくることが多い。

そして、これに類することをもう一つ加えておけば、男の子にとっての父の不在の物語は、人間登場者の物語と非人間の登場者の物語との割合は、ほぼ均等であるのに対して、女の子にとっての父の不在の物語は、圧倒的に人間の女の子であるケースが多い。

B　次に興味深いのは、「ひかりのリボン——花びら通りの物語　第一話」で、赤ちゃんの死を自分のせいだと思う心の中に埋もれて、精神のバランスを失った幼女の姿を描くこの美しい物語は、不在による表出の技法が、思いっきり痛切な効果を上げる。

死んだ赤ちゃんの両親、それはとりもなおさず生きている幼児の両親でもあるのだが、彼らには一行、一語の言葉すら、割かれない。だが生後二ヶ月の赤ちゃん、という言葉が、おそろしいほど強く彼らの存在を表出する。

ある意味では、この「ひかりのリボン――花びら通りの物語　第一話」におけるこの技法が、最も技法にかなった人間像を、ひいては主題を引き連れていると言える。なぜなら、生後二ヶ月の赤ちゃんの死は、彼らの不在こそが、それを引き起こしたことなのであるから。

そして、このことをそう見なす地点から、残るすべての父の不在の物語を見渡せば、それらの物語に、安房直子の想像力が運んでくる物語の展開は、ことごとく、姿を見せない父、かかわりのうちに現れてこない父こそが、いっさいの導因であると見えてくる。それは、むろん当然のことである。

父の物語

父、父親、お父さん、父ちゃん等々の言葉を用いて、父の像が明瞭《めいりょう》に想像され、物語に書き込まれているものは、40編を数えた。この中には、「鳥にさらわれた娘」のように、くっきりと、

ふみの父親は、やはり漁師だったが、五年前の嵐で、船がひっくりかえって、それっきり帰らなかった。夫をなくしてから、ふみの母親は、わかめを採ったり、干物を売ったりして、女手ひとつで、三人の子を育ててきたのだ。

などのように、死が告げられているものも含めた。

これらを、不在による父像の表出42編と合わせれば、82編であり、この数字は母の物語の88編に、おさおさ劣らない。

安房直子は、この二種類の父の物語を、非常にバランスよく書きついだ。というのは、初出年代順にナンバーを振ってゆくと、二種類は、ほとんど交互に数を増やしてゆくのである。そして、その両者を合わせたものが、ほぼ母の物語と数をそろえて増えてゆく。明確な意識のもとでそれを行なったのか、それとも偶然そうなったのかは、確かめることはできない。ただ言えることは、作家は、母というものと、父というものを、きわめてバランスよくとらえていて、物語を想像するときには、そのバランスがそっくり移されたのだろう、ということだ。これは、意識的にも、無意識裡《り》にも可能なことだからである。

ただ一九八六年から八九年にかけてだけ、不在の父の表出する作品が集中する。その程度のばらつきは、やはりある。それは、ちょうど『おしゃべりなカーテン』の連作が、雑誌発表されてゆく時期で、強く、女性家族、すなわちおばあさん、母、娘という構図の中の想像力を試みていたせいだろうか。だが、この連作物語の最終話「春風のカーテン」には、やがて生まれる赤ちゃんの、若いお父さんが登場し、このときから、安房直子の描く父の像は、ふいに変化を見せ始める。

父の像を取り込んだ物語のうち、それが男の子の父である場合は、11例。うち異性の姉妹を併せ持つのは4例。また子どもの性別の意味を持たないものが、3例。残りは、すべて女の子のみを子どもに持つ父の像を物語に取り込んだお話である。

とはいえ、男の子とその父が、安房直子によって想像されるとき、物語の中で彼らが互いに深くかかわる話は、一つもない。

★ 男の子の父たち

物語が、男の子とその父の像をフィーチュアする場合、安房直子が試みる方法は、「まほうをかけられた舌」と『三日月村の黒猫』が一つの典型で、前者は、はじめに父の死が語られ、後者は、仕事に失敗した父の雲隠れから、話がスタートする。したがってお話のほとんどが、間接的な父の影響下にあるのであって、直接のかかわりは彼らのあいだに存在しない。だが、まさにそのことこそが、父という存在を想像するとき、どうしても安房直子の頭から離れなかったことに違いない。

「あるジャム屋の話」の冒頭に、こんなセンテンスを安房直子は書きつけた。

若いころから、人づきあいのへたな私でした。

大学を卒業して、一流といわれる会社に就職しましたものの、ほんの一年でやめました。やめて、故郷に帰って、しばらくごろごろしていたとき、ジャムのことを思いついたのです。

あのときは、庭のあんずが鈴なりでしてね、父親が冗談まじりに、

「おまえ、仕事がないんなら、このあんずみんな売ってこい」

といったのが、ことのはじまりでした。私は寝ころがって、ぼんやり庭を見ていました。

父の像の導入は、この話において、この箇所を除けば、あとは一度もない。

ということは、父なる存在は、青年森野一郎に対して、自分が彼の行動のきっかけとなりながら、そのことを知らず、また当然のように、その結果を回収することもない。

ただ、父は、ちょうど、青年がこの世に存在するきっかけを、その母に対して与えた、と言えるように、それと同じだけの青年の行動へのかかわりを、――つまり同じ構造のかかわりを、青年の行動のきっかけの部分に与えた、と言えるのである。

このパターンを踏みながら、やや変わった趣の話を、安房直子は一度書いている。それは「お日様のむすこ」で、病に伏せった太陽の指示を受けて、息子が地上に降り、父の指令どおりの品を手に入れて持ち帰る、というストーリーである。そのとき、息子は、一人の人間の娘の好意に助けられ、天に帰った後、親子でその娘に恩返しをするという結末がついている。この話も、父は、息子の物語の導因であることに変わりはなく、息子の旅のあいだ、父はいっさいかかわることがなかった。

＊

ここでついでに、安房直子がたった一度想像し、書きつけた、ある父の像に言及しておく。――この父は、娘の父である。しかし、その娘が父によって引き合わされる相手の青年小森さんにとっても、その像

として、彼はまぎれもなく父である。この父と小森さんとは、かかわりを持ち、そしてそれが、安房直子の想像したドラマとしての具体的なかかわりを持つ父と息子の、唯一のいわば似姿である。作品名は「熊《くま》の火」。父と娘は、熊である。そう想像してはじめて、作家はその想像力で、父と息子のかかわりの似姿をとらえる。この父は大きくて、おだやかだが、強引で、包容力を十分に備えていて、彼は、青年を自分の娘の相手として、自分たちの生活に引きずり込む。だが、青年は、しばらくそこで暮らし、子どももうけながら、まもなく父をだますようにして脱出を計り、成功する。

安房直子は、晩年、男の子を子どもにしながら、その子どもとの交流感溢《あふ》れる父、——そしてこのときには母親も参加するのだが、——の像を書く。だがそのときには、想像され描かれる父の像は、あきらかに「熊の火」型の父ではない。作品名で言えば、それらは、「冬をつれてきた子供」や、「つきよに」などである。

これらの作品の父は、こういう言い方が許されるなら、およそイメージを持たない存在だ。そのかわり、彼らには、その場で要求される役割、あるいは機能があって、彼らは実にスムーズにそれをこなすのである。晩年に、と書いたが、実はその役割としてのスムーズな父の像を、まだ若かった安房直子は、一度書いている。それは「野ねずみの赤ちゃん」(初出)や、「ぶどうの風」などの、「三・四・五歳」に連載したときにややシリーズ化していたチュー吉さんノン子さん夫婦の物語においてだった。ただし、このときには、まだ子どもの性別が意味を持たないお話ではあった。

さらには、一九八一年の「月夜のテーブルかけ」の太郎に対する茂平さんにも、この系列の父親らしさの片鱗は、十分に発露されている。

★　女の子の父たち

では、女の子の父親たちについては、どうだろうか？　男の子の父親たちとは、異なる想像力が働いているだろうか？

「空色のゆりいす」の若いいすつくりの青年が、安房直子の想像力の描いた最初の父の像だ。

この父には、二つの指摘すべきポイントがある。一つは、生まれる前から、生まれてくる子どもにいすをプレゼントしようと考えていること。つまり、それは、子どもとの最初のかかわりを、自分の仕事を通じて、その範囲で行おうとしていたことになる。

二つ目、生まれてきた子どもが、目の見えない女の子だったとき、彼は、何よりも空を見せてあげたいと考えること。それが娘の見えない目に対して動く彼の感情だった。

さてこの二つは、まもなく彼の中で一つになる。風の精の少年と知己になり、本当の空から色を得て、それをいすに塗る。——彼の娘に対する働きかけは、基本的には、そこで終わる。なぜなら、少女の認識は、こうだからだ。

窓べの空色のゆりいすに、女の子は、おとなしくすわっていました。男の子は、近よって、

「こんにちは」

と、声をかけました。女の子は、こちらをむきました。男の子は、なにかいわなくてはいけないと思いました。

「あのね、ぼく……」

するると、女の子のほおが、ぱっとかがやきました。そして、さけびました。

「知ってるわ。あたしに、空色をくださった人でしょ」

ということは、「空を知」るという認識は、彼女の意識ではこの少年から得たのである。父の像は、けしてその仕事をなす人の像からはみ出すことがない。それがどのようなニュアンスでなされようと、彼はただいすをつくり、いすを塗り、そして娘に与えたのである。彼のそのことに込める娘への夢の実現は、娘の認識では、すべて少年からもらったものだからである。

これが、安房直子の想像力の描く父の像の出発だった。

「ライラック通りのぼうし屋」の主人は、嫁入りの準備をしなくてはならない二人の娘の父親だ。彼について安房直子が想像する父の像は、「空色のゆりいす」のいすつくりと比較すれば、特定の性格が、ことのほか強調されている。それは、偏屈さ、といっていい。

作者は、彼を次のように語り、彼自身に自己分析させる。

娘たちは、めいめい勝手な事をして、父親とはほとんど口をききません。いいえ、口をきかなかったのは、父親のほうかもしれません。この人は、若いころから、人としゃべるのが、きらいでした。とくに、女の長いおしゃべりにつきあうなんて事は、もう、死んでもがまんできないと思っていました。

帽子屋は、時どき、こんなふうに思うのです。

（そうなんだ。もともと、おれは、家族を持つなんて、にあわない事だったんだ。ひとりでやりたい事を、きままにやってるのが、にあってたんだ。〔中略〕）

こうした偏屈さが最も強調された人物像は、「火影の夢」の骨董《こっとう》屋の老人で、彼は父としての像は与えられていないけれど、安房直子の想像力がとらえる男性像の一つの究極の姿を提示している。

しかしながら、これらの人物の像は、その偏屈さの奥行きに、いささか乏しい。

ということは、自分の物語にこうした見かけの人物がしっくりくることは、十分に把握されながら、しっくりくるというその地点で、さらなる想像力の行使がストップしてしまっていたことを意味するだろう。

「海の口笛」という作品がある。偏屈さをたっぷり付与された職人気質の父親の像が、娘と具体的にかかわるエピソードを含むお話は、これ、1編である。およそ人とかかわらない右のようなパターンの男の像に対して、誰かとかかわる人間像を試みると、想像力は、どのような方向に展開するのだろうか？

娘を一人持つ父、である腕のいいかけはぎ屋の男は、こう述べられる。

かけはぎ屋に仕事を持って来るのは、クリーニング屋だけではありません。これはちょっとないしょの話ですが、表通りに大きな店をかまえている「テーラー○○」という、しにせの洋服屋が、ある時、青い顔をしてやって来ました。服地を裁断していて、まちがって、はさみをいれてしまったというのです。これを、なんとかわからないようにしてほしいという注文で、それも、一刻も早く、と、いうのです。どれどれと、かけはぎ屋は、その布地を手にとってみます。それはとびきり上等の紳士服地でした。ふんふんと、かけはぎ屋はうなずいて、それから、ぼそっとひとこと、法外なねだんを言いました。洋服屋は、とびあがるほどおどろいて、目をまんまるにしました。すると、かけはぎ屋は、いやならやめときなという顔をして、また仕事のつづきをはじめるのでした。洋服屋は額の汗をふきふき、

「仕方ない。それではたのみましょう。この服地は、一点きりですから」

と、帰って行きます。

こういうことは、結構あるのです。洋服屋の裁ちちがえは、店の恥になりますから、みんな、こっそりとやって来るのでした。そしてそのあとかけはぎ屋は、口止め料も含めた、たっぷりのお金を受け取るのでした。

男は、単に仕事の腕でばかりでなく、脅すことをも手段にして、人にかかわり、人からお金を手に入れる、そういう人物像に描かれている。

安房直子の想像力においては、一般に、人に積極的にかかわるタイプの人物は、しばしば、それしか方法がなかったとはいえ、悪をなす。たとえば「ライラック通りのぼうし屋」のおかみさんは、羊たちのための白いトルコ帽を、朝風牧場に届けることなしに、売って、お金に換えてしまう。「夕日の国」の咲子は、うそつきだ。そのように。

だから、安房直子の想像力の中では、このかけはぎ屋は、当然、人にかかわるのである。そして、この場合、そのかかわりを持つ相手が、娘になる。

だが、そのためには、娘のほうにも、新たな想像力による像が導入されねばならない。

申しおくれましたが、かけはぎ屋には、娘があったのです。としは、はたちをとうに過ぎておりましたが、智恵がおくれていて、ほとんど、ものをしゃべりませんでした。

こう書かれるこの娘には、これまた物語を想像するときの必然として、特殊な能力が授かっている。彼女は、「とびきり良く見える目」の所有者で、娘のこの能力を生かして、かけはぎ屋は、どんな細い糸を、どんなほそい針穴に通すことも可能となる。彼は、昼間は仕事をしない。用心深いからだ。

夜がふけて、家々のあかりも消え、人通りも絶えた頃《ころ》になってやっと、用心深く、絹の仕事をひろげるのです。

戸締まりを確かめ、カーテンを閉め、それから彼は、手をたたいて、仕事場の奥の部屋から、娘を呼び出す。——ということは、娘もまた、彼が人目にさらしたくない秘密の一つ、ということになる。この娘が、絹の裂け目に広がる海、その水底で、口笛を吹きながらひざをかかえて座っている男に恋をして、引き込まれてゆくと、この父は、娘のあとを追うのである。

海の底には、貝がらでこしらえた美しい家がありました。その家には、窓があって、窓の中には、ピアノがありました。テーブルの上には、銀の食器が、きらきらと光っていました。気がつくと、海の底には、そんな家がいくつもあるのです。大きな岩のかげにも、わかめの森にも……。

「ふうん、海の底でも、立派に暮らせるんだなあ」

かけはぎ屋は、思わず、そうつぶやきました。

こうして、この父娘の住んでいた仕事場のある家からは、人の姿が消えてしまうのであるが、この作品の初出（一九八三年）以後、安房直子の想像力の中から、偏屈な父、という像もまた、かき消えてゆく。しかし、これがこのとき最後であったということを、安房直子の時間の系を構成してゆく生活上の何事かと結びつけて意味を見いだそうとする試みは、やはり無意味なことと思われる。

というのは、すでに一九八一年初出の「エプロンをかけためんどり」において、安房直子は、次なる父の像、女の子を含む子どもたちを持つ父の新しい像の造形をはじめているのであるから。(そして、このとき同時に新しいお母さんというアイデアの想像力が、胚胎《はいたい》したことは、すでに述べた。)

したがって、この時間の系による変化のことは、こう考えるべきだろう。彼女の想像力、というものの、ある意味、自動的な展開の終着点である、と。というのも、人と人とのかかわりは、ある、か、ないか、結局この2種類しかないのだから。偏屈な父という像、の想像の限界が来たのである。

ただ、次のことは、付言しておいてよいかもしれない。

「ガラスのゆりいす」という作品がある。

娘の母との、めずらしく交流感のあるお話だが、このとき安房直子は、娘をこんなふうに設定している。

みゆきさんは、毎日、えんがわにすわって編物をしています。

同じ大きさのくつしたを、いくつもいくつも編んでいます。

「まあ、いったいどういうつもり? こんなに、くつしたばっかりこしらえて……」

と、よその人は驚きます。それでも、みゆきさんは、朝から晩まで、くつしたを編んでいるのです。

みゆきさんは、まだ若い娘さんです。けれども、みゆきさんにできる事は、くつしたを編むことだけなのです。

みゆきさんは、字も読めません。計算もできません。ひとと話をするのも、ひとの話を聞くのも苦手です。けれども、編物だけは好きでした。(中略)はじめて、みゆきさんが、くつしたを編んだ時に、お母さんは、そのくつしたをはいて、足をトントンならしてよろこびました。

「みゆきの編んだくつした、あったかい、あったかい」

みゆきさんは、それを見て、もっとよろこびました。そして、それからというもの、くる日もくる日も、くつしたを編み続けたのです。


一九九〇年の作品である。この親子は、「海の口笛」のそれとは違って、二人でどこかへ消えはしない。ここから、——つまりこの作品の中の母と子の交流感から、『花豆の煮えるまで——小夜の物語』の中のそこここに見られる、小夜とその母（母ではない母）との交流感まで、もうあとほんの一息である。それは、安房直子の想像力の最後の大きな仕事となった。

＊

さて「エプロンをかけためんどり」の子どもたちの父、三十郎にほどこされた父の像には、仕事一筋の偏屈さはなく、それは子どもたちとご飯をつくり、生活し、働き、病気にもなる、そういった彼個人としては内と外とのバランスを備えた人間像である。この時期、すでに「風のローラースケート」の初出が出ており、峠の茂平茶屋の茂平さんのような、生活のバランスの良い人間像の提出が、安房直子に始まっていた。だが、そうした人間像と、それが、男の子のではなく、女の子のみの父であることとの両立は、彼女の心の中で、きわめて想像しにくいものだったようだ。「春風のカーテン」に登場する、まもなく父となる青年の像は、たしかに新しい父の像だが、しかし、まだ生まれてくる子どもの性別は不明なのである。

結論から先に言えば、結局のところ、女の子を子どもとする新しい父の像は、やはり「小夜と鬼の子」（初出「あかねと鬼の子」）の父、三吉に行き着くのであって、この三十郎から三吉までのあいだに、安房直子はほとんど段階を踏むことはなかった。

ただ、一作、「月へ行くはしご」という作品に、私たちは、これまで見てきた像の系列から孤立する一人の不思議な父の像を見いだす。

ひいおばあさんからもらったけい子のうさぎが、お月夜に逃げ出して、けい子は月にのぼるはしごを伝って、さがしにゆくというお話の、挿入されたエピソードにそれがある。

その父は、二人の娘の父親で、月にのぼるうさぎを鉄砲でしとめて、うさぎ鍋を食べようというのである。それが、二人の娘の美のために必要だから。うさぎをしとめて、楽しげな父と、帰る父を待って、鍋の支度に忙しい二人の娘の心わきたつ楽しい時間。

二人の娘は、けい子に、こんな言葉を投げかける。

「ね、あんた、わたしたちの　お父さんを　見なかった？　鉄砲を　かついだ人よ。あの人が　今夜の　うさぎを　とってきてくれるの。ねえ、もし　よかったら　今夜、うちの　お客にならない？　うさぎなべ　ごちそうするから。」

あの人が、と娘たちに口にされる父親の像は、鮮烈だ。おそらくそのせいだろう。けい子自身の父親は不在の形式で描かれているこの話の、けい子が、右の親子から身を引き離す展開の部分には、切実なものが忍び込む。もし、けい子の父が言葉にして描かれていたら、どのような父だったのだろう？　うさぎ鍋の親子が気になりつつ身を引きはがすけい子の心を、十分に満たす父とは、どんな像に想像されるのだろう？

だが、彼女はそれを書かなかった。——しかし、私は想像する。おそらくそれは、『うぐいす』のお医者さんのような感触の人間像ではなかったろうか？「鳥」の、耳のお医者さんのようではなかったろうか？

この二人のお医者さんの像に似たものを、実は彼女はすこぶる早い時期に一度父の像として私たちに提出している。それは「きつねの夕食会」の父の像である。だが、このときにはやはり完璧《かんぺき》に母の像が想像力の外におかれる。

そして、きつねではなく、これが人間となれば、安房直子は、こうした像をけして女の子の父に設定することがなかった。擬似的な父である二人のお医者さんを除けば、彼女の想像力は、その娘の母がちゃんと人間である、そういった父の像には、ついに向かわなかった。

＊1　「父と西洋料理」(『私の洋風料理ノート』佐藤雅子　文化出版局　一九七三年)

＊2　「私の宝もの」(『私の洋風料理ノート』佐藤雅子　文化出版局　一九七三年)

「心を豊かにしてくれる私の森の家」(「ニュートン」6巻11号　ニュートンプレス　一九八六年)

「『灰かぶり』と『シンデレラ』」(「月刊ＭＯＥ」6巻12号　白泉社　一九八五年)

「先輩訪問・児童文学者安房直子さん」(「わかたけ」26　日本女子大学附属中学校・広報部　一九八五年)

第十一章　ファンタジーを生きるということ

季節の物語

安房直子には、季節の移りが、季節を担うものたちのドラマとして、彼女の想像力の中に大きく位置を占めてくる物語がある。

「緑のスキップ」がそうであり、また「紅葉の頃《ころ》」がそうである。前者の初出は一九七二年、そして後者は、一九九二年に執筆されている。未刊行の作品に話を広げれば、彼女が最初にこうしたアイデアを想像し、作品化したのは、一九六九年の「雪の中の映画館」である。

この季節の推移のドラマというアイデアは、彼女の生きた時間の系の変化を受けることが少なく、印象からすれば、彼女は、これを、ちょうど時計がめぐって鐘を鳴らすかのように、その生涯の作品群の中にちりばめる。

18編が、この趣向で作品となった。季節の内訳は、春が7編、秋が4編、冬が2編、初夏1編、初冬1編、そして正月が3編である。

冬の中には、「初雪のふる日」を加えた。しかし、この作品の白うさぎの群れは、もちろん冬の精たちではなく、むしろ雪の精、それも人さらい系列の雪の精である。

これを冬の物語に加えるのなら、『風のローラースケート』の「よもぎが原の風」のうさぎも、同列に見なして、春の話に加えるべきなのだろうか？　人さらいの系列である以上？　しかし、私は今回、数えなかった。春の一日の話と、その日から冬になる話とは、この作家の想像力の中に区別があると思われるからだ。

けれど、『たんぽぽ色のリボン』のたんぽぽの女の子の物語は、ここに含めた。それは安房直子の中で、女の子が、主人公の老文房具屋にとって、入学という季節行事を招くものとして想像されていて、さらに、そのような季節行事の推移にも似て、老人の死をとらえ、かつつかさどるものだからである。また「秋の風鈴」も加えた。夏の記憶から、一夜にしてコスモスの咲きそろう秋になだれこむこのエピソードは、コスモスたちが秋そのものの精でなくとも、十分に季節の物語であるだろうから。「花のにおう町」のキンモクセイも、ここでは季節と扱われているとみなした。

つぎに、季節の変化の類に、正月を加えることは、奇妙に響くだろうことについて述べれば、つごう4回安房直子が試みた、「お正月さん」という女の子（時には性別不詳になるけれど）の去来の話にひそむ、生活環境の劇的変化の物語は、その変化の止めようのなさ、その変化の一方通行のニュアンス、どれをとっても「緑のスキップ」を代表とする季節変化の物語をなぞって展開するのである。（もっともその中の一つは、後日談のかたちではあるけれど）。そこで、これを季節の物語に加えた。

「雪うさぎ」という未刊行の作品がある。主人公は人間の女の子で、彼女はまだ小さな子どもだと思われるが、「あや子さん」と表記され、このことが、すでに、安房直子の全作品の中にあって異例である。


雪うさぎの耳は、ゆずり葉です。目は、赤いなんてんの実です。

そんなものをくっつけて、雪うさぎは、まあるいおぼんの上で、じっと動きません。

けれども、雪うさぎは、生きていました。かすかな息をしながら、たった今、自分をこしらえてくれたあや子さんの赤いたもとを、じっと見ていたのです。

「ほうら、できあがり、かわいいうさぎさん」

あや子さんは、白い息をはいて、そうさけんだのでした。あや子さんのたもとには、雪がにじんで、赤い花もようが、もっと赤く見えました。雪うさぎはふとあのたもとの中で、眠ってみたいなと思いました。

この冒頭の、雪うさぎの、不可能な願いの寂しさが、一編の序奏だ。

あや子さんが、この雪うさぎに、最初に語りかける言葉、——それは、もう終わってしまおうとしているお正月についてであって、けして引き止めることのできない変化、すなわち時間へのあや子さんの思いが、雪うさぎという存在と、ここで釣り合う。

正月さあん、正月さん
どこまでごおざった
くるくる山の下までごおざった
おみやげなあんだ
かややかちぐり　みかんにこんぶ
まい玉ふってごおざった

そんな歌が、とぎれとぎれに聞こえて、お正月の三日目が暮れようとしています。

「お正月、きょうでおしまいよ」

あや子さんは、長いたもとをおさえて、つまらなそうに言いました。すると、雪うさぎは、ゆずり葉の耳を、ぴくりと動かして、

「お正月さんは、これからどこに行くんでしょうね」

と、言いました。
「どこかしら……」
あや子さんは、少し考えこんでから、
「きっと、あっちの山の方へ行くんだわ」
と、言いました。これを聞いて、雪うさぎは、赤い目をきらきらさせました。
「ああ、そんなら、ぼく達も行きましょう。お正月のあとについて、あっちの山へ行きましょう」

大雪になった夜の中で、あや子さんは眠らずに、お正月さんを見ることのできる雪うさぎを頼って、あとを追いかけようと身構える。そして追跡が始まる。ところが雪うさぎは、雪うさぎの直観とその衝動で走り去り、あや子さんは、彼を必死で追いかけなければならない。雪うさぎは、母である雪の精に、ぐんぐん引き寄せられていたのである。

あや子さんは、雪の母から、もう雪うさぎは返せないこと、そして彼女が、お正月さんにも追いつかないことを告げられる。そのあや子さんに、雪の精は、春の花まつゆき草を与えるのである。

季節の推移とは、変化の把握の基礎である。変化の把握とは、時間の把握の基礎である。

安房直子が、取り返しのつかない時間を、この物語のように語るとき、そこに母の物語が忍び込んでくる構造が、——つまり、ここでは、雪うさぎの母である雪の精からプレゼントされる春の喜びによって、あや子さんの心にひそむ耐え難さが、釣り合いを取り戻すということが、読む私たちに、一種痛ましさに近い悲しみを届けてくる。正月をやり過ごせない魂というものの苦しさを、伝えてくるのである。

*

秋の物語と冬の物語は、それぞれ、ごく初期と晩年とに一作ずつ同じような位置を占める作品のあることが興味深い。

秋の4話のうち、「秋の風鈴」と「花のにおう町」をのぞいた残りの2話がそれで、どちらも、山の錦を織る秋の精の話である。そしてどちらも子どもをつれた母の像が、秋を呼ぶ。「霧立峠の千枝」と「紅葉の頃《ころ》」とである。

ある意味、この二つの作品には、一方が一方の書き直された姿といった趣がある。具体的にいえば、「霧立峠の千枝」は、赤子の誘拐の話であるのに対して、連作『花豆の煮えるまで』の一編、「紅葉の頃」を読むと、ああ、こんどは、さらわれなくてよかった、という印象が、どうしても残る、そういう共通点の多い話どうしなのである。

しかし、「紅葉の頃」を読んで、右のような感想を持つのに、別に「霧立峠の千枝」を読んでいる必要はない。子どもをつれた女の人が、小夜のうちの温泉宿に泊まる。その子どもに慕われるままに、小夜はいっしょに布団を並べて眠る。そのくだりが、静かだが、それでいてすさまじい緊張感に描かれる。その緊張感は、読む者に快感をもたらす。——どうしてだろう? もちろん、その答は、分からない。ただ、この緊張感が、この物語の書き手の、このような想像力の話でなければ外に示すことのできない心の一つであることだけが、ひしひしと伝わってくるのだ。女の人が、子どもをつれて、泊まりにくる。……たったそれだけのことにひそむもの、それが、小夜の生きていることそのもののような、緊張感になるということ。——だから、私たちは、翌朝、姿を消した親子を確かめる小夜に、何事も起こっていなかったくだりを読むと、ほっとするのである。

もし、このように書けていなければ、「霧立峠の千枝」を、いくら読んだところで、ああ、今度はさらわれないんだ、という感想の生じようはずがない。「紅葉の頃」の、この緊迫感こそは、およそ文学がこの世ことだからだ。

に必要な、その存在理由の一つを、よく私たちに伝えてくる。一つの心を知ることは、一つの世界を知る

冬は、初期の話は、馬車に乗ってくる冬の娘。晩年のは、自転車に乗ってくる、灰色のマントの北風の男たち。それぞれ「冬の娘」と「冬をつれてきた子供――花びら通りの物語」とである。「冬の娘」には、川端康成の掌編小説「夏の靴」[*1]を思い出させるポイントが、少なくない。娘のキャラクターに通うものがあるし、馬車の馬と冬の娘のやりとりが、「夏の靴」の馬車の御者と娘とのやりとりに似通うものを備えている。――「冬をつれてきた子供――花びら通りの物語」と「冬の娘」とのあいだには、秋の物語のような関係はないが、こうして冬の物語においても、いったん書いたものを放っておかず、生涯の中で、確実にきちんとやり直しておいた彼女のバランス感覚には、やはり心打たれるものがある。

春のものについては、そのタイトルをここに記そう。

「雪の中の映画館」、『すずをならすのはだれ』、「はるのぼうし」、「もうすぐ春」、「花びらづくし」、「春風のポシェット」、『たんぽぽ色のリボン』。

そして、初冬が「歌声の聞こえるカーテン」、初夏が、「緑のスキップ」である。

＊

さて、ここまで見てきたのは、季節およびそれに類するものが、言葉持つ存在に擬せられて想像されたものであるが、この方法以外に、安房直子は、季節の推移が話の主要な部分を占める作品を、11編ほど残している。『あめのひのトランペット』の雨続きから晴れへを梅雨明けととれば、12編になり、『コンタロウのひみつのでんわ』の季節をくぐるエピソードをこれに加えれば、あと一つ増える。

これらは、多く、季節を準備する物語である。あるいは、季節を推移させる物語である。「山にふくかぜあきのかぜ」、「はるかぜのたいこ」、「なのはなのポケット」などである。その中に、「はるはもうすぐ」という作品がある。

やまの　むらに
ちいさい　おんなの　こが
いました。
おんなの　こは
おばあさんと　ふたりで
くらしていました。

やまには
おともだちが　いません。
おもちゃやさんも
ほんやさんも　ありません。
「おばあちゃん　たいくつしちゃった。」
と、おんなの　こは　いいました。
「もう　すこし　おまち。
じきに　はるが　くるから。」

毎日、こう言いつのる女の子に、ある日おばあさんは、雨戸の隙間《すきま》からこぼれる日の光を編んで、なわをこしらえてあげた。女の子は、そのなわで、なわとびをしたり、そりにしたり、はしごにしたり、ハープにしたり、そうやってとうとう春を見つけてくる。

「おばあちゃん、ただいま。
あたし　はるを　みつけてきたわ。
はるは　もうすぐ
もうすぐ　くるわよ！」

季節の推移、それを迎えたり、送ったりすることに、魔法が必要になる子どもたち。——安房直子は、けしてむだな魔法は書かなかった。けして想像しなかった。彼女が、想像し、描いたのは、季節の推移を魔法なしには迎えられない、やりすごせない、そういったものたちの心だった。彼女は、こうした擬人化された季節の推移、ファンタスティックな意匠の季節の推移以外に、不用意な季節の推移を書かなかった。物語の中に、やすやすと、季節の推移を持ち込むことができなかった。季節の移りを描けば、安房直子にとって、それはきわめて大きなことなのであって、その大きさなりに描く以外のことが、彼女には、できない。

変化とは、時間把握のもとである。季節の推移の中で、彼女が描いた心とは、生きて時間を把握すること、時間を把握しながら生きること、たったそれだけのことに、どうしても魔法の助けのいる、そういう心のありようだった。

「くるわ、くるわ」

安房直子が、その生涯に書いた物語には、どれほどの語彙《ごい》が用いられていたか、それは数えていないけれど、全270編をつらぬいて、四回、彼女は自分の物語に、同じ言葉を書きつけたことがある。――「くるわ、くるわ」。

それは、最初は、たしかに希望の形式だった。明瞭《めいりょう》な、希望の響きだった。

物語を本格的に書き出して四年目の一九七〇年、彼女は日本児童文学者協会の新人賞を受賞する。そこからさらに四年、一九七四年に「銀のくじゃく」を雑誌発表する。

彼女が、物語に、――いいや、まず物語の中の副登場者たちにだった、――強く希望すること、必死な願望の形式を導くことができたのは、このときから、といっていい。

「ねえねえ、はたおりさん」

と、お姫さまは、声をそろえてよぶのでした。

「あたくしたちも、銀のくじゃくに会いたいの。そして、遠くへ行きたいの」

「だから、ねえ、塔のてっぺんには、銀のくじゃくをかざってちょうだい」

「そうすればきっと、銀のくじゃくは、あたくしたちをむかえにきてくれるから」

用意されたのは、四人のお姫さまたちの、この願望だった。

彼女たちは、はたおりが織り上げた銀のくじゃくの旗を、塔のてっぺんに掲げる。そして、かん高いよろこびの声をあげました。

「銀のくじゃくがいるわ、ほら、あそこに」

四人のお姫さまのゆびさしたあたりには、月の光に照らされた遠い遠い海が、キラリと銀色に光っていたのです。

「銀のくじゃくは、海の波」

海は、銀のくじゃくの歌声にあわせて、ゆらりゆらりと、ゆれて見えました。それは、はたおりの魂がよびよせた、まぼろしなのでしょうか。それとも、月の光のいたずらで、見えるはずのない遠い東の海が見えたのでしょうか……。夜明けの海は、大きな息をするように、ふくらんでいました。

「ほうら、むかえにくるわ」

「銀のくじゃくが、むかえにくるわ」

「くるわ」

「くるわ」

ここを、このように記したとき、安房直子はもちろん知らない、自分があと何回、この言葉を書きつけることになるか、を。

そもそも、安房直子の想像力の始まりは、私たちの手元にある資料の範囲でいえば、けして願望の形にならない願望、声に出せない願望を、物語の形にはめ込んでみる、そういう試みからだったのだ。「風船」の人々は、洋品店の店主も、風船を拾う女の子も、ともに自分の願望をそれと認めることができない。いや、彼らには、それを果たして願望と認めてしまっていいのかどうかが分からない。人とその願望とのかかわりのこの形態こそ、安房直子の最初の人間把握の根幹だ。

「月夜のオルガン」の女の先生は、いったい、何が望みなのだろうか？　彼女もまた、自分の願望を複雑にしてしまう。壊れたオルガンの寿命に、自分の存在理由を重ねる慎ましさは、しかし、どこかで見失ってしまった自己、そしてその真の願望の一種謙虚な欺瞞《ぎまん》ではないだろうか？

「空色のゆりいす」は、はなから、願望からしめ出されたものたちの表現だ。そして、「さんしょっ子」？いったい、あの登場者たちの中の誰が、望みを持ち、それを口にできただろう。

「銀のくじゃく」の四人のお姫さまは、くじゃく王家の家令と違って、かるがると、すばやく、願いを口にする。作者は、それはただの波だ、と記す。それなのに、彼女たちの無邪気は、四人口をそろえて、

「くるわ、くるわ」


希望は、どれほどそのすぐ横に絶望が控えていようと、どれほど愚かしさに縁取られていようと、口にする声が、そのまま希望を呼び寄せるかのように、明るく外へ飛び出してゆかなければならない。

なぜなら、実現するかしないかが、その人の本当の出来事になり、経験となるためには、人が、その抱いた希望をしっかりと外に向かって存在させることが、どうしてもいるからだ。

安房直子は、四人のお姫さま（すなわち四人姉妹）、を物語の中に連れてきて、――つまり、彼女らをけして独りぼっちにしないで、そういう想像力の中で、この希望の表現を、はじめて彼らの声にできたのだった。

「日暮れのひまわり」が書かれたのは、「銀のくじゃく」の二年後である。

ひまわりは、日暮れに夢をみるのです。

けれど、少年は、ふりむきもせずに、川沿いの道を、走りすぎてゆくのです。（中略）ひまわりは、もう幾日も同じ夢をみて、おなじ言葉を、少年にかけていたのでした。そして、そのたびに、ああ人間になれたらいいのにと思っていたのでした。

「どこへ行くのよ、ねえ……」

ある日夢の中で、ひまわりはさけびました。目の前を、ひとりの少年が、走って行くところでした。

「どこに行くの？　そんなに急いで」

願望とひまわりとのあいだには、一種の保険がかけてある。彼女がひまわりであり続ければ、この願望は、最初から自分の内側に親しく飼い続ける絶望にほかならない。

ある夕暮れ。

ひまわりは、夢の中で、ひとりの生きた娘になりました。

はなやかな黄色の服を着て、つばの広い帽子をかぶって、おけしょうは少しもしていないのに、はだはつややかに輝き、くちびるは燃え、目もとは、ほのかに青いのでした。

（中略）

ひまわりの娘は、思いました。ああ、あたしも、あそこへ行けたらいいのに、と。あのひとといっしょに、土手の道をかけていって、橋を渡って、あの町まで行けたらいいのに——。けれども、花は、夢の中でも、けして自由に動くことはできなかったのです。

安房直子は、絶望を閉じこめている檻《おり》を、こうして少しずつ、想像力の中で壊してみる。その分だけ、希望が希望らしく、娘の中で、言葉の形を取り始める。

土手のひとところにつっ立ったまま、娘は、じっと耳をすましました。すると、かっきり六時に、（この時刻に、必ず、一番高いビルの鐘が鳴るのでした）うしろから、たったったと、走る音が伝わってきました。

この瞬間に、娘は、自分の願望の形式が、的確にしたたり落ちてくるのを、身の内にとらえる。

（来るわ、来るわ）

「銀のくじゃく」の四人のお姫さまは、この形式の願望に自分たちをとけ込ませて、彼女たち自身を願望そのものと化すかに見える。なぜなら、安房直子の想像力は、飛び去ったくじゃくたちについては、もはや何も記さないからだ。そして、願望の形に自分を変えて、自らの存在の輪郭を失えば、願望はもはや願望たりえない。

ひまわりの娘は、安房直子の想像力の中で、この方法は採らない。

おそろしくなって、思わず目をつぶって息をつめて、少年が、目の前を通り過ぎる一瞬、やっと、かすれた声をあげたのです。

「どこへ行くの？　そんなに急いで」

少年は、ぴたりと止まりました。

娘は、おそるおそる目をあけました。まぶしい白いシャツが、目の前に輝いていました。青ざめた顔を、少年は、まっすぐ自分の方へ向けて、

「どこって……」

と、けげんそうに口ごもっているのでした。

「聞こえたのね！」

娘は、おどりあがりました。

「あたしの声が、聞こえたのね！」


ひまわりの娘は、「（来るわ、来るわ）」のつぎに来るものを、自分の中にしっかりと取り込むのだ。目をつぶり、耳をひらき、そして、そこへ来たものに向かって、自分を発信させる。少年から、返ってくるものがある。この瞬間、彼女は、自分の願いの、次の段階をはっきりと捕まえた。それは、自分の声が、届くこと！

なぜ、たったそれだけのことが、「輝く夏の陽を、全身にあびて笑いつづける黄色い花の、かわいた明るさが、この娘の全身にみなぎ」るほどに、喜びなのか？

それは、彼女に、彼女のなすべきことをもたらすからだ。少年が、劇場の踊り子の少女を恋していようが、その子のもとへ暗い情熱を運びつづけようが、声が届く以上、ひまわりの娘にも、やることが生まれ

る。このことの、深さと切実さとを、おそらくは全身をあげてよく知っている安房直子の想像力は、まっしぐらに、物語をそう展開させる。ひまわりの娘は、ナイフを手にしてかけ戻ってきた少年を、かくまうのである。

＊

「木の葉の魚」のアイは、山間の家にいたはずの自分が、いきなり海の底にいるのを見いだしたとき、海上からアイを呼ぶ母の声を耳にする。「日暮れのひまわり」（初出）の翌年の作（初出）だ。


「アイ、アイ、こっちへおいで」

あたたかい、やさしい声でした。

「アイ、アイ、こっちへおいで」

「ああ、母ちゃん！」

思わずアイは、両手を上げました。それから、よくよく目をこらすと、網が――そうです。まぎれもなく、アイの家の、つぎはぎだらけの借り物の網が、頭の上いっぱいに広がっているではありませんか。

「父ちゃんの舟が、来てるんだ」

と、アイは、さけびました。

「父ちゃん母ちゃん、網でひき上げておくれ。私達を、助けておくれ。」

アイは、かけ出しました。つづいて、アイの夫も、お姑《しゅうとめ》さんも、アイのあとを追いました。

ゆらゆらゆれる、緑色の水の中を、三人は、両手を広げて走り続けました。


アイの願望の形式は、端的だ。「父ちゃん母ちゃん、〜助けておくれ」。

しかし、この願望は、安房直子の想像力の中で、少年と出会えたひまわりの娘に比べると、悲痛なまでの絶望にしか展開されることがない。願う相手の違いは、大きい。

アイのやさしい母の声が、おいで、おいでと呼んでいます。もうすぐ、もうすぐなのです。

と、最終行に記されたこの繰り返される「もうすぐ」という言葉の、底知れぬ苦しさを、おそらく安房直子は知り抜いていたのだと思われる。永遠の、もうすぐ。どこまで行っても、けしてどこにも行き着かない、もうすぐ。

アイは、捨てられたのだ。希望も、願望も、そうやって封じ込められたまま。

この「もうすぐ」という言葉を、彼女は、この後、人への願望には用いない。

彼女は、それを季節に対してだけ、やさしく使う。一九八〇年、「もうすぐ春」、一九八三年、「はるはもうすぐ」。

ある晩、うさぎの子供は、窓をあけて、森へむかって、大きな声で言いました。

「ありがとう。ぼくのしもやけ、なおってきたよ!」

すると、小川のそばの、たくさんのねこやなぎが、一斉にゆれました。それから、いつもの声で、言ったのです。

「しんぼう、しんぼう、もう春だ」と。

その枝には、小さな銀色の芽が、いくつもいくつも光っていました。

森は、あかるいお月夜でした。

「もうすぐ春」のねこやなぎが、うさぎの子どもに与える言葉は「しんぼう」であり、これが、「もうすぐ」やってくるしもやけの治る季節への、ゆるやかな希望に結ばれる以上、うさぎの子どもの願望は、けして絶望に結びつくことがない。

また、「はるは　もうすぐ」の場合には、さらに絶望の入り込む余地はない。山の村の小さな女の子は、祖母の魔法を借りて、自分で春を見つけにゆくのである。そして、

「おばあちゃん、ただいま。
あたし　はるを　みつけてきたわ。
はるは　もうすぐ
もうすぐ　来るわよ！」

と、朗らかに確信に満ちて、自分で自分に、そう告げえたのである。この場合、もうすぐ、という言葉は、願いや希望をになわない。それは、女の子が自分で正確に把握してきたことの表現であり、したがって満足の表現となるのである。

実際、安房直子が生涯に記したエッセーの中で、強い願望、張り裂けそうな自分の希望のことが、そこに激しく込められているのは、けして人間に対してではなかった。

それは、あるときは、季節に対してであり、また、あるときは人形に対してだった。

それらのタイトルは、「心を豊かにしてくれる私の森の家」、そして「私の市松人形」である。エッセーですら常は寡黙であった彼女が、ともすれば数多く著した物語の作品群をも越えて、まるで別人のように饒舌《じょうぜつ》をかざし、いっきに主題をまくしたてるこの二つの文章は、鮮烈だ。

たとえば、「心を豊かにしてくれる私の森の家」で、わくわくさせる序曲のように彼女が語るのは、やがてくる夏、生活を山に移し、そこで秋までを過ごす森の中の一季節への思いだ。彼女は、もうすでに、それがどんなものなのか、よく知っている。だって、毎年繰り返されることだから。「はるは　もうすぐ」の山に住む女の子が、山の春をよく知っているように、彼女もすみずみまで知り抜いているのだ。——それなのに、そのよく知っているはずのことを、あたかも、そうなればいいのに、という願望、そして希望であるかのように、彼女はエッセーの中に、言葉の中に、とらえずにはいられない。

出発の朝、列車が、ゆっくりと上野駅をはなれてゆく時の解放感を、何にたとえたらよいでしょうか。まるで、世界の果てまで行く人のように、私の心は、はずんでいます。この線路のずっとむこう、いくつもいくつもトンネルを抜けた森の中で、私の小さな家が待っていると思うと、それだけで、胸が躍るのです。

「私の市松人形」の一節も、「小さな家」と同じ構造で、言葉がそのまま彼女の願望となる。

昔の京子のような感じの人形をもう一度買いたい…。

そう思いはじめたら、いてもたってもいられなくなりました。人形が、どこかで私を呼んでいる様な気さえしてくるのでした。

ただ、ほんの少し、そこへの到達に困難が加わる。昔遊んだ市松人形の京子。もう一度、呼び寄せたくて、彼女は人形屋をめぐりだす。新しいのは、みな、京子ではない。それならばと、次に骨董《こっとう》屋を回る。あるには、あった。京子のような人形。だが、それは、京子ではない。歴史が違う。

人形の白い顔が、私の知らない前の持ち主を覚えている事が、言い知れず不気味でもありました……。ほんとうのことを言いましたら、私はあの時、自分のための、まっさらの人形がほしかったのです。人形だけは、私と一緒にその歴史がはじまって、私と一緒に、としを重ねて行ってほしかったのです。

待っている、といい、呼んでいる、といい、一緒に歳を重ねてほしい、といい、これらはすべて、人に用いてふさわしい。――だが、彼女は、言葉を、そうは用いなかった。

＊

安房直子が、次に「くるわ、くるわ」を書きつけたのは、一九九一年連作『ゆめみるトランク――北の町のかばん屋さんの話』の一つ、「春風のポシェット」においてである。

ある日、軒のつららのぽったんぽったんの音といっしょに、遠くのほうから、ふしぎな足音がきこえてきました。

それはねこの耳にだけ、きこえる足音でした。

小さなバレエシューズが、スキップしている音なのです。そう、遠くのほうから、だれかが、スキップしながら、近づいてくる音……。

「だれ？」

ねこは、耳をぴくりとさせました。そばで、トランクがいいました。

「だあれもいないよ。」

ねこは、じれったそうにいいました。

「だって、足音がきこえるのよ。だれかが、こっちに近づいてくるのよ。」

「ふうん、だれだろねえ。」

「あの人、きっと、ここへくるわ。ほら、ほら、くるわ、くるわ……。」


若いかばん屋さんを助けて、仕事を軌道に乗せてやったトランクと、かばん屋さんの結婚相手が連れてきたねことは、当初折り合いが悪かった。トランクは、自分のペースを持って生きてきたわけだし、ねこはねこで、そのトランクの中に入って昼寝がしたいという欲求を持ってしまったのだから（「ねことトランク」）。

だが、はりねずみの親子の難題、この子に背負えるランドセルを、という注文に、トランクが名案を生み出すと（「はりねずみのランドセル」）、

「あなたは、頭がいいのねえ。（中略）あたし、見なおしたわ。あなたって、だあれも思いつかないようなすてきなアイディアをもってるんですもの。あたし、あなたを尊敬するわ。」（「魔術師のかばん」）。

夜中に、魔術師がやってきた。応対するのは、ねことトランクだ。二人は初めて協力して事に当たらなければならない。古いかばんに穴が空いて、鳩《はと》と花束に逃げられてしまった魔術師のために、彼らは一肌

脱いで、かばん屋さんに修繕させた。

さて、魔術師は、かばんを受け取っての帰り際に、二人に栗を置いてゆく。なんと空っぽのかばんからそれを出して。


「どうも、信用できないなあ。」

と、トランクはいいました。

「あたしも、信用できないわ。」

と、ねこもいいました。ふたりは、仕事づくえの上のくりの山を、いつまでも見張っていました。

そのうちに、きえてしまうのではないだろうかと……。

それとも、そのうちに、くりのひとつぶひとつぶに、はねがはえて、鳥のように、外へとんでいってしまうのではないだろうかと。


魔術師が相手だから、だろう。二人は、同じことを感じ、同じことを考え、同じ言葉を口にする。「信用できない」……と。そして、その瞬間、異なる存在が、異なるままで、重なる。

二人で、未来を、見つめた。どんな短くとも、それは、先へとのびる時間だ。不安とともに栗を見守るそのことが彼らに、何事かを用意した。そして栗がほんとうの栗のまま、栗ご飯となって、ねこの口にはいったとき、たぶん二人に二人の時間が流れ出した。

だが、まず、冬をくぐり抜ける。

自分が死んだら、かばんになって、この世に残りたいという思いを抱く鹿《しか》が来て、去った（「鹿のかばん」）後、その鹿に、牛だったころの記憶を語ったトランクに対して、ねこは、よりいっそうの近しさの中にいる自分を発見する（「小さい小さい絵本」）。そして、はりねずみの子どもの入学祝いにと、かばん屋の奥さんのこしらえた絵本を、二人でこっそり、読んでしまおうと、そそのかす。


「あなた、ゆき子さんのつくった絵本を、読んでみた？」

その夜、ねこは、こっそりと、トランクにたずねました。

「いいや。」

トランクは、ねむそうな声をだしました。

「ぼくは、本なんてものに、ぜんぜん興味はないんだ。」

「まーあ、それはいけないわ。本を読まないと、ゆたかになれないわ。」

「ゆたかになんかなれなくて、けっこうさ。」

「まあ、そんなこといわないで、あの絵本、ふたりでちょっと読んでみない？」

「そんなことして、いいのかなあ……。」

「ないしょで一回だけよ。べつにへるわけじゃないんだから、ゆるされると思うわ。読んだら、そうっと、かえしておけばいいでしょ。」

そういうとねこは、ぬきあしさしあし、ショーウィンドーの中に、はいっていきました。


トランクは、ねこが文字を読めることに感心する。一方、ねこは、すでにトランクの記憶や、魔法や、——要するに彼が彼であることに、つとに心動かされている。

ストーブの火は、いつか、きえています。

へやの中は、だいぶ寒くなりました。

ねこは、ぶるっと、ふるえました。それから、くしょんと、くしゃみをしました。

「こっちへこないかい。」

ふいに、トランクが、そういいました。

「…………」

「お話が、よくきこえるように、トランクの中で読んでほしいな。」

「まあ……」

と、ねこは、目をかがやかせました。それから、絵本をだいて、そっと、そっと、トランクの中に、しのびこむと、

「いいの？　ほんとに、中にはいっていいの？」


最終編「春風のポシェット」がはじまるとき、ねことトランクは、もはや、店に来るお客をあらかじめ知って、かばん屋さん夫婦にそれを告げるなかよしの二人になっている。

三番目の「くるわ、くるわ」が、安房直子の想像力の扉を押し開けて飛び込んでくるのは、ここだ。このとき、「くるわ、くるわ」は、もはや希望でもなければ、願望でもない。なかよしになったねことトランクに、何か楽しいことを運んでくる足音なのだ。――いや、間違えた。店を訪れる誰かが、何か楽しいことを運んでくるのではない。彼らが、すでに、二人でいることが楽しいから、そして、一緒に何かをすることが楽しいから、店を訪れる足音が、楽しいのである。冬の終わりが来るのである。

＊

「また、たんぽぽって思ったでしょう……」

と、安房直子は、南塚直子に言った。一九九二年の春のことだった。

「今度の原稿は余り書き直したくないの。だから、書き直さないでいいのなら、絵本でも、童話でも、本の形は南塚さんにおまかせするわ」（「花の絵本たち」南塚直子）

その「たんぽぽ色のリボン」（初出）に、

「いつかまた来るわ。きっと来るわ。来るわ、来るわ……」

と、最後のそれが、記されている場所に、私たちは立ち止まる。——「空色の揺りいす」（初出）から二十七年の年月が過ぎた。目の見えない女の子に、色を届けたのは少年だった。少女は、それを受け取るのだった。だが、今度は、少女が老いた少年に、——違うだろうか？　——色を届けるのだ。それが、彼の願いにふさわしい色を。

もう一度、お店を活気づかせること。そして、死ぬこと。それは、自分らしさを失わぬままに、それでよかったと、心から思える時を迎え、そして、——死ぬこと。それは、自分らしさのままが、人々に幸福をもたらし、——そして、死ぬこと。

安房直子の想像力の中の少女は、たぶん、よく知っているのだ。この言葉は、幸福の中でしか使ってはならない、と。使う以上は、何が幸福であるか知らなければならない。それは、願望ではなく、希望でもなく、さらには、幸福の確認のためでもなく、確信された必要な約束の中で、はじめてちゃんとした言葉になるのだということを。

自分がだめなら、自分の子どもが、――その子がだめなら、そのまた子どもが、口にした約束を果たせばいい、……だが、たったそれだけの、おそろしく単純なことが、想像力の中でしか開かない。想像力の中にしか訪れない――。

到達せずに終わるより、ましなのかもしれない。あるいは、想像力の中を生きたら、想像力の中から、人は、ついに出られない、ということなのかもしれない。

「ガラスのゆりいす」から「ガラスのゆりいす」へ

「室内」という雑誌を、はじめて見せていただきました。(中略)

びっくりしたのは、ばらの花をとじこめた透明のいす。よくまあ、こんなものを思いついたものだと、感心しました。ガラスの(実際は、アクリル樹脂であるらしいのですが)中に、たくさんの赤いばらの花がとじこめられていて、すわったら、こわれてしまいそうな、あやうい美しさです。壁に映っているこのいすの影が、また不思議なのです。こんないすにすわるのは、どんな人かしらと思っているうちに、ふと昔「空色のゆりいす」という童話を書いたことを思い出しました。

エッセー「ガラスのゆりいす」は、こう始まる。

安房直子は、ひとしきり、なつかしむような筆つきで、「空色のゆりいす」のことを語る。けれど、「しあわせな結婚」のお話は、そうそうに切り上げなければならない。

私がこの童話を書いたのは、二十《はたち》の頃《ころ》でした。

私は、その頃、ゆりいすにあこがれていました。つまり、ロッキングチェアーです。あれにすわって、ゆらゆらゆれながら、編物をしたり、本を読んだりしたら、どんなに優雅な、しあわせな気持になるだろうかと思ったのです。

ところが、おとなになってみて、ゆりいすというのは、とてもぜいたくなものだと知りました。つまり、都会の生活では、ゆりいすをゆったりと置けるような広いへやも、ゆりいすにすわって編物をする時間もなかなかもてないのでした。

自分の生活が、そしてそのにおいが、そっと差しはさまれる。

私は今、とても小さなへやの小さないすで本を読み、切れ切れの時間に、台所のテーブルで編物をしています。ゆりいすは、ガラスのいすと同じくらいに、ぜいたくなものなのかもしれません。

だが、こう記したとたん、安房直子は、まるで水音を立てて躍り上がる魚のように、身を翻す。脳裏を次々に訪れる「手の届かぬもの」たちのイマジネーションが、そこまでエッセーを導いてきた静かな言葉たちを、あっという間に押しのけてしまう。

ガラスのゆりいすにすわって、ゆらゆらゆられると、いすは、ふわりとうきあがって、ゆっくり空にのぼって行くかもしれません。そうして、私をのせたまま、ばら色の雲の上に、うかんでくれるかもしれません。雲の上で、せっせと編物をするうちに、私は、毛糸の玉を落としてしまいます。下へ落ちて行く長い一本の糸を、たぐりよせ、たぐりよせ、私は、空で編物をするのです。時を忘れて針を動かして、あたたかいマフラーが一枚編みあがる頃《ころ》、雲は、ばら色から、すみれ色に変わります。大きな月がのぼって、遠くに、一番星が光ります。ガラスのゆりいすも、きらきら光ります。そうして、ゆりいすは、ゆっくりと地上におりて、私のへやにもどって来ます。

このエッセーは、どうやって、締めくくられるか？　もちろん私たちは、一つしか思い浮かばない。そして、それはけっして裏切られない。

ああ、いつか、そんな物語を書いてみたいと思います。

＊

安房直子は、いくつかのエッセーの上に、自分の想像力の生み出すものを先取りして、書きつける。これこれの話が、書きたい、こんな物語を作ってみたい……、という具合に。

彼女の人生のある一こま、ある一瞬の時に、——物語のことを、そんなふうに思いうかべる時があったのだろう。

若いときに、彼女が方々に書いていたのは、色彩のことだった。まず、何よりも先に、色彩が脳裏に浮かぶのだと。そのことは、第五章で、触れた。

メモのことも、彼女は、頻繁に、そこここで、私たちに告げている。たとえば、

思いついたことは、何でも、メモすることにしています。

そのためのノートを一冊、いつも、引出しにしまっておいて、時々、とりだしては、書きこんだりながめたりします。

そこには、おぼえたての花の名前や、珍しいお料理の作り方、猫の会話や、うさぎのひとりごと、そして時には、短編のはじめの一行や、きちんとしたあらすじや地図まで、何でも書いておきます。ごたまぜの、すごいノート！

他人にはとても見せられないし、見せたって、誰にもわけのわからないノートですが、これは私の宝

物です。

ひとつ作品を書き上げて、さあ、次は何を書こうかしらと、とりとめなく、このノートを開く時が、私のいちばん幸福な時です。

このノートの中身が、豊かであるかぎり、わたしは、これから、いくらでも、作品を書いていけるし、その過程の苦労にもたえてゆけるという気がするのです。（「一冊のノートのこと」）


机の引出し、とあるが、これが、肌身離さず、になることもあれば、ポケットにいつも、あるいは台所のテーブルの上に、となることもある。――そうなのだろうと、こうした文章に出会うたびに、心の中の何かがうなずく。色彩から作品へを記した文章にふれたときも、私たちの心の中の何かがすんなりと納得する。

ところが、「そんな物語を書いてみたい」は、やや、違う。一見、ほんの少しだが、たしかに、何かが大きく違うように思われる。

たとえば、「海賊」35号の「マスト」である。


この夏は、緑の中をたくさん歩きました。カラマツの林や、マツムシ草の花畑や、すすきの小道や……砂漠の物語を書きたいと思って、西域の歴史など読んでいます。

これは、一九七三年のことだ。しかし、砂漠の話は、ない。それから十年後、『冬吉と熊《くま》のものがたり』の出版で行き来のあった伊澤みよ子は、「海賊」追悼号の「思い出」に、こう記す。

「旅はあまりお好きではなかった様ですが、私の砂漠の旅の話を真剣にきいて下さいました。（中略）砂漠はどんな風に感じるのか、そこの人々は？　空気は？　情景は？　と、さまざまにたずねて熱心にきいて下さいました。先生の描く世界と砂漠のかわいた世界とは異なっていたのですが――そのときは、じっと目を見て、いつものおっとりした先生とはちがって、せきこむ様にきかれるので、私はまるで女子校時代の友達と話しているような気分になっておりました。」

けれど、砂漠の話は、書かれない。二〇〇二年に、夫君の好意で書庫を見せていただいたとき、隅に並ぶ持ち主を失った西域の本の数冊が、私の目に飛び込んできたときも、ああ、ついに、書かれなかったのだな、と私は、まっさきにそのことを考えた。なぜだろうか？

願望、それも生活の中から順当に生まれてくる願望、――まず願いが来て、それから計画を立てて、工夫し、試み、いくつかの段階を踏んで、到達する。普通ならば、そうなっても、おかしくない。それが、普通、願望と呼ばれるのだから。

もし、砂漠の話が、書かれていたら、どうだったのだろうか？

＊

「私の人形たちへ」というエッセーがある。上野のれん会発行のタウン誌「うえの」のお正月企画で、識者たちが架空の年賀状を書く、そういう試みの場で、安房直子の思いついたことは、愛する人形たちにあてた年賀状であった。そこに、こうある。

今年は、あなた達の物語を書こうと思います。ものごころついてから、きょうまでに、私は、一体、いくつの人形を持ったでしょうか。とくに、子供の頃《ころ》遊んだ人形達のことはその顔も名前も、着せかえの服まで、ありありと思い出せます。人形は、ひとりっ子のひとり遊びを、じつに充実したものにしてくれました。そして、いつか、よごれて、すてられてゆきました。

そんな、あなた達への思いをこめて、今年はきっと、美しい人形の話を書きたいと思っています。

(「私の人形たちへ」)


この年賀状は、一九九一年のことである。

その一年前、一九九〇年の春に、こんな手紙を知人富山紗和子あてに出している。[*1]

私はこれから、クリスマスの絵本と、美しい人形の物語を書きたいと思っております。(「直子さんの手紙から」富山紗和子 「海賊」追悼号)

ところが、人形の話は、ついに書かれることがない。安房直子が、その生涯に書いた物語の中で、人形の物語と言えるのは、二つしかない。一つは、一九七八年にフレーベル館の「保育専科」6巻1〜6号に連載した「走れみどりのそり」であり、もう一つは、一九八〇年に吉川書房の雑誌「新しい女性」14巻1号に書いた「袂《たもと》」である。前者は、ぬいぐるみのうさぎ、うさ吉と、やはりぬいぐるみのぶたの物語。後者は、千代紙の姉様人形の話。

そして、むしろ逆に、小夜という名前を持った美しい話を書いた安房直子が、あがない求めた市松人形の一つに小夜、という名前を付けて愛したことが、私たちに知られている。


彼女は、いろいろな人に、そしてさまざまなエッセーで、長編が書きたいと告げる。若いころからそうであり、作家の道が始まっても、言い続ける。だが、彼女の望むような長編は、ついに彼女のものとはならない。というのも、『冬吉と熊《くま》のものがたり』、『わるくちのすきな女の子』などは、彼女の望む長編ではなかったからだ。それらの作品の後も、同じことを口にしていたことで分かるわけだが。

＊

ひょっとして、こういうことなのではないだろうか。

すなわち、彼女にとって、物語を書くということは、誰か自分以外の人とのかかわりの中に、たとえば願い、たとえば予告などの、誰の目にもそうと分かる形で、ぽんと提出すると、するりとそれが想像力の中から逃げてしまう性格のことだった。ふだん彼女がメモなどの上に留め置く場合と異なって、書きたいと思うことを、人目にさらす形でとらえてしまうと、それらは、どうしても想像力の中にしっかりと住み着いてくれなかった。

ということは、彼女は、何かを、——たとえばそれは、主題とか、概念とかでもよいのだが、そのような何かをあらかじめ抱いて、その抱いたものにもとづく計画的な、ちょうど建造物のような制作は、多くの場合、実現できないことを意味するのではないだろうか。——この世には、たしかにそういう想像力があるある。

「手が、ひとりでに動いて、書いてしまうの」（「永遠の贈り物」鈴木千歳　「海賊」追悼号）

と、あるとき、安房直子は言ったという。

「作品を書いている時は、苦しんで、いじくりまくって、しぼり出すようにして書いているのよ」（「安房

さんを偲《しの》んで」あまは　かずこ　「海賊」追悼号）

これもまた、彼女の言葉だという。二つは、むろん、両立する。

さらには、次のような証言もある。


常に毅然《きぜん》として、なめらかに物語を紡いでいらっしゃるような安房さんだったが、もう書けないかもしれないと何度か思った、とおっしゃったことがある。そんな時はたくさん本を読んだ。読みたい私でいる限りは、書ける私であると思うから。何も読みたくなくなった時こそ、書けなくなる時だろう——と。（「安房さんとの時」松永緑　「海賊」追悼号）

安房直子の想像力にとっては、願いも、予告も、つまりは、まわりにいる誰彼との、そのような行き来、そのような手渡し可能な関係は、想像力の芽を育む養分となりにくいのかもしれない。

山室静が、『風と木の歌』に添えた解説文の中の一節、「彼女は自分の内部に不断にわきだす泉をもっていい。」という指摘は、その泉というものを、絶対に人目にさらされぬもの、と註《しる》してもよいほどのものだった、と考えられる。

＊

一方、私たちの手元には、想像力が実になめらかに発現したときの、安房直子自身の言葉も数多い。特に、彼女が方々へ書き散らし、しゃべりまくったのは大根のことだ。何かが書けた、ということの彼女の中での位置を、そのエピソードはよく私たちに伝えてくる。

一九八五年、日本女子大学附属豊明小学校での生徒たちへの講演「どうしたらいいお話が書けるかしら」

から、大根の話を次に引く。

私は家に帰るとお母さんですから、みなさんのお母さんと同じように、お洗濯したり、お買いものにいったり、お料理をしたりしなくてはいけませんね。それで、あるとき、原稿書いてましたら、お話書いている時に、ふっと気がついたら「今日は冷蔵庫に晩のものがなんにもないわ」って思いましたの。で、そのとき、「お買いものにいかなくちゃ」って思いますね。そのときに、私の心の中に二人の自分がいてけんかするわけです。

一人の自分は、「今お話書いているんだから、お買いものにはいきたくないし、お買いものにいってる時間にもっともっとたくさん書けるわ」って、「だから、いかないで、今日はカンヅメかなんかでまにあわせちゃいましょ」っていう一人の私がそういうでしょ。そうすると、もう一人の私が、「いいえ、あなたはお母さんなのだから、ちゃんとお夕飯はつくらなくてはいけません。子どももお腹をすかせているし、夕方になったらお父さんも疲れて帰ってくるんだから、そんなまにあわせのご飯じゃいけません。ちゃんと買いにいかなくちゃ」二人の自分が私の心の中でけんかするわけですね。それで、どうしようかと思って、そのときは、「やっぱりちゃんとお買いものにいきましょ」っていう私が勝ったんです。

それで、私、書くのをやめにしまして、寒いけれどマフラーしてお買いものかご持って、八百屋さんにいきました。そうしたら、八百屋さんにお大根がたっくさん積んであったんです。それ、見たときになにか「はっ」としましたのね。本当に冬のお大根ていうのは、なんてきれいなのかしら、とそのとき思いました。本当にみずみずしくて、はっぱが青々していて、それが山に積まれているのを見たときに、「ああ、冬なんだな!」と思いましてね、そのときにひょっと「あ、お大根の話書きましょ」って思いついたんです。

私、いつもそうなんですけど、新しいお話一つ思いついたときがいちばんうれしいんですね。書きだしたときよりも、書きあげてそれが本になったときよりもいちばんうれしいのは、「今度こういうお話書きましょ」ってお話のタネが浮かんできたときがいちばんうれしいんです。うれしくて、胸をことことおどらせながら買いものをして、家に帰ってきたのを思い出しますけれども……。

それで、書きましたのは——家に帰ってからちょっと思いついたことをいろいろメモしましてね、それでしばらく考えてできたのは「ふろふき大根のゆうべ」というお話なんです。

安房直子は、家事というものについて、しばしばエッセーで、またインタビュー、対談で語る。たとえば一九八九年のインタビュー「安房直子さん」（「童話塾通信TEXT2　レッスン10」日本通信教育連盟）。そこでは、立原えりかを相手に、家の中の仕事は、けっして書くことと対立しないこと、なにも変わった体験をしたり珍しいものを見たりしなくとも、家にこもったまま家事をこなしていれば、十分にモチーフは見つかるのだということを、力強く語る。

時にはまた、そうしたことを、彼女は、いささか教訓めいて語ってみたりもする。家事には我慢も必要だけれど、それをちゃんとやってると、ごほうびのように、モチーフがわいたりもするのだ、とか（「どうしたらいいお話が書けるかしら」）。あるいは、ほとんど同じことを、抽象的な表現に閉じこめて語ってみたりもする。それは、与えられた境遇との調和なのだとか。[*2]

だが、ここに一つのエッセーがあって、それを子細にながめてみれば、彼女が家事というものに対して取っていたスタンスが、実はそれほどありふれたものでないことが、よく分かってくる。

一九八〇年にいんなあとりっぷ社の雑誌「いんなあとりっぷ」9巻7号に書いた「家の中の仕事」という文章がそれだ。

家の中の仕事というのは、凝りだせば、きりがなく、逆に、手ぬきをすれば、いくらでも簡単になる、まるで伸縮自在のお化けみたいなもので、どちらをとるのも、その人の自由ですけれど、一度、際限なく凝ってみますと、これは、大変面白いものだとわかるもののようです。

この表現が私たちに伝えてくるのは、彼女が家事というものを、たとえば肌着のように自分と身一つに重なるものとはけっしてとらえていなかったということだ。「伸縮自在のお化け」の語がもつ距離感は、むろんこの対象化の感触が、彼女の想像力の中でのものごとの対象化にほど近いことを私たちに告げている。この文章をさらにたどってゆくと、彼女が、家事の本質を、モノというものをはじめて目の前に作り出す喜び、に見いだしているのが分かってくる。そして、パンを焼く喜びに続けて、彼女は、こう言葉をつなぐ。

これと同じように、新鮮な野菜から美しいサラダをつくるよろこびや、糸から布を、布から衣服をつくり上げるよろこびというのは、人間の原初の生甲斐《いきがい》に、つながって行くもののようです。(中略)決してお金に換算されない家の中の仕事を、そして、完成されたさきからすぐさま消えてゆく、このはかない仕事を支えているのは、やはり、「ものを創り出す」という原初のよろこびであると思うのです。

彼女が家事を、このように、いわば普通の日常感覚からはなれた一種の対象化の試みに追い込むのは、もちろん、日常をそのように生きることが彼女の普通のことだからにほかならない。

そして、それは、彼女が子どものころから、日常生活というものを、同じように対象化して生きてきたことを、おのずと物語るだろう。

一般に、人が何かを対象化するときには、その人の側に、対象から切り離されたところの主体がある。今の場合でいえば、買い物に行ったり、ごはんを作ったり、後片づけをしたりすることを対象化するならば、その人は、そういう行為から、切り離された主体を、自分の内側に持っているということだ。これを、子どもに置き換えれば、家で遊んだり、ごはんを食べたり、家事を手伝ったり、という日常が、その人から切り離されてあるような、そういう主体を持った子どもだったことになるはずだ。

一九六七年、二十四歳の彼女は「とげ」という作品に、一人の少女像を書いた。こころにとげの刺さった少女。そのとげは、赤ちゃんのときから刺さっていたのかもしれない、と気づく少女。この少女ならば、肌着のようであるべき日常が、自分の中に芽生えた名付けえぬ主体によって、距離のあることと見えても、少しもおかしくはない。


買い物先で見かけた大根が、あるいは、調理中に、ふと、手にしたお鍋が、想像力の核となってふくらみはじめる、ということは、人の側に、そのこころの中に、とげが刺さっていなければ、起こらないことだ。少なくともとげの開く距離感が、大根や鍋と、その人とのあいだに広がっていなければ。――彼女は、日常生活を、日常生活らしく送ることに、一所懸命だった。もしそうしなければ、肌着でもなく、空気でもない日常生活は、ふらふらと身を離れて、手の届かないものとなってしまうから。

そのとげが、せめて、少女期からのものであったなら、彼女は、もっと普通の好奇心の中で生きられたのかもしれない。「家の中にこもっている方が落ち着く性分」(「家の中の仕事」)にはならなかったかもしれない。「外出のために着替えをしたり、電車に乗ったりする事が、どうも、めんどうになりました」(同)には、ならなかったかもしれない。

赤ちゃんのころからのとげは、それがとげであることを知ることが、おそらく最も難しいことなのだと思われる。おそらく、安房直子は、それをそうだと知るために、物語を書いていたのだ。自分でも、気づかずに。

＊

エッセー「ガラスのゆりいす」に話を戻す。

ここに語られた願望「ああ、いつか、そんな物語を書いてみたいと思います。」は、しかしあっけないほど、ほどなく実現された。

一九九〇年一月、「日本児童文学」36巻1号に、彼女は、作品「ガラスのゆりいす」を発表する。すでに第十章で触れたことだが、このとき安房直子の想像力は、美しいガラスのゆりいすにすわる少女を、

字も読めません。計算もできません。ひとと話をするのも、ひとの話を聞くのも苦手です。けれど、編物だけは好きでした。

と想像して、このときだけは、いったん人目にさらしてしまった願いを、いとも易々と実現したのである。思うにそれは、もう一度、揺りいすを、きちんと書き直してみたかったから、だったのだろうと考えられる。彼女のとげと結びつく想像力の芽は、普通は、それを人目にさらすことと、けっして相容《あいい》れるものではなかった。

「うさぎ座の夜」――小夜の物語の「こぼればなし」

川を流れてきた紅葉の葉っぱは、うさぎたちからの手紙だ。お芝居への招待状。小夜は、何かふにおちないけれど、おばあさんも行けっていうから、出かけた。谷間の会場についてはみたものの、人間の子どもは、小夜一人。そんなことは分かっていたけど、おちつかない。お客のうさぎも、舞台の向こうも、なんだかざわざわしている。

もちろんうさぎたちは親切だ。食べ物をくれるし、火鉢にあたらせてもくれる。だけど小夜は、たしかポケットにしまったはずの手袋を片方なくしてしまった。おまけに小夜は、指人形芝居の人形遣いのうさぎたちに、耳を隠す方法を教えてやらなくてはならない始末だ。

ざわつく心のわけは、すぐにわかった。うさぎたちの指人形は、みんな人間が山のどこかで落としてきた手袋でこしらえたものだった。なんと、小夜がついさっきまで持っていた手袋までが、人形になって舞台にいた。

その瞬間から、小夜にとって、お芝居はお芝居でなくなった。

目の前にくり広げられる出来事は、彼女の混乱そのものとなった。どうやったら、あの手袋を取り戻せるか？　となりにいたうさぎが、話しかけてくる。「『ごきぶんでも、悪いですか？』」。

小夜には、手袋のことしか口に出すべきことがない。「『手袋のもちぬしが見つかった時は、どうなるんでしょう。ちゃんと、もちぬしに返してくれるんでしょうか』」。

小夜の耳に飛び込んできた答は、「『裁判』」。

裁判！

自分のものが、自分に返ってくること、それなのに、裁判？

失ったものを取り戻すだけなのに、裁判？

うさぎは、裁判にならない方法を一つ、教えてくれた。それは、目の前の出来事がすべて終わったら、そのとき、素早く舞台の裏に回って、さっと拾ってしまうこと。

だが、最後の歌が終わって、小夜が、「体をまるめて、自分の席から」飛び出して行ってみると、「はだか電球」が一つ灯《とも》るばかりのがらんどうだった。「まるで、小夜の来るのを待っていた」かのように見つめてくる手袋の人形をひろって客席に戻ると、闇がたちこめていて、もう誰もいない。一人のうさぎが、小夜を宝温泉まで連れてきてくれた。おばあさんが、うさぎに掛けた電話で、そう頼んでいたからだろうか。

「ただいま、おばあちゃん」

小夜は、台所の戸をあけました。

「おうや、おかえり」

おばあさんは、豆を洗っていました。

「おもしろかったかい？　人形しばい」

小夜は笑って、

「おしばいは、そんなにおもしろくなかったけれど、ほうら、こんな人形、もらってきたよ」

小夜は、うさぎの指人形を、おばあさんに見せました。おばあさんはびっくりして、

「おや、なんと上等の服を着て……」

と、言いました。小夜はうなずいて、なくした手袋が、こんなにかわいい人形になったんだから、きょ

うはやっぱり、行ってきてよかったと思いました。

「うさぎ座の夜」は、不思議だ。なぜ、この物語を紡ぐ想像力の持ち主は、小夜が、お芝居を楽しむことができない展開を、呼び込んでしまうのだろう？　そもそも小夜は、最初から、動揺している。木の葉の手紙が流れてきたときから。――ということは、おそらく、山を歩いていたときから？

高校一年のとき、安房直子は「風船」を拾う少女の話を書いた。店のいちばんいいドレスを上げる、と書いてある紙切れを、風船に見つけたとき、少女は、信じなかった。――もし、おばあさんがうさぎ座のお芝居の経験者でなかったら、小夜も「風船」の少女と同じだったかもしれない。

安房直子の想像力の中で、最初に木の葉の手紙を書いたのは、一九六八年の「きのはのおてがみ」のうさぎの母さんである。こうちゃん、というくすり屋の少年に、うちのぼうやが風邪を引いたから、薬を届けてほしいと書いたのである。掲載誌「あそび」は、その同じ年の春、「かみきりむしのおみせ」で、安房直子がはじめて原稿料をもらった雑誌である。

小夜の物語の一つである「紅葉の頃《ころ》」の、小夜をしたう紅葉の精の娘は、小夜の妹のようで、その子が小夜に、こう伝えている。

「ね、ないしょの話してあげる。こんど川に流れてきた紅葉をひろって裏返してごらん。そこに手紙が書いてあるから。」

すがすがしく、それを聞く小夜が、私たちは、悲しい。風の精の娘と、紅葉の精の娘とは、従姉妹《いとこ》なのかもしれないから。誰も何も言わないけれど。――なくした手袋が、人形になったのだから、それで、いい、と呟《つぶや》く小夜は、もっと悲しい。「上等の服を着て」、などとしか言われないのは、たまらない。だが、この悲しみも、しかし、むろん小夜のものではなく、読者である私たちのものだ。

＊

「うさぎ座の夜」の掲載誌、第二期「海賊」4号のマストに、安房直子は記す。

今度の「うさぎ座の夜」は、その「こぼればなし」です。

「その」というのは、いうまでもなく、このころ、六話で一冊にまとめようとしていた刊行本『花豆の煮えるまで――小夜の物語』をさす。

読者対象がほかのものよりおさないし、雰囲気もちがうので、これはいつかまた、別のかたちで、と、思っています。

＊

小夜の動揺が、そんなことでおさまるはずがない、と私たちは思う。小夜の苦しさが、息を詰まらせるほどに、すぐそこ、目のすぐ前に、こんなにありありとあるというのに、物語は、まるで何事もないかのように、たんたんと閉じられてゆく。

そして、そのように、この物語の想像力の持ち主も、マストをたんたんと閉じてゆく。「あとからあとから、新しい小夜のお話がうかんできます」、と。

「海賊」追悼号の別府章子の「小夜のこと」によれば、「あかねと鬼の子」、「花豆の煮えるまで」、「風になって」、「湯の花」とそろった後に、「紅葉の頃《ころ》」、「うさぎ座の夜」、「大きな朴《ほお》の木」の三編が送られてきた、とある。一九九二年のことである。

この七編の物語は、時間の物語ではない。小夜の悲しみを、同心円状に上へ上へと重ねてゆく物語だ。出発は「あかねと鬼の子」(「小夜と鬼の子」)。私たちが知ることのできた最上層の悲しみが、「大きな朴の木」。しかし、上層にあるからといって、悲しみが浅いわけではない。おそらく、ここが最も深みより出で来て、最も小夜を振り回す悲しみのはずだ。

この二つの層のあいだには、直接の起源や構造や、現れ方を異にする、しかしながら深くは同根の悲しみが、層をなして重ねられている。年齢の問題ではない。それが、いつ、どこで、吹き出してきたか、が、重要だ。

この物語を紡いだ想像力の持ち主は、どうしても直接語ることのできない悲しみというものを、その在り方を詳細に知っている。鬼の子と出会わなければ、それが浮かび出ようもないことを、よく知っている。——祖母が語るから、語られたことによって吹き出す悲しみ。山火事で吹き出す悲しみ。お風呂の好きなおじいさんで吹き出す悲しみ。妹で吹き出す悲しみ。なくした手袋で吹き出す悲しみ。人形芝居がはねたあとの小屋の暗がりで吹き出す悲しみ。——だが、語られていないからこそ、よく分かる悲しみも、この物語にはある。それは、祖母がある日、母のことを語るまで、誰も何も語ってくれなかった、という悲しみだ。鬼の子に出会った小夜が、ようやく何事かの中に入ってゆくのは、そのためだ。

人は、耳を疑うかもしれない。ここに記された悲しみの、あまりの幼さに。——だが、幼いもの、言葉さえ知らぬものに、悲しみがない、などと私たちは言うわけにはいかない。彼らは、生きるために、黙しているのだ。悲しいなどという言葉をすら知らぬげに。物語の姿を取ってまで、悲しみを知らぬげに。

＊

連作『花豆の煮えるまで——小夜の物語』の、小夜の悲しみは、すべては母のことだ、というのは、易しい。——だが、それは、本当なのだろうか？

いやいや、ふざけているわけではない。それに、母のことではない、というつもりもない。ただ、母のこと、と言えるように、本当に書いてあるのか？　と問うているのだ。

最大の謎《なぞ》は、「大きな朴《ほお》の木」の次の言葉にある。この作品に言葉で触れてゆく誰もが、引く言葉、

「山んば、ごめんね。」

なぜ、「風さん、ごめんね」ではないのだろうか？　山んばは、小夜の母、風の精の母ではなかったのか？　小夜の祖母ではなかったのか？

そういえば、「花豆の煮えるまで」の中でも、小夜は、語ってくれた祖母に、こういうのだ。

「山んばは、よろこんだ？」

すると、祖母はこう答える。

「よろこんだとも、よろこんだとも。よろこびすぎて、お返しに、こんどは、大事な娘をくれてよこした。」

松永緑は、安房直子の言葉を、こう伝えている。「小夜が、本当に山んばの娘かどうかは、どちらでもいい」(「安房さんとの時」松永緑　「海賊」追悼号)と語った、と。

風の精も、また、一人の山んばだ、と、この安房直子の言葉を合理的に解釈することも、また松永緑が実際に交わした会話の流れは、これだけでは知りようがない、とはねることも、ともに意味がないだろう。

なぜなら、この連作の一字一句が私たちに伝えてくるのは、母、という存在を、山や、風や、幻や、はたまたその母方の祖母との一心同体性の中に、時に美しく、時にさわやかに、はたまた、それがすがすがしくさえあるように、溶かし込んで、ぼかしてしまう安房直子の想像力の渾身《こんしん》の営みなのだから。

そして、そのような想像力の作業の全体を、そうと受け取る私たちには、小夜が迎えるかもしれない、新しいお母さんは、もはやお母さんたりうるはずがない、ということが、言葉ではなく、身に広がる悲しみそのものの響きとして、十分に心に納まっているのである。

「小夜には新しいお母さんを」と、安房直子は作品の外の世界で、現実に彼女がかかわる人とのかかわりの中で、想像力がそれを紡ぎ出す前から、口にしていたという。それが、——悲しい。

なぜなら、新しいお母さん、という言葉を、それが絶対に母ではないことを百も承知しているものの口から言われることが、悲しい。けれど、そう言わなくてはならない。

その混乱こそ、うさぎ座の舞台を見つめる小夜そのものなのだ。

そこでは、もう何も見えなくなる。何が自分のものなのか、誰とかかわればいいのか。どうしたら、原状回復ができるのか。何が現状なのか。回復していいのか。回復したいのか。——こうなったら、自分の気持ちなどという言葉の、いったいどこに、意味があると言えるのだろう。母という言葉の、どこに意味があるのだろう。

安房直子の想像力の中で、小夜は、花豆を煮る祖母も、山んばも、風さんも、紅葉の精も、そして耳をかすめる本当の風にも、はては、おそらく森羅万象のすべてに、必要なとき必要なだけ、母を、見ようとしている。そして、しかし、それが、母を失うことだと、よく知っている。なぜなら、母とは、けして、複雑な何かではなく、実に単純に、明快に、あっけなく母であるもののはずだから。

結局、小夜の手元には、ただ、上等な服を着たお人形が、握られて残る。そして、小夜は、呟《つぶや》くのだ。……これで、いいよ。手袋じゃなくても、わたし、お人形好きだから……、と。違うだろうか？

「うさぎ座の夜」は、だから、少なくとも私には、まるで注釈書のようだった。それを手引きにして、私は、ようやく小夜の目に映る世界の、全体を感じ取れた気がしている。

そして、その同じ目が、安房直子の、三十年の歳月の紡ぎ続けた物語の全体を、あたかも一つの作品のように見る視線を用意してくれたのだと思っている。

もし、これが幼すぎるというものがあれば、私は、こう言いたい。それは、悲しみも混乱も、この幼さとともにしっかりと身に添うていたからだ、と。——身に？　誰の？　もちろん、安房直子の。——そして、幼さの形をとることしかできない文学が、ひいては、そのような人間の真実が、この世にはあるのだ、と言わなくてはならない。

安房直子という、希有《けう》な想像力の持ち主は、こうして、幼きものに訪れた信じられないほど深い真実を、どこからどこまでも紛れることのない、〈童話〉そのものである作品の数々に、たぐい希な文学として刻んだのだ。

最も深い意味において、「うさぎ座の夜」、これが、彼女の最後の作品、そして最深部の作品である。

＊1　「夏の靴」（文庫「掌の小説」新潮社　一九七一年　などに収録されている）。初出は、大正十五年「文章往来」（春陽堂）三月号。このときの題は「白い靴」。

＊2　もしかすると、この手紙の年（富山紗和子、記載）は、誤っているかもしれない。というのは、この年の四月から、長男が受験生になったという一節を含んでいるが、それは、一九八九年のことだからである。そして、もしそうだとすれば、ここに書かれているクリスマスの絵本は、『サンタクロースの星』を指すことになる。

＊3　「安房直子――語るという形式にたいへん惹《ひ》かれます」（『現代児童文学作家対談9　あまんきみこ・安房直子・末吉暁子』偕成社　一九九二年

「心を豊かにしてくれる私の森の家」（「ニュートン」6巻11号　ニュートンプレス　一九八六年）
「私の市松人形」（「うえの」382号　上野のれん会　一九九一年）
「花の絵本たち」南塚直子（「海賊」追悼号　一九九三年）
エッセー「ガラスのゆりいす」（「室内」412号　工作社　一九八九年）
「一冊のノートのこと」（『児童文学の世界』西本鶏介・偕成社編集部　偕成社　一九八八年）

附

安房直子　年譜

年代別作品リスト

作品名索引

安房直子年譜

『現代児童文学作家対談9』所収の「安房直子自筆年譜」、および『「安房直子・メルヘンの世界」展』（日本女子大学成瀬記念館）パンフレット所収の「安房直子略年譜」を参照した。

なお、作品の雑誌掲載、並びに刊行は、「海賊」中心の活動時期までは、やや詳しく記載したが、それ以降の各作品については、作品リストとの重複をさけて、主要な作品、および主要な刊行本の記載のみにとどめた。

一九四三年（**昭和十八年**）

一月五日東京都新宿区に生まれる。２８００ｇだったという（「海賊」17号「マスト」欄 生沢あゆむ）。四人姉妹の四女であった。父藤沢喜久郎（大分県宇佐市柳ヶ浦出身、旧制第五高等学校から東大に進み、内務省入省。戦後公職追放に合い、弁護士となる。一九八二年死去、八十四歳）、母英子（戦後、母校である日本女子大の語学の英語担当で教壇に立つ。二〇〇二年死去、九十一歳）。一九六五年の項、合わせて参照。

なお直子は、前年の暮れに生まれていた（日付未詳）のだが、旧習により、一月届け出となった。

戦時中のそのころ、母の実家、新宿区市ヶ谷左内町の芦野家には、母の姉妹および兄弟の夫人たちが集まり住んでいて、英子の妹久子は、直子の育児を手伝った。長女英子、次女久子等は山形県出身の芦野家（太蔵・梅夫妻）の七人兄弟姉妹で、七番目の男子、廣は、戦後一時代を築いたシャンソン歌手の芦野宏である。

直子誕生の折り、もし女子であったら、妹久子の養女に、という約束が姉妹のあいだにあり、それは、彼女たちの母、芦野梅の強い要望でもあったという。直子が、後年友人であった画家南塚直子に「そういうの、いやあね」と語ったことを、氏は記憶している。

一九四四年（**昭和十九年**）　一歳
母の妹久子の夫安房喜代年（山形県東置賜郡高畠町糠野目出身、東工大を卒業、専売公社に入り、のち同公社の理事を務める。一九九六年死去、八十七歳）、この年香川県高松市に赴任。久子、喜代年は、直子を勤務地へ伴う。

一九四七年（**昭和二十二年**）　四歳
九月六日、正式に養子の届けがなされ、藤沢直子は、姓が変わり、安房直子となる。

「四、五歳のころ、グリム童話集を買ってもらう。」（「自筆年譜」）

一九四九年（昭和二十四年）　六歳

香川大学香川師範学校高松附属小学校、入学。「講談社の世界名作童話全集を、ほぼ全巻買ってもらい、小学校三年の頃《ころ》まで、グリム、アンデルセン、アラビアンナイトなどを耽読《たんどく》する。」（「自筆年譜」）

一九五〇年（昭和二十五年）　七歳

群馬県高崎市に転居。高崎市立中央小学校へ転校。

「お話をつくるのは、昔から好きでした。／小学生の頃は、紙をとじて本をこしらえて、そこに絵と文を書いて、ひとりで、作家と画家と出版社の楽しみを、味わっていました。」（精いっぱい書きつづけた同人誌『海賊』）

「子どもの頃の遊びは本を読んだり、読んだ本の真似をして、自分でお話をこしらえたり、ひとりで人形の洋服をこしらえたり、そんなことをして過ごしたのですが、中でも一番好きなのがやはり、本を読むことでした。」（「著作『北風のわすれたハンカチ』その他について」）

「幼少の頃は（中略）お友達と戸外で遊ぶことより、室内でお母様手作りの人形の洋服でお人形さんごっこをすることが、大好きだったとか。」（聞き書き・「先輩訪問・児童文学者安房直子さん」）

「母は自分の古い服をこわして、私のスカートやワンピースをこしらえてくれました。（中略）そんな、リフォームの洋裁を、母は、じつに楽しそうにしていました。そしてその横にすわりこんで、娘の私は、これまた、夢中になって、人形の服をこしらえていたのでした。母が落とした裁ちくずを集めて、人形相手のひとりごとをつぶやきながら……。」（「母のいる場所は金色に輝く」）

一九五三年（昭和二十八年）　十歳

宮城県仙台市に転居。仙台市立片平丁小学校へ転校。

「さんしょっ子」に出てくるお手玉唄、「ひとりじゃさびし、～」は、この地方のわらべ歌である。

「子どものころも、作文の時間、今童話書いてるから、作文好きだったでしょって人にいわれるんですけれど、本当のこと、作文の時間あんまり好きじゃなくて。それはどうしてかというと、作文はみんな昨日の運動会のことを書きなさいとか、遠足の作文を書きなさいとかっていうのばっかりで。実際に起きたことを書くっていうのがどうも得意ではなくて。家に帰ってから自分で不思議な物語ばかり書きたかったです。」（講演「世界でたったひとつの自分の作品を」）

「私が何時《いつ》頃《ごろ》からお話を書く人になりたいと思い始めたかと言いますと、小学校の3年生か4年生ぐらいの頃からだったと思います。」（「著作『北風のわすれたハンカチ』その他について」）

「『六年生ぐらいの時に、作家になりたいと、なまいきにも思った覚えがあります。というのは、作家というのは、なんにもしゃべらないで、だれとも交際しないで、一日じゅうひとりですわっていても、ちゃんと成り立つ仕事だから、とてもいいなと思ったんですね』

——実際その通りでした?

『ええ、その通りでした。（笑）』」（「私の少女時代」）（『鳥にさらわれた娘』巻末インタビュー　ケイエス企画　一九八七年）

一九五五年（昭和三十年）　十二歳

仙台市立片平丁小学校、卒業。

仙台市立五橋中学校、入学。

「中学一年の時、はじめての親友ができました。それは、体の弱い、おとなしい子でした。／彼女と私が、どうしてそんなに仲良しになれたかといいますと、ふたりとも、少女小説が大好きで、その上、自分でも書いてみようという、だいそれた願いをもっていたからです。私達は、白い紙をリボンでとじてこしらえたノオトに、それぞれ物語を書いて、こっそり見せあったものです。この秘密のために、ふたりは、いっそう親密になりました。今度は、ものすごーく、かわいそうな話を書きましょうと、約束したのに、書きはじめると、なかなか、かわいそうにはならず、困った事もありました。ところが、彼女の方はほんとうに、かわいそうな話を、長々と書いて来て、びっくりしたのでした。」（「少女のころ」）

「作家になりたいとしきりに思ったのも、中学の頃でした。」（「運動ぎらい」）

一九五六年（昭和三十一年）　十三歳
北海道函館市に転居。函館市立的場中学校に転校。
「けれども、そのあと私は、北海道へ引越す事になり、彼女とは、一年でお別れでした。（中略）よく手紙をもらいました。（中略）ぶ厚い手紙が届くと、私はうれしくて、本当に、とびあがったものでした。彼女と別れたあとの私は、転校先の学校で、やっぱり、ひとりぽつんとしていたのでしたから。」（「少女のころ」）

一九五七年（昭和三十二年）　十四歳
長野県上田市に転居。上田市立第一中学校へ転校。
「家というものに、心があると思いはじめたのは、いくつのころでしょうか。／私は、子供のころ、父の仕事の都合で、日本じゅうを転々とし、いくつもの家に住みましたが、引っ越しのたびに、それまで住んでいた家をからっぽにして別れてくるのが悲しかったのです。そして今も、夏の最後の日に、山の家のかぎをかけるときは、悲しい気持になります。」（「心を豊かにしてくれる私の森の家」）
「たとえば『家』。私はさっきもお話ししましたけれど、引越しをいっぱいしますと、今まで住んでいたお家の荷物をぜんぶ運びだしてしまって、もうなんにもなくなった家、明日からはもうだれも住まなくなった家っていうのが、引越すとき、もうかわいそうで。がらんどうになってしまった家がなんだか泣いているような。その家をでていくときに、後をむかないで、出ていったようなおぼえがあって……。」（講演「世界でたったひとつの自分の作品を」）

一九五八年（昭和三十三年）　十五歳
上田市立第一中学校卒業。

日本女子大学附属高等学校、入学。

母久子と二人で上京し、市ヶ谷の芦野家に住み、通学した。

高校での部活動は、文芸部と聖書研究会。文芸部誌「いもむし」3号、まもなく改名して「生田文芸」（これは活版印刷の、意欲的な雑誌であった）4号から6号までに、それぞれ詩や創作を載せた（「目白児童文学」30・31合併号で、そのうちの二編「風船」、「星になった子供」を読むことができる）。

また、詩は、高等学校広報部の新聞にも幾度か掲載された。

上京に伴い、埼玉県浦和市（当時）に家のあった姉たちとよく行き来した。二つ上の紘子とは、ことのほか親しく、紘子が通学の途中に、直子のもとを訪れることもあった。（この項、「キリスト教との出会いを姉谷口紘子さんに聞く」石井光恵　「目白児童文学」30・31合併号　に詳しい）
画家南塚直子は、次のような直子の言葉を記憶している。
「あの家に、遊びに、行け行けっていわれるの、なんか変だなって思ったけど、まさか、そんな事だったなんて、思いもしなかった」。
「あの家」とは、京浜東北線北浦和駅を最寄り駅としていた実父母と姉たちの住まう浦和市の家のことである。また「そんな事」とは、その家に住む人々が、実父母と姉たちであることを指す。

一九五九年（昭和三十四年）　十六歳
雑誌「日本児童文学」（児童文学者協会）の会友となっていた直子は、会友特典により作品の批評を受けた。

「『日本児童文学』という雑誌を、はじめて本屋の店先でみつけたのは、十五か十六の頃《ころ》でした。（中略）／その『日本児童文学』に、原稿と、お金を二百円送ると、批評してもらえる事が書かれていて、私は、こっそりと、おさない作品を送った事があります。原稿といっしょに、おこづかいの百円札二枚を、封筒に入れて、胸をどきどきさせながら、ポストに入れたのでした。」（「遠い日のこと」）

送った作品は、「生田文芸」4号の掲載作品、「星になった子供」。右のエッセーのつづきに、児童文学者奈街三郎から批評が送られてきたことが記されている。

聖書研究会では、文芸部とは違って、直子は部の運営などに指導力を発揮し、二年生では、同会の部長を務めた。（この項、「日本女子大学附属高校・生田の森で」山根知子　「目白児童文学」30・31合併号　に詳しい）

一九六〇年（昭和三十五年）　十七歳
養父安房喜代年の東京転勤に伴い、市ヶ谷の芦野家を離れ、豊島区千川に転居。

この時期の直子の文章で、今、私たちが読むことの可能なものの一つに、高校三年時の夏のレポートがある。タイトルは「堀辰雄」。「目白児童文学」30・31合併号に掲載されたそれは、堀辰雄を、詩を中心に論じたもので、室生犀星の「我が愛する詩人の伝記」の中の言葉、「その小説をほぐして見ると詩がキラキラ光ってこぼれた」を引用することから始められ、「この人の作品の澄み切った、清潔な美しさを、私はまだ他のどんな文学作品からも見出していない。」と結ばれる。

一九六一年（昭和三十六年） 十八歳
日本女子大学附属高等学校、卒業。
日本女子大学文学部国文科、入学。（第二外国語は、ドイツ語）

この年夏、日本女子大児童学科の同好会「児童文学研究会」を訪ね、卒業までのメンバーとなる。会誌「のっぱら」に詩を発表し、合宿等には参加したが、合評会、目白祭等にはあまり参加しなかった。（「初期作品に与えた影響」北村斉子）
他の部活動は、短歌研究会（顧問・国文学者アララギ派歌人五味保義）と、聖書研究会。短歌の勉強は、卒業後も五味保義のもとで続けられ、結婚後も短歌会に参加していた。
聖書研究会は、内村鑑三の無教会主義の流れをくむ会で、目白祭参加、合宿の責任者等、直子は、この会では高校時代に引き続き、積極的に活動に取り組んだ。卒業後、新約聖書の原典を読むために、直子は、無教会派の集会主催のギリシャ語の講座を一年間試みている。クリスチャンではなかったが、直子は、終生、キリスト教信仰については、深く心を用いていた。

姉・紘子の友人であり、かつのちに「海賊」発起人の一人となる深津智恵子（旧姓吉田）が、この年の直子について、「海賊」追悼号に次の文章を寄せている。
「私が初めて安房さんに会ったのは、日本女子大に在学中のキャンパスの中でした。スクールバスを降りて、ゆるやかな坂を下った学内掲示板の前辺りでした。カトリック研究会の藤沢紘子さんが、すこし年若いけれどよく似ている感じの女の子と一緒にニコニコと笑いながら、私が近づくのを待っている様に見えました。／『従妹の安房。この春から国文科一年の安房直子。よろしくね』といって、藤沢さんが嬉《うれ》しそうに声を立てて笑ったのを鮮明に覚えているのです。初対面の直子さんは、すこしはにかんだような笑顔が印象的でした。（中略）／それから暫くして、直子さんは従妹ではなくて、実の妹さんであるとのことを伺いました。すぐ上の姉でいらっしゃるという藤沢さんに打ち明けられて、とても驚きましたが、初対面の時、二人がとても良く似ているので姉妹みたいと直感したのは当たっていたのです。」(「思い出の安房直子さん」深津智恵子)

小説作品「向日葵《ひまわり》」(「生田文芸」6号の「ひまわり」の改作)を、雑誌「婦人文芸」(婦人文芸の会)に投稿し、16号(十月)に掲載される。この雑誌は大手の出版社に務める女性編集者たちが、文壇への登竜門的な性格を持たせて創刊したセミ・プロ的な性格の同人雑誌で、その合評会で「一体に大変熟練した筆つきで、殊に子供がよく出ている」と評されている。

なお、この投稿について、直子は深くこれを秘し、親しい友人、姉妹、あるいは「海賊」同人の誰にも終生告げることがなかった。昨年(二〇〇二年)、初めてこの作品を目にした元「海賊」同人の蓮見啓は、あまりにも硬質で大人びた文体に、思わず「これは、安房さんじゃないわ。同姓同名の別人よ」と評した。それほど特異な文体を持つ文学作品である。

冬休みの前に、「目白児童文学」創刊に伴う原稿募集の掲示が、学内に張り出される。

直子入学の前年度に、児童学科に赴任した山室静は、ガリ版刷りの同好会誌「のっぱら」の顧問も引き受けていたが、「実際に自分で書いてみること」を学生に強くすすめる彼は、新たに研究室の研究費を使って、この雑誌を創刊した。

一九六二年(昭和三十七年) 十九歳

「目白児童文学」創刊号への応募原稿を届けたことがきっかけで、直子は、山室静に出会う。

ところでこの、山室静との出会いに関して、私たちの手元には、いきさつの食い違う三つの資料がある。一つ「自筆年譜」、一つエッセー「山室静先生と私」、残る一つは、これもエッセー「山室先生と私」。前二者は、原稿を持っていったその場で、初対面をしたことになっていて、とくに「山室静先生と私」では、そのときの先生のようすまでが「にこにこ笑っていらっしゃいました」と述べられている。しかるに、「山室先生と私」によれば、直子は、先生不在の机の上に原稿を置いてきたのであり、次に何人かとともに研究室に行ったとき、初めて会ったことになる。そしてその際、児童学科の学生たちと談笑していた山室に、ふと名を聞かれ、直子が答えると、「『ああ、あなたが安房さん?』」。それが、すでに原稿を読んで記憶していた名を繰り返すように聞こえ、直子は嬉《うれ》しかったのだと記す。

六月、同誌創刊号に「月夜のオルガン」発表。

夏、「のっぱら」の合宿が、信濃追分の山室静の山荘で行われ、参加する。このとき、山室の案内で、追分の堀辰雄がかつて住んでいた未亡人宅を訪ね、短歌に詠み、短歌研究会発行の冊子「船かげ」に発表する。「生い茂る夏草の道にみつけたる堀と書かれしこの木の表札」。「あこがれし堀辰雄の家訪ね来てその庭の土を踏みしよろこび」。

高校、大学国文科の一学年後輩の親友森敦子氏は、こんなエピソードを記憶している。――おしゃべりが苦手の、静かな安房さんは、よけいなことを話すことのない人で、当時大歌手だった叔父芦野宏のことを、いっさい自慢げに話したりすることはなかった。いつも「おじ」と呼び、「今日はおじのリサイタルなので、これから家族と行くのよ」と、キャンパスで会ったとき、とても嬉しそうに話してくれたことが、何回かあった。

一九六三年（昭和三十八年）　二十歳

四月、大学の三年次から、国文科に在籍しながら、児童学科の講座「児童文学の概観」（山室静担当）を受講し始める。この講座の学期末（一九六四年）のレポートに作品「空色の揺りいす」を提出する。しかし、直子はエッセー「ガラスのゆりいす」に、「私がこの童話を書いたのは、二十《はたち》の頃《ころ》でした。」と記す。したがって、この年のうちに書き上げて、年明けに提出したのだろう、と推測される。

「のっぱら」7号に発表した詩「ヨーグルトの歌」が、「のっぱら」同人の選考により、「目白児童文学」2号に転載される。

一九六四年（昭和三十九年）　二十一歳

十二月、「目白児童文学」3号に、「空色の揺りいす」（初出）掲載される。ただし、直子の「自筆年譜」では、これを一九六五年の項に記載。同誌の奥付は、六十四年十二月二十八日となっているが、おそらく実際に出たのは、年が明けてのことだったのだろうと思われる。なおこの作品については、「自筆年譜」の一九六五年の項に、次の書き入れがある。

「山室静先生に『こんなのが十編くらいたまったら、一冊の本にするといいね』と言われ、児童文学の道に進む決心が固まる。」

大学四年次のこの年、直子が卒論に選んだのは、源氏物語である。タイトルは「源氏物語の自然描写」。

「『大学の卒論に「源氏物語の自然描写」というテーマを選んだので、筋とその背景になる季節との関連を考え、自然描写に使われた素材――花や木や雪など――を、視覚、聴覚、臭覚の三つに分類し、素材が場面やすじとどうかかわっているかを調べました。そうしてみると、紫式部は場面に一番しっくりする背景描写としての季節を描いています。あとで童話を書く時、人物やすじを引き立てる為の描写を考えるようになりました』」(「安房直子さんの幻想」岩崎京子　花豆通信4号　二〇〇二年)

「今思い返しまして、これだけは学生時代にできたと思えることはふたつあります。/ひとつは『源氏物語』を全巻原文で読みあげたこと、それからもうひとつは、(中略)作品が活字になる喜びをおぼえたことです。」(「昭和六十三年度日本女子大学入学式祝辞」女子大通信472号掲載　一九八八年)

源氏物語については、短歌研究会の歌集「石むら」(一九六五年)に、次の歌がある。「たどたどと読み進みたる源氏物語の第一巻に読了日記す」

一九六五年(昭和四十年)　二十二歳

日本女子大学文学部国文科、卒業。

「その事(直子が紘子の妹であることを指す。筆者註)は直子さんのご結婚の際に、ご本人に明らかにされたと伺いました」(「思い出の安房さん」深津智恵子)

時期は、年明けから三月の卒業式までのあいだで、紹介者を介して結婚の相手を選ぶに際し、必要な措置であった。直子の育った時代は、卒業前のこの時期に、結婚に向けての動きが始まるのは、一つの慣習であった。

打ち明けられた日、直子は部屋にひとり閉じこもって翌朝まで姿を見せず、さて再び両親の前に現れての一声は、「いっぺんにお姉さんが三人もできて嬉《うれ》しい」だったという。

「大学を卒業する時、この願い(童話作家になりたいと本気で願うようになったことを指す。筆者註)を私は、大学の児童文学の先生で、『目白児童文学』の編集をして下さった山室静先生に話しました。自分は、本格的に、童話を勉強したいのだという事を、おずおずと告げたその時、先生はさりげなく、仲間をつくる事だねと、おっしゃいました。私は、不思議に思いました。ものを書くのは、たったひとりの仕事で、ひとりで、ひたすら励めば良いのだと思いこんでいましたから。又、社交性のない私にとって、仲間をつくるほど苦手な事はありませんでした。いったいどうやったらいいのかわからないまま、卒業後も、先生の授業を聴講していました」(「精いっぱい書きつづけた同人誌『海賊』）

四月より、同学大学院の国文科の研究生、児童学科の聴講生となり、後者にはその後七、八年（「自筆年譜」）通う。受講科目は、児童文学特論（山室静）や、古典文学特講（青木生子）などである。

源氏物語の研究により、成瀬記念奨学金を授与される。

この年十月から十二月にかけて日本児童文学者協会の第三期新日本童話教室（月二回、計六回）に通う。「日本児童文学」に載った応募要項によれば、募集二十名、近作の童話を一編添えて申し込み、応募者多数の場合は、その作品で選考することが定められていた。直子は、これに「あじさい」を提出した。後に「海賊」創刊号に発表されるものの原型で、さらにその後刊行されるときに「青い花」と改題される作品である。

なお、この新童話教室の第一期生（一九六五年一月～三月）二十一人の中には、あまんきみこ、宮川ひろ、千川あゆ子、きどのりこらがおり、「日本児童文学」の同年八月号には、あまんきみこの「ぼくらのたから」（作者名阿万紀美子）という作品が、新童話教室第一期推薦作として掲載された。その号に、第三期の募集要項が出ている。また同誌の一九六六年三月号には、本間容子の第三期を受講しての文章「新日本童話教室に学んで」が載っており、十一人の同期メンバーの寸評に直子のようすも描かれている。

「海賊」追悼号のあまんきみこの文章「思い出すままに」にも触れられているが、この教室のあと、一期生、二期生、三期生の有志で同人雑誌ができた。その際、本間容子が、この「あじさい」をメンバーに披露した。しかし、直子は、その同人誌には参加しなかった。三期メンバーの高井節子によれば、直子はすでに「海賊」が始まっていたから、とのことである。

一九六六年（昭和四十一年）　二十三歳

「目白児童文学」４号が一月に発行される。作品は「白い白いえりまきの話」（初出）。

「海賊」が、十月に創刊される。発表作品は「あじさい」（初出・のち「青い花」に改題）。

「山室先生の大学院の授業に出席している学生・聴講生・盗聴生を中心に」、「安房さんも入れた五人が発起人になり、始まりました。」（初期の作品に与えた影響」北村斉子　「安房さんと『海賊』」花豆通信別冊　花豆の会　二〇〇三年）五人とは、安房直子、遠藤（現・北村）斉子、田谷多枝子、蓮池総子（蓮見啓）、吉田（現・深津）智恵子である。

幾つかの資料、たとえば「座談『安房さんを語る』」（「海賊」追悼号）などに、そもそも言い出したのは田谷多枝子であるとの指摘が見つかる。その田谷多枝子本人には、次の言葉がある。「思えば四年前、新宿のさる喫茶店で、誰からともなく雑誌を出す話が出て、アレヨアレヨという間に、大海に乗りだしてしまった。一年モテバイイヨ、と誰かがいった。それが四年？　印刷代の値上がりを苦にしながらも、誰ひとりやめる気配はない。」（「海賊」18号　「マスト」欄）
創作や評論、翻訳の実践の場ではあっても、まず人々に読みたい気持ちを起こさせる雑誌を、という考えで、A5変型のタイプ印刷、表紙は当時雑誌「ユリイカ」の表紙を担当していた渡辺藤一、カラー印刷の、美しい同人誌だった。また山室静の紹介で、すでに作家であった立原えりか、森のぶ子を特別会員として迎えた。ただし特別会員も、原稿の掲載にあたっては、費用を負担した。創刊時、同人の数は十人であった。
奥付のページには、同人の名簿があり、そこには、アドバイザーとして山室静、発行所として、山室静研究室（のち安藤研究室）、そして2号以降しばらくのあいだ、連絡先（15号以降は、事務局。ただし32号まで）として安房直子宅がそれぞれ記載されている。
このころ、カルチャーセンターに通い、ぬいぐるみを作る。「海賊」追悼号の「星影のワルツ」（北村斉子）が、この件について「母が『おまえは本当に役に立たないことばっかりするね』と言うのよ」という直子の言葉を、伝えている。

一九六七年（昭和四十二年）　二十四歳
東京都保谷市（当時・現在西東京市保谷）へ転居。翌年に控えた結婚生活のためで、養父母安房喜代年、久子、および安房方の祖母みのが一階に住み、まもなく二階が新居となる家であった。そして、これが直子の生涯最後の転居となった。
この年、「海賊」は四冊、二月、六月、九月、十二月にそれぞれ、2、3、4、5号が発行された。作品はそれぞれ、「もぐらの掘った深い井戸」（初出）、「熊《くま》と北風と青い花」（初出、のち「北風のわすれたハンカチ」に改題）、「とげ」、「赤いばらの橋」（初出）である。
三月の「目白児童文学」5号（作品は、「小さいやさしい右手」）と合わせて、この年作品五編。

一九六八年（昭和四十三年）　二十五歳
三月、峰岸明（国語学者）と結婚。峰岸直子と姓が変わる。学者を選んだことは、結婚相手を紹介する親族の意向であり、また直子自身の要望だった。

峰岸明は、一九三五年生まれ。埼玉県出身。東京教育大学文学部を卒業。同大学院を経て、結婚当時の本務校は、東洋大学。一九七五年、横浜国立大学教育学部に赴任。退官まで務め、二〇〇一年同大学名誉教授となる。文学博士。昭和六二年度角川源義賞国文学部門を、著書「平安時代古記録の国語学的研究」（東大出版会　一九八六年）にて受賞。その他、「岩波講座・日本語　10」（共著　岩波書店　一九七七年）、「変体漢文」（東京堂出版　一九八六年）、「高山寺本古往来・表白集（高山寺資料叢書第二冊）」（共著　東大出版会　一九七二年）、「高山寺古典籍纂集（高山寺資料叢書第十七冊）」（共著　東大出版会　一九八八年）、など著書、並びに論文多数。

この年、「海賊」は三冊、三月、七月、十月にそれぞれ6、7、8号が発行された。作品はそれぞれ、「オリオン写真館」、「水あかり」、「歌をうたうミシン」。

「目白児童文学」は、一月に、6号。作品は、「白いあしあと」（初出）。

この年、はじめての原稿料を貰う。

「安房さんが、原稿料を稼ぎました。／えりかさんが、『海賊』を送って下さったのをきっかけに、『あそび』という絵本に、安房さんが『かみきりむしのおみせ』というお話を書きました。」（「安房さんのつぶやき」生沢あゆむ）

この静岡福祉事業協会の雑誌「あそび」には七月号のほか、同年十二月号にも作品「きのはのおてがみ」が載った。

「海賊」8号の合評会が、新宿のとんかつ屋「まりや」で行われ、児童文学者の上笙一郎も出席した。この時の直子と上笙一郎との応酬が、「安房直子さんと『海賊』」（花豆通信別冊　花豆の会　二〇〇三年）の「安房さんのつぶやき」（生沢あゆむ）に掲載されている。俎上に上がった作品は「歌をうたうミシン」。

一九六九年（昭和四十四年）　二十六歳

この年、「海賊」は六冊、二月、四月、六月、八月、十月、十二月にそれぞれ、9、10、11、12、13、14号が発行された。作品はそれぞれ、「コロッケが五十二」（初出）、「くるみの花」、「虹のてがみ」（初出）、「きつねの夕食会」（初出）、「雪の中の映画館」、そして「さんしょっ子」（初出）である。

「目白児童文学」は、二月に第7号。作品は、「ひめねずみとガラスのストーブ」。

一九七〇年（昭和四十五年）　二十七歳

「さんしょっ子」で、第三回日本児童文学者協会新人賞を受賞。

「日本児童文学」16巻7号（一九七〇年七月）には、新人賞の選考経過報告が掲載されている。選考委員は五人、猪熊葉子、上笙一郎、鶴見正夫、長崎源之助、那須田稔の諸氏。報告によると、該当作なしとの声まで上がりかけたところ、上笙一郎が、当初候補に上がっていなかった「海賊」14号の「さんしょっ子」を、急遽《きゅうきょ》、候補作に推薦し、ほぼ一致した意見で決まった、とある。以下に、経過報告の諸氏の抜粋を掲げる。

猪熊葉子――「民話的な素材をよく消化し、自分のものにしていると思う。自国の民話を養分にして作品を書くことは、近代の児童文学者に課せられた―洋の東西をとわず―大きな宿題のひとつであると思うが、この作者がそれをどこまで発展させていけるかが楽しみである。」

上笙一郎――「センスだけで成り立っている作品なので、今後どのように思想的な内容を形成して行くかが、この新人の将来を決定することになるだろう。」

鶴見正夫――「何となく鄙びた感じの美しさが、私の心を惹《ひ》きました。しかし、この作品の持つ妖《あや》しさは、ともすると危険な面をもふくんでいるようにも思われます。今後に期待するとしましょう。」

長崎源之助――「才能のある人だと思っていたが、発想に西欧作品に似ているところがあった。しかし、この作品は足が地についている。さんしょっ子がなかなかかわいく、独創的である。それほど新鮮だとは思わないが、この作家の将来に賭けてみようという意見に共鳴した。ぜひ、期待にこたえていただきたい。」

那須田稔――「民話風な語りのなかにいやみがない。ただ、同氏のその他の作品が多彩ななかでの不安定さを露呈している点に危惧《きぐ》を感じるが、新鮮な感覚に今後を期待したい。」

なお、同号には、「受賞の感想」というタイトルで直子の文章が掲載されており、そこに次の言葉が記されている。

「子供の頃《ころ》から、お話を作るのが好きでした。（中略）この楽しい『あそび』は、おとなになっても続きました。（中略）／ところがある日、思いがけなく、新人賞を頂く事になったのです。キラキラと輝いたものを、目の前にさしだされて、うっとりと喜びにひたったあと、ふと、心の引きしまるのを感じました。これで、『あそび』は、終わるのだと思ったのです。」

この年、「海賊」は、五冊、二月、五月、七月、十月、十二月にそれぞれ、15、16、17、18、19号が発行された。作品はそれぞれ、「ゆうぐれ山の山男」（15号）、「山男のたてごと」（16号）、17号には安房直子特集として旧作が掲載され、19号は、「山男のたてごとⅡ」。

15号から同誌は、紀伊国屋書店などに10冊ほど置かれ、完売し、追加注文が来たこともあった。

直子は18号において、はじめて作品を休み、この号は、あとがき風コラム欄「マスト」のみの参加となった。そこには連載途中の「山男のたてごと　Ⅱ」休載のお詫びが述べられている。

「目白児童文学」は、二月に第8号。作品は「冬の娘」（初出）。

七月四日、第一回海賊フェスティバル「詩と童話まつり」開催（日本女子大児童学科との共催。於・日本女子大学成瀬記念講堂。講師には次の諸氏を招いた。庄野英二、福永武彦、諏訪優、遠藤周作、関英雄）。盛況で、講堂を満員にした。

アンソロジー『太陽のきりん』（小峰書店）に、「さんしょっ子」収録。また「魔法をかけられた舌」（「海賊」16号発表）を、新人賞受賞後第一作として、同人雑誌推薦作で「日本児童文学」16巻9号に転載。

十月、「びわの実学校」43号に、十一月、「幼児と保育」（16巻10号　小学館）に、作品を発表。それぞれ、「あまつぶさんとやさしい女の子」（初出）、「エプロンが空をとんだ」。

一九七一年（昭和四六年）　二十八歳

『まほうをかけられた舌』（岩崎書店）刊行（収録作品は、「まほうをかけられた舌」、「青い花」）。

『北風のわすれたハンカチ』（旺文社）刊行（収録作品は、「北風のわすれたハンカチ」「小さいやさしい右手」、「赤いばらの橋」）。

アンソロジー『風信器・あばらやの星／ほか』（偕成社）に「さんしょっ子」収録。
「青い花」、「学習・科学――三年　読み物特集号」（学習研究社）に収録。

この年、「海賊」は、五冊、三月、六月、八月、十月、十二月にそれぞれ、20、21、22、23、24号が発行された。作品はそれぞれ、「誰も知らない時間」（初出）、「鳥」（初出）、「夕日の国」（初出）、そして24号が「野ばらの帽子」（初出）である。23号は、直子は、作品、マストともに休載している。

「目白児童文学」は、三月に、第9号。「きつねの窓」の初出は、この号である。

十二月、第二回海賊フェスティバル「詩と童話まつり」。直子は、「あじさい」を朗読。（なお、この会は、一九七七年の第六回まで続き、その間、招かれた講師には次の諸氏の名がある。与田準一、吉本隆明、藤原定、三浦哲朗、浜田広介、新川和江等々。）

一九七二年（昭和四十七年）　二十九歳
山室静、日本女子大学を辞任。安藤美紀夫が後任となる。「目白児童文学」、および「海賊」の発行所など、引き継がれる。
『風と木の歌』（実業之日本社）刊行（収録作品は、「きつねの窓」、「さんしょっ子」、「空色のゆりいす」、「もぐらのほったふかい井戸」、「鳥」、「あまつぶさんとやさしい女の子」、「夕日の国」、「だれも知らない時間」）。
『北風のわすれたハンカチ』、第十九回サンケイ児童出版文化賞推薦図書となる。

五月より、三省堂発行の「三・四・五歳」に、創刊号から毎号、読み切りの連載を開始。十二月までに、八回。

「自筆年譜」に次の書き入れあり。「このころより、雑誌『大きなタネ』に短編を発表する」。
同誌は、長野県出身の児童文学者塚原健二郎主宰。

「軽井沢に山小屋をつくり、以後、夏は毎年ここで過ごす」（「自筆年譜」）。

長野県北佐久郡軽井沢町千ヶ滝のこの山荘と、そこでの暮らしについては、エッセー「心を豊かにしてくれる私の森の家」に、くわしい。

「毎年、6月のカレンダーがめくられ、いよいよ夏の声を聞くと、そわそわしはじめます。そうして、はやる心をおさえながら、せっせと原稿を書くのです。（中略）／しっかり書きなさい、山の緑が待っているから、と、自分で自分を叱咤《しった》激励しながら、ひたすら書きます。（中略）／そうして、梅雨が明け、夏空に白い雲がひろがると、さあ、荷物のしたく！」

基本的には仕事は持ち込まず、つねに家族と共にいて、読書をし、散歩を楽しみ、また、時には同地に滞在する山室静夫妻（信濃追分）、友人、姉等と行き来して休暇を送った。そして、夏が終わり、この山荘を離れる時が来ると、最後の鍵を自分の手で掛けることを直子は嫌い、その役目を夫に託す。走り出したタクシーの中から、一年のあいだ住む人のいなくなる建物に向かって、直子は、いつまでも振り返ったまま、手を振っていたという。

この年、「海賊」は、六冊、二月、四月、六月、八月、十月、十二月にそれぞれ、25（初出「てまり」）、26、27（初出「緑のスキップ」）、28、29（初出「長い灰色のスカート」）、30号が発行された。このうち、作品を休んだのは、26、28、30号、またマストを休んだのは、26、28号である。そしてこの後、「海賊」への作品は、44号「海へ」（一九七六年）、57号「野の果てに」（一九八〇年。のちに改題して「野の果ての国」）のみとなり、「たったひとつの発表誌」（「海賊」60号　マスト）としての「海賊」の意味は、次第に変化していった。

ここに、30号のマストを、記す。

「海賊を創刊した頃《ころ》をなつかしく思います。これから、ファンタジーにとりくみたいと思った頃、この道を、こつこつ進んで行ったら、何か明るい世界が開けて来ると思ったあの頃の初心を忘れまいと思います。」

「目白児童文学」は、一月に、第10号。作品は、「雪窓」（初出）である。

一九七三年（昭和四十八年）　三十歳

前年に引き続き、三省堂「三・四・五歳」の連載。一月から十二月まで、十二回。

『ハンカチの上の花畑』（あかね書房）刊行。初の書き下ろしである。直子が書き下ろしを好まなかったことは、折にふれてエッセー等で語っているが、この本の編集を担当していた山下明生とのやりとりが、エッセー「『ハンカチの上の花畑』のこと」に詳しい。そこには、「小人の国へ行った主人公が、もどってくるのがよいか、そのまま行ったきりにしておくのがよいか、さんざん迷いました。そのすえに、やはり『もどってくる』という、オーソドックスな終わり方にして、なんとか出版のはこびとなりました」とある。「この本をかいたことで、私は、少しは長いものもかけるようになり、また、かきおろしをひとつしたことで、童話作家として、しっかり仕事をしてゆく姿勢もできたように思います。」

『風と木の歌』で、第二十二回小学館文学賞、受賞。

福音館書店、小学館の雑誌等に混じって、この年創刊された筑摩書房の文芸誌「文芸展望」から、原稿依頼を受ける。作品は、「野の音」（初出）。

『白いおうむの森』（筑摩書房）刊行（収録作品は、「雪窓」、「白いおうむの森」、「鶴《つる》の家」、「野ばらの帽子」、「てまり」、「長い灰色のスカート」、「野の音」）。

「海賊」は、マストのみに参加。32号、35号。前者には、次号から事務局が生沢あゆむに代わることと、「もうしばらくお休みして、いつか書く、すてきな長編物語のための栄養補給につとめ」ることが記されている。後者には、軽井沢での散歩のことが短く記され、また翌一九七四年一月発行の36号のマストには、ステファン・ツヴァイクを読んで、「筋の展開のたくみさ、文章のなめらかさに」感心したことを記した後、「本はすばらしい先生です」と結んでいる。

「目白児童文学」は、十二月に、第11号。「霧立峠の千枝」。

同月、初出「ライラック通りの帽子屋」連載第一回（「親子読書」3巻12号　岩崎書店）、以降月ごとに四回で完結。

一九七四年（昭和四十九年）　三十一歳

この年、「海賊」は、36号のマストのみに参加。

「銀のくじゃく」（初出）（「子どもの館」2巻2号　福音館書店）。

「ほたる」（初出）（「詩とメルヘン」2巻2号　サンリオ）。これがやなせたかし編集の「詩とメルヘン」の最初である。なお、「自筆年譜」に次の書き入れがある。

「このころより、雑誌『詩とメルヘン』に短編を発表し、画家・味戸ケイコさんと出会う。」

この年、同誌は、右に加え、「夢の果て」、「秋の風鈴」と計三編。

エッセー「言葉と私」（「日本児童文学」20巻6号）。

「熊《くま》の火」（初出）（「びわの実学校」65）。


十月、長男　亨誕生。

「ある時、安房さんが、私に、

『子供がいていいわね。』

といった。（中略）

『安房さんほどのいい仕事をしていれば、子供一人に値するわよ。』

『わたし、子供が授かるならば、童話を捨ててもいいと思うわ。子供と、童話、どちらを取るかときかれれば、ぜったい子供だわ。』

と、強い調子で、きっぱりといった。

それから、間もなくして、彼女に男の赤ちゃんが生まれたときいて、本当によかったと思った。」（「安房さんとわが家のトイレ」坂井眞理子　「海賊」追悼号）

「お子さんが生まれる前には切羽つまったように必死で書いたとおっしゃっていた。『子供はどんな状態で生まれてくるかわからないから。書けない生活になるかもしれないから』そして無事出産なさって、安房さんの三十代はすてきな時だったとふりかえっていらした。『自分のやりたいこと、道、場所が定まって、生きやすくなった。若い時に戻りたいとは思わない』」（「安房さんとの時」松永緑　「海賊」追悼号）

一九七五年（昭和五十年）　三十二歳
「目白児童文学」は、一月に、第12号。「あざみ野」（初出）。

「海賊」は、二月、七月、九月に、40、41、42号。直子の参加は、マストと、40号のエッセー「生沢あゆむさんの作品に寄せて」。マストには、それぞれ次の記載がある。

「私は、目下ミルクつくりに追われて、仲々作品にとりかかれません。春が待たれます。」（40号）

「しばらくのあいだ十枚ぐらいの小さい作品を書きためてみたいと思っています。短い中に、キラリと輝くものをこめて、そういう物語を、モザイクのように、たくさん集めてみたいと。けれど、自由時間がとぼしいので、なかなか思うようにいきません。」（41号）

「美しいイメージやちょっとした会話の言葉など思いついたらすぐメモする事にしています。使わない日記帳を、メモ帳にしていますが、そのメモがだいぶたまりました。それをながめながら、あれこれと新しい作品の事を考えています。」（42号）

文庫『きつねの窓　他九編』（角川書店）刊行（収録作品は、「きつねの窓」、「北風のわすれたハンカチ」、「小さいやさしい右手」、「さんしょっ子」、「魔法をかけられた舌」、「緑のスキップ」、「鳥」、「もぐらのほった深い井戸」、「夕日の国」、「だれも知らない時間」）。

『銀のくじゃく』（筑摩書房）刊行（収録作品「銀のくじゃく」、「緑の蝶」、「熊《くま》の火」、「秋の風鈴」、「火影の夢」、「あざみ野」、「青い糸」）。

この年、階下で養父母と同居していた祖母・安房みの、死去。

一九七六年（昭和五十一年）　三十三歳

「目白児童文学」は、三月に、第13号。「ひぐれの海の物語」（初出）。

「海賊」は、44号（八月）に、久しぶりの作品掲載、「海へ」。43号（三月）に、マストの次の文章。

「夜、子供が眠ったあとのひとときを、自分の時間にあてています。一日、一、二時間がやっとです。本を少し読んで、原稿を数行書くと、終わってしまいます。でも、何か思いつくと、すぐせっかちにまとめ上げてしまうくせのある私にとって、時間のない事は、かえって良い事かもしれないと思っています。様々のイメージや、会話や、素材が（そんな、物語の断片が）しとしとたまって行って、いつか、いいものが書けるかもしれないと思っています。」

しかし、この年、作品数は、けして少なくない。十編が、発表されている。

「自筆年譜」に以下の書き入れがある。「このころより、雑誌『母の友』に、時々作品を発表する。」このときの作品は、「ちいさいきんのはり」（初出）（『母の友』274号）。

エッセー「自作についてのおぼえがき」（『児童文芸』夏季臨時増刊号　日本児童文芸家協会）。

「ひぐれのひまわり」（初出）（『詩とメルヘン』4巻10号）。

一九七七年（昭和五十二年）　三十四歳

日本女子大学児童学科にいた児童文学者安藤美紀夫の推薦により、「きつねの窓」が、小学校の国語の教科書『新版　国語　六年　上』（教育出版）に採用された。『日本児童文学』36巻9号所収の、安藤美紀夫追悼エッセー「安藤先生の思い出」に、直子はこのときのことを回顧して、「教科書というものは、なんと読者をふやしてくれるのだろうかと驚きます」と記している。

なお、次に教科書に採用された作品の一覧を示す。

「きつねの窓」、「たぬきのでんわは森の一ばん」、「鳥」、「青い花」、「秋の風鈴」、「はるかぜのたいこ」、「ひぐれのお客」、「つきよに」「ねずみの作った朝ごはん」、「やさしいたんぽぽ」、「すずめのおくりもの」。

また教師用指導書および副読本には、右との重複を外して数えれば、さらに17作品が採用されている。（『安房直子・メルヘンの世界』展」（日本女子大学成瀬記念館）パンフレット所収の「安房直子著作目録」に、詳しい報告がある。）

『目白児童文学』は、三月に、14号。作品は、「カスタネット」（初出）。

座談会「わたしの中の妖精《ようせい》」（『海賊』同人の安房直子、田谷多枝子、生沢あゆむ＋立原えりか＋山室静）（『児童文芸』23巻8号　夏季臨時増刊号　日本児童文芸家協会）。

文庫『ハンカチの上の花畑』（講談社）刊行（収録作品は、「ハンカチの上の花畑」、「空色のゆりいす」「ライラック通りの帽子屋」）。

『日暮れの海の物語』（角川書店）刊行（収録作品は、「日暮れの海の物語」、「声の森」、「ほたる」、「小さい金の針」、「奥様の耳飾り」、「冬の娘」、「日暮れのひまわり」、「カスタネット」、「西風放送局」、「天窓のある家」、「だれにも見えないベランダ」、「赤い魚」、「海からの電話」、「夏の夢」）。

一九七八年（昭和五十三年）　三十五歳

この年、日本女子大学「図書館友の会」総会の懇談会で、講演。タイトル「著作『北風のわすれたハンカチ』その他について」（日本女子大学の「女子大通信」354号に掲載）。

エッセー「母のいる場所は金色に輝く」（「マミール」7巻5号　校成出版社）。

エッセー「きつねと私」（「児童文芸24巻4号　日本児童文芸家協会）。

角川書店の雑誌「バラエティー」2巻6号で、女優岸田今日子と対談。こうした一種はなやかな企画は、このとき一度きりである。

「目白児童文学」は、三月に、15号、「南の島の魔法のはなし」（初出）。

この年、「海賊」49号（三月）のマストに、次の文を掲載。

「三才になる子供がお話が大好きで、毎晩一冊ずつ絵本を読んでやっています。今、気に入りの本は、『三匹のくま』と『三匹のこぶた』くりかえし読んでいるうちにこちらも、お話のリズムが、だんだんわかって来て、メルヘンというのは、本当にすてきなものだと再発見しました。」

「海賊」50号に、エッセー「南さんのこと」。（この号は、同人・南史子特集号である。）

対談「メルヘン童話の世界・作者と語る」（安藤美紀夫×安房直子）（「教科通信」5巻9号　教育出版）。

「うさぎの結婚式」（「ＲＥＥＤ」14巻1号　リード図書出版）。

「走れみどりのそり」（「保育専科」6巻1号～6巻6号　フレーベル館）。

「天の鹿《しか》」（初出）、（「母の友」305号　福音館書店に十月より連載開始。翌年の同誌310号まで）。

「だんまりうさぎ」（初出）（「小一教育技術」32巻10号　小学館）。

十月、児童文学者・岩崎京子の住む東京の世田谷区烏山で、「家庭文庫」をしている「お母さんたち」の「勉強会」に招かれ、講演「私の作品について」、およびその後の質疑応答をする。（「安房直子さんの幻想」岩崎京子）こうした会に出席するのは、きわめてまれなことだった。

一九七九年（昭和五十四年）　三十六歳
「目白児童文学」は、三月に、16号。「だんまりうさぎ」と題して、「だんまりうさぎとおしゃべりうさぎ」（再掲載）、「だんまりうさぎとお星さま」（初出）の二話。

「海賊」52号（一月）にエッセー「遠い日のこと」（児童文学者・奈街三郎追悼）、と「蓮見けいさんについてひとこと」（同号は、蓮見けい特集号）。53号（五月）に、エッセー「少女のころ」、と「坂井真理子さんについてひとこと」（同号は、坂井真理子特集号）。54号に、マスト。これには、「目下、パン焼きに夢中です。」とパンづくりの楽しさが語られている。

エッセー「奈街先生のこと」（「日本児童文学」25巻6号）。

「きつねの窓」、毎日放送で「まんがこども文庫」110 としてテレビ化、放送される。

エッセー「山室静先生と私」（「日本児童文学」25巻10号　別冊・児童文学創作入門）。

「大根畑のだんまりうさぎ」（初出）（「小一教育技術」33巻8号　小学館）。

『天の鹿《しか》――童話』（筑摩書房）刊行。

フォア文庫「まほうをかけられた舌」（岩崎書店）刊行（収録作品は、「青い花」、「コロッケが五十二」、「ライラック通りのぼうし屋」、「海からのおくりもの」、「まほうをかけられた舌」）。

『だんまりうさぎ』（偕成社）刊行（収録作品は、「だんまりうさぎとおしゃべりうさぎ」、「だんまりうさぎとお星さま」、「だいこんばたけのだんまりうさぎ」）。

十一月、山室静の信州・野沢高女時代や、日本女子大、東海大などの教え子を中心に、研究会「木の花の会」が始まり、直子も発起人の一人に名を連ねる。「海賊」追悼号の鈴木千歳の「永遠の贈り物」によれば、しかし、例会に顔を見せることはほとんどなく、ただ一度、会の講師に饗庭孝男を招いたときにだけ、「あの出不精な彼女が、本当に足を運んで聞きに来てくださり、私の方が驚いたことでした」とある。なお、この研究会は、文学、童話、民話に限らず、幅広いテーマ（生活全般から、育児、恋愛、はては動植物にいたるまで）を容認する会であった。

エッセー「ミニスカート……悔いること」（「月刊教育ジャーナル」18巻9号　学習研究社）。

エッセー「私の書いた魔法」（「児童文芸」25巻14号　日本児童文芸家協会）。

一九八〇年（昭和五十五年）　三十七歳
三月、前年発会した「木の花の会」の会報「木の花」（研究、童話、詩、エッセー、評論、翻訳などを掲載する小冊子）が創刊される。

直子は、エッセー「誰のために」を発表。そこに次の一節がある。

「今私は、やはり、子供達のために書かなければならないと、強く思うようになりました。／読者を意識するという事は、読者におもねる事ではなかったのです。とびきり面白い次の本を待っている子供達の輝いた目を、胸にうかべながら、書くことだったのです。書き手は、読み手の事を、決して忘れてはいけないのでした。このあたりまえの事に気づいて、私は今あらためて、自分の道を見つけたような気がしています。」

エッセー「絵本と子どもと私」（「母の友」325号　福音館書店）。

「ねこじゃらしの野原」（「詩とメルヘン」8巻第2号　サンリオ）。

「目白児童文学」は、七月に、17号。作品は「魚の言葉」（初出・のち「海の館のひらめ」に改題）。

「海賊」56号（七月）に、「額賀さんへのひとこと」。「海賊」57号（十一月）に、「野の果てに」（初出・のち「野の果ての国」に改題）。

これが、第一期「海賊」の最後の作品である。

「だんまりうさぎと大きなかぼちゃ」（初出）（「小一教育技術」34巻6号　小学館）。

「花からの電話〈うえの千夜一夜15〉」（「うえの」253　上野のれん会）。

エッセー「家の中の仕事」（「いんなあとりっぷ」9巻7号　いんなあとりっぷ社）。

文庫『南の島の魔法の話』（講談社）刊行（収録作品は、「鳥」、「ある雪の夜の話」、「きつねの窓」、「沼のほとり」、「さんしょっ子」、「南の島の魔法の話」、「青い花」、「木の葉の魚」、「夕日の国」、「きつねの夕食会」、「もぐらのほったふかい井戸」、「だれも知らない時間」）。

文庫『きつねの窓』（ポプラ社）刊行（収録作品は、「きつねの窓」、「さんしょっ子」、「夢の果て」、「だれも知らない時間」、「緑のスキップ」、「夕日の国」、「海の雪」、「もぐらのほった深い井戸」、「サリーさんの手」、「鳥」）。

エッセー「セーラ・クルーに出会った夏」（「野生時代」7巻9号　角川書店）。

「木の花」3号に「秘密の発電所」（初出）。

初出「エントツのない家の子供たち」（初出、のち「サンタクロースの星」と改題）（「マミール」9巻12号　佼成出版社）。

一九八一年（昭和五十六年）　三十八歳

「目白児童文学」は、四月に、第18号、作品は「月夜のテーブルかけ」（初出）。

文庫『だれにも見えないベランダ』（講談社）刊行（収録作品は、「だれにも見えないベランダ」、「緑のスキップ」、「海からの贈り物」、「カスタネット」、「ほたる」、「夏の夢」、「海からの電話」、「小さい金の針」、「天窓のある家」、「声の森」、「日暮れの海の物語」）。

「だんまりうさぎとペンペン草」（「小二教育技術」34巻4号　小学館）。

「風のローラースケート」（初出）（「中学生文学」201　中学生文学の会）。

「中学生文学」は、「埼玉県内の児童文学者（西沢正太郎・香川茂。筆者註）が中心となって、昭和63年まで全国の中学生向けに発行されていた雑誌」（「さいたま文学館」ホームページ記載）。創刊は昭和三十九年、287号まで刊行された。

『遠い野ばらの村――童話集』（筑摩書房）刊行（収録作品は、「遠い野ばらの村」、「初雪のふる日」、「ひぐれのお客」、「海の館のひらめ」、「ふしぎなシャベル」、「猫の結婚式」、「秘密の発電所」、「野の果ての国」、「エプロンをかけためんどり」）。

「木の花」7号に、「金の砂」。

「海賊」60号（十二月）で、第一期を終わる。マストに、直子は次の言葉を記す。

「私は、なんといっても、創刊の頃《ころ》が一番なつかしく、創刊号の、赤い表紙を見ますと今も、胸があつくなります。あれは、私にとって、青春のあざやかなひとかけら。『たったひとつの発表誌』にかけた、あつい思いが、まざまざと、よみがえって来ます。」

一九八二年（昭和五十七年）　三十九歳

月刊ベルマーク新聞一月十日号に、「水仙の手袋（冬の話三つ　1）」を発表。この仕事に、直子が画家・南塚直子を指定。のちに軽井沢での家族ぐるみの行き来、また東京での買い物など、親しい友人となる。

この年、実父藤沢喜久郎、死去。八十四歳。

「谷間の宿」（初出）（「ショートショートランド」2巻1号　講談社）。

「ねずみの福引」（初出）（「母の友」345号　福音館）。

「目白児童文学」は、三月に、第19号。作品は、「小さなつづら」（初出）。

フォア文庫『日暮れの海のものがたり』（岩崎書店）刊行（収録作品は、「北風のわすれたハンカチ」、「だれにも見えないベランダ」、「小さい金の針」、「日暮れの海のものがたり」、「てまり」、「鶴《つる》の家」）。

「よもぎが原の風」（初出）（「絵本とおはなし」4巻1号　偕成社）。

「すずめの贈り物」（初出）（「ショートショートランド」3巻3号　講談社）。

「海賊」十五周年記念に、『にぎやかな首飾り』（出帆新社）刊行。同人22名の作品の中に、直子は、「谷間の宿」を収録。

「木の花」9号（六月）に、「花びらづくし」（初出）。「木の花」10号（十月）に、「コンタロウの電話」（初出）。


この年、『遠い野ばらの村』で第二十回野間児童文芸賞を受賞。

一九八三年（昭和五十八年）　四十歳
「雪の日のだんまりうさぎ」（初出）（「小一教育技術」36巻13号　小学館）。

絵本『青い花』（岩崎書店）、絵・南塚直子、刊行。

エッセー「精いっぱい書き続けた同人誌『海賊』」（「幼児と保育」28巻15号　小学館）。

エッセー「惹《ひ》かれる色」（「日本児童文学」29巻6号　「改訂小学国語六年教師用指導書」教育出版　よりの転載）。

「目白児童文学」は、四月に、20号。作品は「冬吉と熊《くま》」（初出・のち大幅にエピソードをふやして、『冬吉と熊のものがたり』となる。）

「てんぐのくれためんこ」（初出）（「日本児童文学」29巻6号）。

「ふろふき大根のゆうべ」（初出）（「びわの実学校」117）。

エッセー「シャガールの絵の中の鳥」（「野鳥」48巻7号　日本野鳥の会）。

「海賊」同人の作品集『にぎやかな首飾りⅡ』（出帆新社）。直子は、「ねずみの福引き」転載。

『花のにおう町』（岩崎書店）刊行（収録作品は、「小鳥とばら」、「黄色いスカーフ」、「花のにおう町」、「ふしぎな文房具屋」、「秋の音」、「ききょうの娘」）。

「ひぐれのラッパ」（初出）（「母の友」364号）。

「海の口笛」（初出）（「ＭＯＥ」５巻９号　ＭＯＥ出版）。

一九八四年（昭和五十九年）　四十一歳

「だんまりうさぎの初夢」（「小二教育技術」36巻13号　小学館）。

『冬吉と熊《くま》のものがたり』（ポプラ社）刊行。

エッセー「自分で自分に」（「未来」209　未来社）。

「目白児童文学」は、三月に、21号、作品は「星のこおる夜」（初出）。

「きつね山の赤い花」（初出）（「母の友」372号　福音館書店）。

『風のローラースケート――山の童話』（筑摩書房）刊行（収録作品は、「風のローラースケート」、「月夜のテーブルかけ」、「小さなつづら」、「ふろふき大根のゆうべ」、「谷間の宿」、「花びらづくし」、「よもぎが原の風」、「てんぐのくれためんこ」）。

なお、この短編連作というスタイルは、直子の最も成功を収める形式となったが、同時に、どうしても本当の長編が書きたいという願いが一方でつのりだし、果たすことのできない生涯のこだわりとなってゆく。たとえば直子は、作家・宮尾登美子の筆力を、自分にないものとして憧《あこが》れていた。

「だんまりうさぎのぼうしの中の秘密」（「小二教育技術」37巻６号　小学館）。

文庫『鶴《つる》の家』（講談社）刊行（収録作品は、「鶴の家」、「雪窓」、「北風のわすれたハンカチ」、「ゆきひらの話」、「魔法をかけられた舌」、「熊の火」）。

「春のひぐれ」（「びわの実学校」125）

『だんまりうさぎと大きなかぼちゃ』（偕成社）刊行（収録作品は、「だんまりうさぎと黄色いかさ」、「だんまりうさぎと大きなかぼちゃ」、「雪の日のだんまりうさぎ」）。

『ねこじゃらしの野原――とうふ屋さんの話』（講談社）刊行（収録作品は、「すずめのおくりもの」、「ねずみの福引き」、「きつね山の赤い花」、「星のこおる夜」、「ひぐれのラッパ」、「ねこじゃらしの野原」）。

「だんまりうさぎはおおいそがし」（「小一教育技術」38巻12号　小学館）。

一九八五年（昭和六十年）　四十二歳

一月二十九日、日本女子大学附属豊明小学校で講演。（講演タイトル「どうしたらいいお話が書けるかしら」。講演の後半は、自作の「だれにも見えないベランダ」を朗読。内容は、日記のこと、毎日の買い物のことなど、直子の日常感覚にあふれたものになっている。「目白児童文学」30・31合併号　一九九三年　掲載）

エッセー「『灰かぶり』と『シンデレラ』」（「MOE」6巻12号　MOE出版）。

「あるジャム屋の話」（初出）（「MOE」7巻1号　MOE出版）。

「目白児童文学」は、五月に、22号。「小さな緑のかさ」。

「山のむこうのうさぎの町」（「小二教育技術」38巻4号　小学館／「だんまりうさぎ」の一エピソードである。）


雑誌「びわの実学校」（131号）の企画〈わたしの処女作56〉に、「月夜のオルガン」掲載。さらに、エッセー「『目白児童文学』と私」。

このエッセーに、次の一節がある。

「私は今、一年に、いくつかの雑誌に作品を書きますが、『目白児童文学』の締め切りは、なぜか、いつも、十二月で、これが、その年のしめくくりの仕事になります。一年のおわりに、大好きな雑誌の仕事ができるのは、しあわせな事です。枚数の制約もなく、内容についてのきまりもなく、そしてもちろん、原稿料もないこの地味な雑誌に、心をこめて、小さい物語を書ける事を、私は、本当に、しあわせに思っています。」

さらに、この文については、この年、同誌の編集事務に携わっていた日本女子大学児童学科の石井光恵（現・専任講師）が、「あれ、私の本当の気持ち」と直接口頭で告げられたことを「海賊」追悼号に記している（「雑誌『目白児童文学』と安房直子さん」）。


絵本『やさしいたんぽぽ』（小峰書店）、絵・南塚直子、刊行。

この年、前年刊行の『風のローラースケート――山の童話』で、第三回新美南吉児童文学賞、受賞。

一九八六年（昭和六十一年）　四十三歳
日本女子大学附属高等学校PTA文化部の企画で、作家・小林久三と対談。「活躍する卒業生」と題して「PTAだより」52号に掲載される。（「目白児童文学」30・31合併号に再録）

『空にうかんだエレベーター』（あかね書房）刊行。

「目白児童文学」は三月、23号。「あかねと鬼の子」（初出・のち「小夜と鬼の子」と改題して、『花豆の煮えるまで』に収録）を発表。

四月、東京渋谷の「童話屋」で、「安房直子さんの世界――童話への扉」と題した会が催された。

これは、詩人・作家の工藤直子が聞き手となり、対談形式で、直子の話を聞く会だった。このときのことをホームページに記す童話作家・北村正裕は、「これは、安房さんが、多分、生前たった一度、ファンの前に姿を現した時」という言い方をしている。

『三日月村の黒猫』（偕成社）刊行。

「だんまりうさぎはさびしくて」（「小一教育技術」40巻2号　小学館）。シリーズ最終話のこの話で、だんまりうさぎは、おしゃべりうさぎにプロポーズすることを決意し、実行するのである。

「野ばらの少女」（「学習・科学――六年の読み物特集」七月　学習研究社）。

エッセー「心を豊かにしてくれる私の森の家」（「ニュートン」6巻11号　ニュートンプレス）

この年、六月から翌年の三月にかけて、雑誌「小三教育技術」に、「カーテン屋さんのカーテン」以下、副題「カーテン屋さんの話」の連作を連載。

台湾の児童向け新聞「国語日報」に、李桂純の翻訳で、「海鷗」（原題・「鳥」）が掲載される。なお、同氏の翻訳で、この年以降多くが紹介される。「夕日の国」、「だれも知らない時間」、「鶴《つる》の家」（以上三作、一九八六年）、「さんしょっ子」、「あまつぶさんとやさしい女の子」（以上二作、一九八七年）、「秋の風鈴」、「ききょうの娘」「星のおはじき」（以上三作、一九八八年）、「ほたる」（一九九〇年）、「うさぎ屋のひみつ」（一九九一年）、「グラタンおばあさんとまほうのアヒル」（一九九二年）、「春の窓」（一九九四年）。

中国で、翻訳作品集が刊行される。『誰也看不見的阳台（だれにも見えないベランダ）』（訳・安偉邦　遼寧少年児童出版社）　収録作品は、「きつねの窓」、「夏の夢」、「ある雪の夜の話」、「天窓のある家」、「だれにも見えないベランダ」、「青い花」、「鳥」、「ほたる」、「きつねの夕食会」、「空色のゆりいす」、「魔法をかけられた舌」、「南の島の魔法の話」。なお一九八七年には、同訳者による「ハンカチの上の花畑」（浙江少年児童出版社）刊行。中国関連のことをさらに付記しておけば、「少年文芸」、「東方少年」等の雑誌にしばしば翻訳が掲載されるとともに、一九九八年には、翻訳者・彭懿によって、「風のローラースケート」（「21世紀出版」）が刊行された。また二〇〇三年現在、同氏は安房直子選集を計画しているとのことである。韓国では、一九九八年に「まほうのあめだま」が翻訳刊行された。

この年、作品数、きわめて多く、十七作を執筆。うち、「川のほとり」の一作は、未発表。（なお、この原稿は、郵政互助会発行の「郵政互助会ニュース」の元・編集者が花豆の会に寄贈して、「花豆通信」に掲載された。）

一九八七年（昭和六十二年）　四十四歳

「べにばら館のお客」（初出・のち「べにばらホテルのお客」と改題）（「季刊びわの実学校」2号）

「目白児童文学」は、三月、24号。「サフランの物語」。

『鳥にさらわれた娘』（偕成社）刊行（収録作品は、「あるジャム屋の話」、「海の口笛」、「鳥にさらわれた娘」、インタビュー「わたしの少女時代」）。

「うさぎのくれたバレーシューズ」（初出）（「うえの」337号　上野のれん会）。

『べにばらホテルのお客』（筑摩書房）刊行。

エッセー「国語の教科書と私」（「豊かさと創造――大書の国語」3　大阪書籍）。

『よくばりな魔女たち――「海賊」作品集』（編・山室静、立原えりか　岩崎書店）刊行。直子の作品は、「月の光」。

『おしゃべりなカーテン』（講談社）刊行（収録作品は、「カーテンやさんのカーテン」、「海の色のカーテン」、「月夜のカーテン」、「秋のカーテン」、「ねこの家のカーテン」、「歌声の聞こえるカーテン」、「ピエロのカーテン」、「お正月のカーテン」、「雪の日の小さなカーテン」、「春風のカーテン」）。

この年の前後（正確な時期は未詳）、十二指腸を患うとの関係者の証言がある。しかしこれは、一九九二年の項の「肝臓の検査」同様、西来みわの記す一九九一年の「更年期障害」のようにして、伝えられたものかもしれない。

一九八八年（昭和六十三年）　四十五歳

日本女子大学家政学部入学式で、祝辞を述べる。なお、全文が、同年の「女子大通信」472号に掲載された。タイトルは、「たくさんの勉強、そして良き出会いを」。(「海賊」追悼号にも、転載され、容易に読むことができる資料である。)

『うさぎ屋のひみつ』(岩崎書店)刊行(収録作品は、「うさぎ屋のひみつ」、「春の窓」、「星のおはじき」、「サフランの物語」)。

エッセー「ゆみ子さんのこと」(「別冊教育技術」5巻5号　小学館)。

『トランプの中の家』(小峰書店)刊行。

「目白児童文学」は、七月、25号。作品は、「ばらのせっけん——花びら通りの物語　第二話」。

この未刊行の短編連作は、翌八月、「木の花」に、第一話が掲載された。

「ひかりのリボン——花びら通りの物語　第一話」(「木の花」24号)。

「大きなやさしい木」(「うえの」352号　上野のれん会)。


一九八九年(昭和六十四年・平成元年)　四十六歳
「花びら通りの猫(花びら通りの物語)」(「MOE」10巻10号　MOE出版)。

文庫『夢の果て』(講談社)刊行(収録作品は、「夢の果て」、「あるジャム屋の話」、「黄色いスカーフ」、「サリーさんの手」、「グラタンおばあさんと魔法のアヒル」、「花のにおう町」、「空にうかんだエレベーター」、「ききょうの娘」)。

「小さな小さなミシン」(「季刊飛ぶ教室」30　光村図書)。ここには、「花びら通りの物語」の副題はないが、本文中に、舞台となる店が花びら通りにあると書かれているので、これも短編連作「花びら通りの物語」の一つとなる。

「目白児童文学」は、五月、26号。作品は「冬をつれてきた子供——花びら通りの物語」。

『うさぎのくれたバレーシューズ』(小峰書店)、絵・南塚直子、刊行。

「丘の上の小さな家」(「木の花」26号)　これが「木の花」の最後の作品である。

『サンタクロースの星』(佼成出版社)刊行。

『わるくちのすきな女の子』(ポプラ社)刊行。一九九二年に作成された「自筆年譜」で、この作品の刊行を、直子は特筆している。それなりの思い入れがあったことと思われる。

一九九〇年(平成二年)　四十七歳
「NHKテレビで『星のこおる夜』が放映される。朗読は日色ともゑさん。」(「自筆年譜」)

この年、「海賊」同人であった友人南史子の作品「おばあさんの時計」を預かって、出版社に持ち込み、刊行（タイトルは「ふしぎな時間旅行」）にこぎつける。南史子の「水色のストールに包まれて」（「海賊」追悼号）に、次のような直子の便りが引かれている。

「『私の力で成就するかどうかぜんぜんわかりませんが、私も南さんの美しい本をゆめみているのです』」。

なお、翌年にも、直子は同じ南史子の、「木の花」連載の「土手の陽だまり」を預かり、出版社さがしに奔走する。これが刊行（タイトルは「浅間山の見える村で」）されるのは、直子の没後であった。

エッセー「童話と私」（「日本女子大学国語国文学会だより」3　日本女子大学国語国文学会卒業生の会発行／のち加筆して「国語の授業」110　一光社　一九九二年　に掲載）。

「かばんの中にかばんを入れて」（初出）（「三輪車疾走」22　斉藤次郎発行　雲母書房発売）。

「目白児童文学」は、九月、27号。作品は、「赤いばらのかさ」。

追悼エッセー「安藤先生の思い出」（「日本児童文学」36巻9号）。

一九九一年（平成三年）　四十八歳

「NHKテレビで『おしゃべりなカーテン』が放映される。」（「自筆年譜」）

エッセー「私の人形たちへ」（「うえの」381号　上野のれん会）。

このエッセーは、同誌の「年男・年女よりの年賀状」という企画で、たとえば歌手・淡谷のり子は、「うえののみなさまへ」、歌舞伎の中村鴈治郎は、宛名なし、元・野球選手の掛布雅之は、野球選手の元木大介へ、というふうに書かれている。直子は、その宛先を、幼いころから「ひとりっ子のひとり遊びを、じつに充実したものにしてくれ」た人形たちに向けたのである。

エッセー「私の市松人形」（「うえの」382号　上野のれん会）。

「子供の頃《ころ》、私が持っていた市松人形は、京子という名前でした。」で始まるこのエッセーは、当時「松子」と名付けて直子が愛していた市松人形とめぐりあうまでのいきさつが、パセティックにつづられた人形賛歌である。

直子が、晩年、奈良の人形工房「朋」の市松人形をめでてやまなかったことは、「海賊」同人たち、あるいは画家・南塚直子などのさまざまな証言があるが、「どこかに私の市松人形がいる」はずだとの思いにぐいぐいと引っ張られて、市井を歩き回り、その果てにとなって昇華するかのような美しい言葉に包んでつづるのである。

『月へ行くはしご』（旺文社）刊行。
この本については、旺文社の担当だった外村義衛が「海賊」追悼号に、一つのエピソードを載せている。なかなか原稿がもらえなかったので、山室静に話したところ、まもなく直子から「山室先生にしかられてしまいました。……必ず書きますから、もうしばらく待っててください……」との電話が入ったというのである。

「同人誌『海賊』が、一〇年ぶりに復刊。再刊第一号に『小夜の物語・花豆の煮えるまで』を載せる。」（「自筆年譜」）
この年、第二期「海賊」が結成され、四月の奥付で復刊された。執筆者名には、かつての「海賊」のメンバーの名が並ぶ。発行所を「海賊出版」とし、代表・山室静となっている。十一月の第2号には、責任編集者として立原えりか（ほか一名）の名があり、「立原えりかの童話塾」の修了者、塾生を応募資格とする読者の作品投稿規定が載っている。「マスト」が継続され、直子も書いている。
「小夜は、山奥の温泉宿の娘です。山の声を聞くことのできる不思議な女の子です。この女の子を主人公にして、『遠野物語』の様な、素朴で謎《なぞ》めいた世界をつくってみたいと思ったのは、もう何年も前のことで、その第一話を、『目白児童文学』に載せました。これは、第二話です。」
なお第二期「海賊」は第7号が終刊号で、会自体は、二〇〇一年九月に解散。

エッセー「子供と読んだたくさんの絵本」（「いちごえほん」5巻5号　サンリオ）。
エッセー「私のファンタジー」（「月刊国語教育研究」229日本国語教育学会編）。

講演「世界でたったひとつの自分の作品を」（日本女子大学附属中学校で生徒たちに／「目白児童文学」30・31合併号　一九九三年）
この講演は、自分のこと、学校時代のテストのこと、さらには、まだ刊行前の『ゆめみるトランク』のこと、引っ越しのこと、浅間山のことなどを、生徒たちに、じつに生き生きと、饒舌《じょうぜつ》と言っていいほどに語り尽くそうとする直子の姿がある。

『ゆめみるトランク――北の町のかばん屋さんの話』（講談社）刊行（収録作品は、「かばんの中にかばんをいれて」、「夕空色のかばん」、

「夜空のハンドバック」、「ねことトランク」、「はりねずみのランドセル」、「魔術師のかばん」、「鹿《しか》のかばん」、「小さい小さい絵本」、「はりねずみのお礼」、「春風のポシェット」)。

「風になって」(初出)(第二期「海賊」2号　海賊出版)。同号のマストにも、直子は、やはり「これは第三話です」と、「小夜」のことについてしか書いていない。

「たんぽぽ色のリボン」(初出)(「國文目白」31　日本女子大学国語国文学会)。

「一一月、この作品でひろすけ童話賞を受賞。山形県高畠町での授賞式に出席する。」(「自筆年譜」)

「この作品」とは、第二期「海賊」創刊号発表の「小夜の物語・花豆の煮えるまで」のことである。このとき、ちょうど小夜の宝温泉のような宿に泊まって嬉《うれ》しかった、と直子は、近しい人々に話した。(「小夜のこと」別府章子　など)

浜田広介記念館のある高畠町は、養父安房喜代年の出身地である。またこのとき、直子は授賞式の旅行に、夫・峰岸明を伴っている。元来、旅行などをめったにしなかった直子だが、死の四、五年前から、学者である夫の春の休暇を利用して、ほんの数日という短さながら、日本各地へ家族連れの旅をするようになっていた。夫・峰岸明の発案だった。訪れた先は、京都、奈良、長崎、出雲、能登、金沢等々である。旅には、たとえ遠距離であっても飛行機を用いることはなく、生涯、空は未経験まま、すべて鉄道の旅であったという。

「ひろすけ童話賞のお祝いに『木の花』から小さなシクラメンの鉢のアレンジを送りました。
『とてもかわいらしい花。お正月まで持つといいなぁと思ってるの。………わたし体の工合が悪いの』
『あら、どうなさったの』
『うん、更年期障害』
『まさか』
『知らない。ううん。うそうそ』」
西来みわ(「木の花」同人)が、「海賊」追悼号の「安房直子葬送」に、この年初冬の直子自身の言葉を、こう記している。

この年、「目白児童文学」は、十二月、28号。作品は、「湯の花」(初出、「小夜の物語」の一つである。)

一九九二年(平成四年)　四十九歳

この年の「自筆年譜」の書き込みは、次の二つである。

「『小夜の物語』を連作形式で書き続ける。」

「NHKテレビで『すずをならすのはだれ』が放映される。日色ともゑさんの朗読。」

「海賊」追悼号で、松永緑は「安房さんとの時」と題した文章に、こう記す。「最後に安房さんと二人でお会いしたのは、昨年（一九九二年・筆者註）の四月だった。ちょっと病気で入院していて、その時看護婦さんがとても優しくてきれいだったから看護婦さんの話が書きたくなった、という安房さんに病気のことを伺おうとしても、あまり話そうとなさらなかった。」

この入院は肝臓の検査との関係者の証言がある。しかし、一九八七年の「十二指腸」とともに、一九九一年の「更年期障害」と同様にして伝えられたものかもしれない。


『うさぎの学校』（サンリオ）刊行。

インタビュー「童話作家安房直子さん（先輩訪問）」（「わかたけ」33　日本女子大学附属中学校文化部）。

この夏、軽井沢で、直子は転び、腰を痛め、経過が思わしくなく、友人たちに、よく「あれが、いけなかった」と語っていたという。また、山室静夫人・美喜は、この夏の直子をよく記憶している。「海賊」追悼号の中に、元同人たちと山室夫妻との座談会が収録されていて、そこに次の一節がある。
「よくご自分の体のことも話されたけど、そういうふうに悪いとは、ほんと一言もおっしゃらなかったですねえ。ただ、膝が痛いってね。だからサポーターしてるんですよ、なんていわれて、私も膝が、ほら悪いものですからね。でも、安房さんずいぶんお若いのに、もう痛いんですか、なんて、言ったりしてたんですね。だけど、まさか亡くなられるとは思わなかったのに……。」
九月初め、東京・池袋のレストラン「パリの朝市」で、「海賊」の蓮見啓、南史子、生沢あゆむと会う。そしてこれが、「海賊」の親しい友人たちとの最後のひとときとなった。（「海賊」追悼号）
「安房直子——語るという形式にたいへん惹《ひ》かれます」（『あまんきみこ・安房直子・末吉暁子』現代児童文学作家対談9　偕成社）刊行。

「うさぎ座の夜――小夜の物語」（第二期「海賊」4号）。同号では、マストにも寄稿。そこに、こうある。「小夜という主人公への思い入れが深くて、私はいつも、小夜のことを思っています。すると、あとからあとから、新しい小夜の物語がうかんできます。」

秋、十月十三日に、「腰を痛めて」（「小夜のこと」別府章子）、「東京都港区の病院」（「朝日新聞」一九九三年二月二十六日　金曜日夕刊）に入院。

出版の準備を進めていた『花豆の煮えるまで――小夜の物語』の校正を病床で進める。

「私はびっくりして、校正はいそがないから、ゆっくり休んでほしいこと、そしてさしつかえなければ、お見舞いにいきたいことなどを書いて手紙をだしました。すぐに安房さんからの返事が届きました。／だれにも知られずに入院してだれにも知られずに退院したいから、自分が入院しているということはけっして話さないでほしい。校正は見ることができるから、送ってほしいとくりかえし書かれていました。（中略）校正刷をお送りすると、しばらくして、ふるえる字で著者校がかえってきました。」（「小夜のこと」別府章子）

「秋に入院される時、姉上（姉・紘子。筆者註）から内緒にしてほしいと言われ、見舞いを固持されても、本当のことを知らなかったので、おっしゃる通りにお気持を尊重して、『元気に退院』との知らせを待っていたのです。」（「思い出の安房さん」深津智恵子）

「海賊」同人の南史子は、十二月八日付けの葉書を受け取っている。「起きる練習から始め、リハビリをして、帰れるようにするので、『二月には、お会いできるでしょう』」（「『さんしょっ子』以後」南史子）。

この年、「目白児童文学」は発行されなかった。29号は一九九三年の三月であった。看護婦さんの話、「うぐいす」が、そこに載るはずであった。しかし、編集開始直前に訃報を受け取った編集担当者たちは、入稿されていた同作をそのまま掲載するに忍び得ず、あらためて一九九三年の30・31合併号「安房直子特集号」まで掲載を遅らせた。（「安房直子さんと『目白児童文学』」吉田新一）

一九九三年（平成五年）　五十歳

「お正月に帰宅できなかったとのことでとても驚き、これは大変と心配しはじめたときは、とても難しい病気らしいと推察されまし

た。」(「思い出の安房さん」深津智恵子)

一月末、「海賊」同人南史子が、「思いが叶《かな》って」、病院に見舞ったとき、別れ際、「『また、おいでー』と力強く晴れやかな声で、歌うように送ってくれた」(「水色のストールに包まれて」南史子)。

「入院中の安房さんは『洗礼を受けている人が羨《うらや》ましい』と紘子さんに訴えるように何回も言ったというのです。(中略)病床を見舞った蓮見けいさんにも『あなたは信仰があるからいいわね』と話したと聞いています。」(「『海賊』までの安房さん」森敦子)

「臨終間近の直子さんを見舞われた蓮見啓様は、お姉様の紘子様がとどけられたオメダイ(マリア像)を何度も何度もにぎりしめようとした直子さん、そして、旧約聖書の詩編の祈りの朗読をじっと聞いておられた直子さんの姿を語ってくれました。」(「青い空と直子さん」富山紗和子)

「25日午後0時40分、肺炎のため、東京都港区の病院で死去」(「朝日新聞」一九九三年二月二十六日　金曜日　夕刊)——「小雪が舞う、とても寒い日」(「『さんしょっ子』以後」南史子)だったという。

「安房さんの訃報は、二月も末の山室先生のお祝いの会の後でした。にぎやかな宴《うたげ》のあとの気分のままロビーでのお知らせは實感《じっかん》がなく、なぜ、どうしてと茫然《ぼうぜん》と外に出ましたら、外は冷たい風が吹いていました。」(「安房さんへ」苛原幸子)

戒名、直心院慈光明鑑大姉。墓所は、東京都西東京市、東禅寺。寺の墓地の一隅に、祖父母・安房徳三郎・みの夫妻、そして現在では養父安房喜代年とともに、眠る。

姉・谷口紘子が、まだ意識のあった直子に、養女のことを、本当は、どう思ってたのか、と訊ねたとき、直子は、短い沈黙の後、こう答えたという。

「ぜんぶ、書いたから、童話、読んでね。」

参照資料一覧

「自筆年譜」(『現代児童文学作家対談9』偕成社　一九九二年)
「精いっぱい書きつづけた同人誌『海賊』」(「幼児と保育」28巻15号　小学館　一九八三年)
「著作『北風のわすれたハンカチ』その他について」(「女子大通信」354号　日本女子大学　一九七八年)
聞き書き「先輩訪問・児童文学者安房直子さん」(「わかたけ」26　日本女子大学附属中学校文化部　一九八五年)
「母のいる場所は金色に輝く」(「マミール」7巻5号　佼成出版社　一九七八年)
講演「世界でたったひとつの自分の作品を」(日本女子大学附属中学校　一九九一年／「目白児童文学」30・31合併号掲載　一九九三年)
「私の少女時代」(『鳥にさらわれた娘』巻末インタビュー　ケイエス企画　一九八七年)
「少女のころ」(「海賊」53号　一九七九年)
「運動ぎらい」(「中学校学級担任」3巻10号　第一法規出版　一九八三年)
「心を豊かにしてくれる私の森の家」(「ニュートン」6巻11号　ニュートンプレス　一九八六年)
「遠い日のこと」(「海賊」52号　一九七九年)
「山室静先生と私」(「日本児童文学」別冊・児童文学創作入門　25巻10号　一九七九年)
「山室先生と私」(「山室静自選著作集・月報5」郷土出版社　一九九三年)
「ガラスのゆりいす」(エッセー。同名の童話作品とは別物。)(「室内」412　工作社　一九八九年)
「昭和六十三年度日本女子大学入学式祝辞」(「女子大通信」472号掲載　一九八八年／「海賊」追悼号　再録　一九九三年)
「『ハンカチの上の花畑』のこと」(「子どもと読書」15巻2号　岩崎書店　一九八五年)
「思い出の安房直子さん」深津智恵子(「海賊」追悼号　一九九三年)
「初期作品に与えた影響」北村斉子(「安房さんと『海賊』」花豆通信別冊　花豆の会　二〇〇三年)
「安房さんのつぶやき」生沢あゆむ(「安房さんと『海賊』」花豆通信別冊　花豆の会　二〇〇三年)
「安房直子さんの幻想」岩崎京子(花豆通信4号　花豆の会　二〇〇二年)
「雑誌『目白児童文学』と安房直子さん」石井光恵(「海賊」追悼号　一九九三年)
「安房直子さんと『目白児童文学』」吉田新一(「海賊」追悼号　一九九三年)
「小夜のこと」別府章子(「海賊」追悼号　一九九三年)

「青い空と直子さん」富山紗和子（「安房直子・メルヘンの世界」展　パンフレット　日本女子大学成瀬記念館）
「『さんしょっ子』以後」（「安房直子さんと『海賊』」花豆通信別冊　花豆の会　二〇〇三年）
「水色のストールに包まれて」南史子（「海賊」追悼号　一九九三年）
「安房さんへ」苛原幸子（「海賊」追悼号　一九九三年）
「『海賊』までの安房さん」森敦子（「安房さんと『海賊』」花豆通信別冊　花豆の会　二〇〇三年）

作品初出年代順リスト

原則として、作品を初出年代順に並べたものである。未刊行のものについては、そのまま掲載雑誌名とその巻号等を記載し、また刊行されたものについては、参照の便を図り、おおむね最初に刊行された形態の、タイトル、出版社名、年代等を記載した。その際、初出と刊行時の本文の異動等については、今回、厳密な取り扱いを採らなかった。

一九五八年

「風船」（「いもむし」3号　日本女子大学附属高校文芸部　／「目白児童文学」30／31号転載　一九九四年）

一九五九年

「赤い花白い花」（「愛児」2号　日本愛児協会）
「星になった子供」（「生田文芸」4号　日本女子大学附属高校文芸部　／「目白児童文学」30／31号転載　一九九四年）

一九六〇年

「蠟燭《ろうそく》」（「生田文芸」5号）

一九六一年

「ひまわり」（「生田文芸」6号）
「向日葵《ひまわり》」（「婦人文芸」16号　婦人文芸の会）

一九六二年

「月夜のオルガン」（「目白児童文学」創刊号　日本女子大学児童学科）

一九六四年

「空色のゆりいす」（『風と木の歌』実業之日本社　一九七二年）

一九六六年

『しろいしろいえりまきのはなし』小学館　一九七四年

「青い花」（初出題「あじさい」）（『まほうをかけられた舌』岩崎書店　一九七一年）

一九六七年

「もぐらのほったふかい井戸」（『風と木の歌』実業之日本社　一九七二年）

「小さいやさしい右手」（『北風のわすれたハンカチ』一九七一年）

「北風のわすれたハンカチ」（初出題「熊《くま》と北風と青い花」）（『北風のわすれたハンカチ』一九七一年）

「とげ」（「海賊」4号）

「赤いばらの橋」（『北風のわすれたハンカチ』一九七一年）

一九六八年

『しろいあしあと』小学館　一九七六年

「オリオン写真館」（「海賊」6号）

「かみきりむしのおみせ」（「あそび」22巻7号　静岡福祉事業協会）

「水あかり」（「海賊」7号）

「歌をうたうミシン」（「海賊」8号）

「きのはのおてがみ」（「あそび」22巻12号　静岡福祉事業協会）

一九六九年

「コロッケが五十二」（フォア文庫『まほうをかけられた舌』岩崎書店　一九七九年）

「ひめねずみとガラスのストーブ」（「目白児童文学」7号）

「くるみの花」（「海賊」10号）

「虹のてがみ」（「海賊」11号）

『きつねのゆうしょくかい』講談社　一九七六年

「雪の中の映画館」（「海賊」13号）
「さんしょっ子」（『風と木の歌』実業之日本社　一九七二年）

一九七〇年

「冬の娘」（『日暮れの海の物語』角川書店　一九七七年）
「ゆうぐれ山の山男」（「海賊」15号）
「山男のたてごとⅡ」（「海賊」16号）
「まほうをかけられた舌」（『まほうをかけられた舌』岩崎書店　一九七一年）
「あまつぶさんとやさしい女の子」（『風と木の歌』実業之日本社　一九七二年）
「エプロンが空をとんだ」（「幼児と保育」16巻10号　小学館）
「山男のたてごとⅢ」（「海賊」19号）

一九七一年

「きつねの窓」（『風と木の歌』実業之日本社　一九七二年）
「だれも知らない時間」（『風と木の歌』実業之日本社　一九七一年）
「鳥」（『風と木の歌』実業之日本社　一九七二年）
「夕日の国」（『風と木の歌』実業之日本社　一九七一年）
「野ばらの帽子」（『白いおうむの森――童話集』筑摩書房　一九七三年）
「こびとのヤコブ」（再話）（『オールカラー版世界の童話39　ハウフの童話』小学館）

一九七二年

「雪窓」（『白いおうむの森――童話集』筑摩書房　一九七三年）
「てまり」（『白いおうむの森――童話集』筑摩書房　一九七三年）
「黄色いちょうちょ」（「三・四・五歳」1巻1号　三省堂）
「オムレツごちそうさま」（「三・四・五歳」1巻2号　三省堂）

「西風放送局」（『日暮れの海の物語』角川書店　一九七七年）
「緑のスキップ」（文庫『きつねの窓』角川書店　一九七五年）
「貝の電話」（「三・四・五歳」1巻3号　三省堂）
「やまなしとり」（再話）（『オールカラー版世界の童話46　日本のふしぎなお話』小学館）
「大男のうきぶくろ」（「三・四・五歳」1巻4号　三省堂）
「鶴《つる》の家」（『白いおうむの森――童話集』筑摩書房　一九七三年）
「雲のハンカチ」（「三・四・五歳」1巻5号　三省堂）
「どんぐりのくびかざり」（「三・四・五歳」1巻6号　三省堂）
「長い灰色のスカート」（『白いおうむの森――童話集』筑摩書房　一九七三年）
「くるみの木の下の家」（「三・四・五歳」1巻7号　三省堂）
「冬のしたく」（「三・四・五歳」1巻8号　三省堂）

一九七三年

「お正月さんこんにちは」（「三・四・五歳」1巻9号　三省堂）
「たぬきの電話は森の一番」（「三・四・五歳」1巻10号　三省堂）
『ハンカチの上の花畑』あかね書房　一九七三年
『のねずみのあかちゃん』（「三・四・五歳」1巻11号　三省堂／「キンダーメルヘン」1集11編　フレーベル館　一九七八年）
「ねずみの焼いたおせんべい」（「三・四・五歳」2巻1号　三省堂）
「野の音」『白いおうむの森――童話集』　筑摩書房　一九七三年）
「野いちごつみに」（「三・四・五歳」2巻2号　三省堂）
「銀色の落としもの」（「三・四・五歳」2巻3号　三省堂）
「しっぽで綱引き」（「三・四・五歳」2巻4号　三省堂）
「白いおうむの森」（『白いおうむの森――童話集』　筑摩書房　一九七三年）
「かたつむりのピアノ」（「三・四・五歳」2巻5号　三省堂）
「緑の蝶」（『銀のくじゃく――童話集』筑摩書房　一九七五年）

「ぶどうの風」（「三・四・五歳」2巻6号　三省堂）
「ほそいつり橋」（「三・四・五歳」2巻7号　三省堂）
「カラスの天気予報」（「三・四・五歳」2巻8号　三省堂）
「うさぎのシロキチ」（「三・四・五歳」2巻9号　三省堂）
「霧立峠の千枝」（「目白児童文学」11号）
「雪うさぎ」（「ひろば」60号　日本カソリック幼稚園連盟・至光社）
『ライラック通りのぼうし屋』岩崎書店　一九七五年

一九七四年

「銀のくじゃく」（『銀のくじゃく——童話集』　筑摩書房　一九七五年）
「ほたる」（『日暮れの海の物語』角川書店　一九七七年）
「しゃっくりがとまらない」（「キンダーブック2」28集12編　フレーベル館／『お話365＋1』　フレーベル館　二〇〇〇年）
「夢の果て」（『夢の果て』サンリオ出版　一九七五年）
「熊《くま》の火」（『銀のくじゃく——童話集』　筑摩書房　一九七五年）
「声の森」（『日暮れの海の物語』角川書店　一九七七年）
「秋の風鈴」（『銀のくじゃく——童話集』　筑摩書房　一九七五年）

一九七五年

「あざみ野」（『銀のくじゃく——童話集』　筑摩書房　一九七五年）
「火影の夢」（『銀のくじゃく——童話集』　筑摩書房　一九七五年）
「青い糸」（『銀のくじゃく——童話集』　筑摩書房　一九七五年）
「山にふくかぜあきのかぜ」（「小学一年生」31巻8号　小学館）
「海の雪」（『夢の果て』サンリオ出版一九七五年）
「サリーさんの手」（『夢の果て』サンリオ出版一九七五年）

一九七六年

「小さいティーカップの話」（「日本児童文学」22巻2号）
「小さい金の針」（『日暮れの海の物語』角川書店　一九七七年）
「日暮れの海の物語」（『日暮れの海の物語』角川書店　一九七七年）
『白樺のテーブル』偕成社
「海からの電話」（『日暮れの海の物語』角川書店　一九七七年）
「沼のほとり」（初出題「夏のひぐれのかくれんぼ」）文庫『南の島の魔法の話』講談社　一九八〇年
「カーネーションの声」（「詩とメルヘン」4巻8号　サンリオ）
「海へ」（「海賊」44号）
「日暮れのひまわり」（『日暮れの海の物語』角川書店　一九七七年）
「青い貝」（「詩とメルヘン」4巻12号　サンリオ）

一九七七年

「赤い魚」（『日暮れの海の物語』角川書店　一九七七年）
「奥様の耳飾り」（『日暮れの海の物語』角川書店　一九七七年）
「カスタネット」（『日暮れの海の物語』角川書店　一九七七年）
『ころころだにのちびねずみ』旺文社
「天窓のある家」（『日暮れの海の物語』角川書店　一九七七年）
「夏の夢」（『日暮れの海の物語』角川書店　一九七七年）
「そらいっぱいのピアノ」（「キンダーブック」14集2編　フレーベル館）
「だれにも見えないベランダ」（『日暮れの海の物語』角川書店　一九七七年）
「雪の中の青い炎」（「びわの実学校」81号）
「口笛」（「メルヘンランド」6巻11号　通巻73号　いんなあとりっぷ社）
「木の葉の魚」（『木の葉の魚』サンリオ出版　一九七八年）
「初雪のふる日」（『遠い野ばらの村――童話集』筑摩書房　一九八一年）

「花の家」（『木の葉の魚』　サンリオ出版　一九七八年）

一九七八年

『すずをならすのはだれ』ＰＨＰ研究所
「はるのぼうし」（「ワンダーブック」10巻12号　世界文化社）
「ふしぎなシャベル」（『遠い野ばらの村――童話集』筑摩書房　一九八一年）
「南の島の魔法の話」（文庫『南の島の魔法の話』講談社　一九八〇年）
「うさぎの結婚式」（「ＲＥＥＤ――母と子の本」14巻1号　リード図書出版／「おはなしメイト」4巻11号　メイト保育事業部）
「走れみどりのそり」（「保育専科」6巻1号〜6号　フレーベル館）
「ある雪の夜の話」（『木の葉の魚』　サンリオ出版　一九七八年）
『きいろいマント』（すくすく童話館）教育研究社
『天の鹿《しか》――童話』筑摩書房
「くまのストーブ」（「保育ノート」26巻12号　チャイルド本社）

一九七九年

「緑のはしご」（「幼児と保育」24巻13号　小学館／『おはなしおはなしたのしいね』童心社　一九八一年）
「だんまりうさぎとおしゃべりうさぎ」（『だんまりうさぎ』偕成社　一九七九年）
「だんまりうさぎとお星さま」（『だんまりうさぎ』偕成社　一九七九年）
「遠い野ばらの村」（『遠い野ばらの村――童話集』筑摩書房　一九八一年）
「小鳥とばら」（『花のにおう町』岩崎書店　一九八三年）
「花のにおう町」（初出題「花のにおう日」）（『花のにおう町』岩崎書店　一九八三年）
「お日様のむすこ」（「大きなタネ」39号　大きなタネの会）
『あめのひのトランペット』（初出題「ふしぎなトランペット（くまの楽器店1）」）金の星社　一九八〇年
「だいこんばたけのだんまりうさぎ」（『だんまりうさぎ』偕成社　一九七九年）
「つきよのハーモニカ（くまの楽器店2）」（「幼稚園」32巻6号　小学館）

「のはらのカスタネット（くまの楽器店3）」（「幼稚園」32巻7号　小学館）
「海からのおくりもの」（文庫『まほうをかけられた舌』岩崎書店）
『しいちゃんと赤い毛糸』（初出題「赤い毛糸」）旺文社　一九八〇年
「赤いスカーフ」（「暮らしのスポット」7巻12号　伊勢丹）
『はるかぜのたいこ』（初出題「さむがりうさぎのすてきなたいこ（くまの楽器店4）」）金の星社　一九八〇年

一九八〇年

『ねずみのつくったあさごはん』（初出題「ちいさな糸切り歯」）秋書房　一九八一年
「ひぐれのお客」（『遠い野ばらの村――童話集』筑摩書房　一九八一年）
「ねこじゃらしの野原」（『ねこじゃらしの野原―とうふ屋さんの話』講談社　一九八四年）
「袂《なると》」（「新しい女性」14巻4号　吉川書房）
「もうすぐ春」（「ホームキンダー」14集12編　フレーベル館）
「花からの電話」（「うえの」253　上野のれん会）
「海の館のひらめ」（初出題「魚の言葉」）（『遠い野ばらの村――童話集』筑摩書房　一九八一年）
「だんまりうさぎと大きなかぼちゃ」（『だんまりうさぎと大きなかぼちゃ』偕成社　一九八四年）
「秘密の発電所」（『遠い野ばらの村――童話集』筑摩書房　一九八一年）
「やまのくりごはん」（「キンダーメイト――おおぞら」7　フレーベル館）
「野の果ての国」（初出題「野の果てへ」）（『遠い野ばらの村――童話集』筑摩書房　一九八一年）
『サンタクロースの星』（初出題「エントツのない家の子供たちへ」）偕成出版社　一九八九年

一九八一年

「猫の結婚式」（『遠い野ばらの村――童話集』筑摩書房　一九八一年）
「黄色いスカーフ」（初出題「大きな絹のスカーフ」）（『花のにおう町』岩崎書店　一九八三年）
「なのはなのポケット」（「キンダーメルヘン」3集　フレーベル館）
「山のタンタラばあさん」（メルファン1　チャイルド本社）

「月夜のテーブルかけ」(『風のローラースケート――山の童話』筑摩書房　一九八四年)
「だんまりうさぎとペンペン草」(「小二教育技術」34巻3号　小学館)
「風のローラースケート」(『風のローラースケート――山の童話』筑摩書房　一九八四年)
「チェーンステッチ」(「詩とメルヘン」9巻9号　サンリオ)
「エプロンをかけためんどり」(『遠い野ばらの村――童話集』筑摩書房　一九八一年)
「金の砂」(「木の花」7号　一九八一年)
「ロケットからの手紙」(「小学一年生」37巻8号　小学館)
「秋の音」(『花のにおう町』岩崎書店　一九八三年)
『ゆきひらのはなし』ＰＨＰ研究所

一九八二年

「けんたと　ゆうじと　だいすけのゆめ」(「こばと――あそびのおともだちえほん」5巻10号　児童福祉会)
「こぎつねコンタロウ」(「小一教育技術」35巻13号　小学館)
「水仙の手袋（冬の話三つ）」(新聞「月刊ベルマーク」一九八二年一月十日　ベルマーク教育助成財団)
「谷間の宿」(『風のローラースケート――山の童話』筑摩書房　一九八四年)
「ねずみの福引き」(『ねこじゃらしの野原――とうふ屋さんの話』講談社　一九八四年)
「ストーブを買った日（冬の話三つ）」(新聞「月刊ベルマーク」一九八二年二月十日　ベルマーク教育助成財団)
「きつねの灰皿」(「うえの」275　上野のれん会)
「小さなつづら」(『風のローラースケート――山の童話』筑摩書房　一九八四年)
「手紙（冬の話三つ）」(新聞「月刊ベルマーク」一九八二年三月十日　ベルマーク教育助成財団)
「よもぎが原の風」(『ねこじゃらしの野原――とうふ屋さんの話』講談社　一九八四年)
「すずめのおくりもの」(『ねこじゃらしの野原――とうふ屋さんの話』講談社　一九八四年)
「花びらづくし」(『風のローラースケート――山の童話』筑摩書房　一九八四年)
「ききょうの娘」(『花のにおう町』岩崎書店　一九八三年)
『コンタロウのひみつのでんわ』(初出題「コンタロウの電話」)　秋書房　一九八三年

「鳥にさらわれた娘」（『鳥にさらわれた娘』ケイエス企画　発売・偕成社　一九八七年）
「ふしぎな文房具屋」（『花のにおう町』岩崎書店　一九八三年）

一九八三年

「雪の日のだんまりうさぎ」（『だんまりうさぎと大きなかぼちゃ』偕成社　一九八四年）
「はるはもうすぐ」（「キンダーおはなしえほん」16集2編　フレーベル館）
『冬吉と熊《くま》のものがたり』（初出題「冬吉と熊」）ポプラ社　一九八四年
「てんぐのくれためんこ」（『風のローラースケート――山の童話』筑摩書房　一九八四年）
「ふろふき大根のゆうべ」（『風のローラースケート――山の童話』筑摩書房　一九八四年）
「ひぐれのラッパ」（『ねこじゃらしの野原――とうふ屋さんの話』講談社　一九八四年）
「海の口笛」（『鳥にさらわれた娘』ケイエス企画　発売・偕成社　一九八七年）

一九八四年

「だんまりうさぎの初夢」（「小二教育技術」36巻13号　小学館）
「星のこおる夜」（『ねこじゃらしの野原――とうふ屋さんの話』講談社　一九八四年）
「きつね山の赤い花」（『ねこじゃらしの野原――とうふ屋さんの話』講談社　一九八四年）
「だんまりうさぎのぼうしの秘密」（「小二教育技術」37巻6号　小学館）
「月の光」（『よくばりな魔女たち――「海賊」作品集』岩崎書店　一九八七年）
「春のひぐれ」（「びわの実学校」125号）
「だんまりうさぎと黄色いかさ」（『だんまりうさぎと大きなかぼちゃ』偕成社　一九八四年）
『ふしぎな青いボタン』ひくまの出版
「だんまりうさぎはおおいそがし」（「小一教育技術」38巻12号　小学館）

一九八五年

「おしゃべりなカラマツ」（「こどもの光」22巻1号　家の光／『どろんこザウルスチンコロリン』国土社　一九九〇年）

「キラキラスナックの秘密」（ショートショートランド20号　講談社）
『グラタンおばあさんとまほうのアヒル』小峰書店
「あるジャム屋の話」（『鳥にさらわれた娘』ケイエス企画　発売・偕成社　一九八七年）
「小さな緑のかさ」（「目白児童文学」22号）
「うさぎ屋のひみつ」（『うさぎ屋のひみつ』岩崎書店　一九八八年）
「山のむこうのうさぎの町」（註・だんまりうさぎシリーズ）（「小二教育技術」38巻4号　小学館）
『やさしいたんぽぽ』小峰書店

一九八六年

「どんぐりの林」（「日本児童文学」32巻1号）
『空にうかんだエレベーター』あかね書房
「小夜と鬼の子」（初出題「あかねと鬼の子」）（『花豆の煮えるまで――小夜の物語』偕成社　一九九三年）
『三日月村の黒猫』偕成社
「ひかりのリボン」（「郵政互助会ニュース121号　郵政互助会）
「だんまりうさぎはさびしくて」（「小一教育技術」40巻2号　小学館　一九八六年）
「春の窓」（『うさぎ屋のひみつ』岩崎書店　一九八八年）
「カーテン屋さんのカーテン」（『おしゃべりなカーテン』講談社　一九八七年）
「海の色のカーテン」（『おしゃべりなカーテン』講談社　一九八七年）
「野ばらの少女」（「学習・科学　六年の読み物特集」　学習研究社）
「レースの海」（「郵政互助会ニュース」122号　郵政互助会／「花豆通信」4号転載　花豆の会　二〇〇二年）
「川のほとり」（未発表　元郵政互助会ニュース編集者所蔵／「花豆通信」2号掲載　花豆の会　二〇〇〇年）
「月夜のカーテン」（『おしゃべりなカーテン』講談社　一九八七年）
「秋のカーテン」（『おしゃべりなカーテン』講談社　一九八七年）
「ねこの家のカーテン」（『おしゃべりなカーテン』講談社　一九八七年）
「歌声の聞こえるカーテン」（初出題「枯葉の歌声」）（『おしゃべりなカーテン』講談社　一九八七年）

「ピエロのカーテン」（初出題「星をさがしに」）（『おしゃべりなカーテン』講談社　一九八七年）

一九八七年

「お正月のカーテン」（初出題「お正月の足音」）（『おしゃべりなカーテン』講談社）
『べにばらホテルのお客』（初出題「べにばら館のお客」）筑摩書房
「星のおはじき」（『うさぎ屋のひみつ』岩崎書店　一九八八年）
「雪の日の小さなカーテン」（『おしゃべりなカーテン』講談社）
「サフランの物語」（『うさぎ屋のひみつ』岩崎書店　一九八八年）
「春風のカーテン」（『おしゃべりなカーテン』講談社）
『うさぎのくれたバレーシューズ』小峰書店　一九八九年
「ばら色のつつみ紙」（『青いばらの木』（おはなし愛の学校1）岩崎書店　一九八九年）

一九八八年

「オレンジ色の窓」（「ラ・メール」19号　思潮社）
『トランプの中の家』小峰書店
「ばらのせっけん（花びら通りの物語第二話）」（「目白児童文学」25号）
「ひかりのリボン（花びら通りの物語第一話）」（「木の花」24号）
「大きなやさしい木」（「うえの」352号　上野のれん会）

一九八九年

「花びら通りの猫」（註・花びら通りの物語）（「MOE」10巻10号　MOE出版）
「小さな小さなミシン」（註・花びら通りの物語）（「飛ぶ教室」30号　光村図書）
「冬をつれてきた子供（花びら通りの物語）」（「目白児童文学」26号）
「あやとりねずみ」（「いちごえほん」3巻9号　サンリオ）
「丘の上の小さな家」（「木の花」26号　一九八九年）

『わるくちのすきな女の子』ポプラ社

一九九〇年

「ガラスのゆりいす」(「日本児童文学」36巻1号)
「いいにおいのする木」(「いちごえほん」 4巻3号 サンリオ)
「赤いばらのかさ」(「目白児童文学」27号)
「すきとおったリボン」(「こどもの光」27巻6号 家の光協会)
『月へ行くはしご』旺文社 一九九一年
「かばんの中にかばんをいれて」(『ゆめみるトランク——北の町のかばん屋さんの話』講談社 一九九一年)
「あきのはまべ」(『一年生のおまじない』偕成社 一九九二年)
「銀のぬい針」(『だいすき少女の童話3年生』偕成社 一九九〇年)

一九九一年

「ちいさなちいさなおひなさま」(「いちごえほん」 5巻3号 サンリオ)
「花豆の煮えるまで」(『花豆の煮えるまで——小夜の物語』偕成社 一九九三年)
「空とぶスカート」(「日本児童文学」37巻6号)
「夕空色のかばん」(『ゆめみるトランク——北の町のかばん屋さんの話』講談社 一九九一年)
「夜空のハンドバッグ」(『ゆめみるトランク——北の町のかばん屋さんの話』講談社 一九九一年)
「ねことトランク」(『ゆめみるトランク——北の町のかばん屋さんの話』講談社 一九九一年)
「はりねずみのランドセル」(『ゆめみるトランク——北の町のかばん屋さんの話』講談社 一九九一年)
「魔術師のかばん」(『ゆめみるトランク——北の町のかばん屋さんの話』講談社 一九九一年)
「鹿《しか》のかばん」(『ゆめみるトランク——北の町のかばん屋さんの話』講談社 一九九一年)
「小さい小さい絵本」(『ゆめみるトランク——北の町のかばん屋さんの話』講談社 一九九一年)
「はりねずみのお札」(『ゆめみるトランク——北の町のかばん屋さんの話』講談社 一九九一年)
「春風のポシェット」(『ゆめみるトランク——北の町のかばん屋さんの話』講談社 一九九一年)

「風になって」（『花豆の煮えるまで——小夜の物語』偕成社　一九九三年）
『たんぽぽ色のリボン』小峰書店　一九九三年
『マントをきたくまのこ』（「こどもちゃれんじじゃんぷ」46号　福武書店）
「湯の花」（『花豆の煮えるまで——小夜の物語』偕成社　一九九三年）

一九九二年
『うさぎの学校』サンリオ
「うさぎ座の夜（小夜の物語）」（第二期「海賊」4号）
「おかのうえのりんごのき」（「おはなしワンダー」12巻7号　世界文化社）
『ひめりんごの木の下で』クレヨンハウス　一九九三年

一九九三年（この年以降の5編は、すべて一九九二年、もしくはそれ以前に書かれたものである。）
「紅葉の頃《ころ》」（『花豆の煮えるまで——小夜の物語』偕成社　一九九三年）
「大きな朴《ほお》の木」（『花豆の煮えるまで——小夜の物語』偕成社　一九九三年）

一九九四年
『まほうのあめだま』佼成出版社　一九九五年
『うぐいす』小峰書店

一九九五年
「つきよに」（『つきよに』岩崎書店　一九九五年）

作品名索引

◇あ行	初出年	掲載ページ
あきのはまべ	1990	346
あざみ野	1975	163，314，338，161
あまつぶさんとやさしい女の子	1970	36，161，171，172，195，212，310，323，336
あめのひのトランペット	1979	249
あやとりねずみ	1989	166
あるジャム屋の話	1985	123，151，171，176，180，207〜208，230〜231
ある雪の夜の話	1978	
秋のカーテン	1986	
秋の音	1981	172
秋の風鈴	1974	245，248
青い花	1966	26，27，34，42，86，98，118，129，171
青い貝	1976	160
青い糸	1975	26，43，152，155，171
赤いスカーフ	1979	
赤いばらのかさ	1990	172
赤いばらの橋	1967	101，118，213
赤い花白い花	1959	128，193〜194
赤い魚	1977	177
いいにおいのする木	1990	206〜207
うぐいす	1995	36，110，129〜130，171〜172，181，209〜211，240
うさぎのくれたバレエシューズ	1987	170．172，208
うさぎのシロキチ	1973	
うさぎの学校	1992	170，173，208
うさぎの結婚式	1978	155，177〜179，181
うさぎ屋のひみつ	1985	57〜58，114，171
うさぎ座の夜（小夜の物語）	1992	177，282〜289
歌をうたうミシン	1968	
歌声のきこえるカーテン	1986	172，249
海からのおくりもの	1979	172225
海からの電話	1976	

海の館のひらめ	1980	171，205
海の口笛	1983	220，235～237，239
海の色のカーテン	1986	
海の雪	1975	131
海へ	1976	151
エプロンが空をとんだ	1970	
エプロンをかけためんどり	1981	161，169，180，195，215，238～239
おかのうえのりんごのき	1992	
おしゃべりなカラマツ	1985	
オムレツごちそうさま	1972	
オリオン写真館	1968	35，169～171，173
オレンジ色の窓	1988	
お正月さんこんにちは	1973	
お正月のカーテン	1987	
お日様のむすこ	1979	172，231
奥様の耳飾り	1977	123，177
丘の上の小さな家	1989	140～143，155，171，182～185，205
大きなやさしい木	1988	165
大きな朴《ほお》の木	1993	181，208～209，286～287
大男のうきぶくろ	1972	
◇か行		
かたつむりのピアノ	1973	
かばんの中にかばんをいれて	1990	171，174
かみきりむしのおみせ	1968	284
カーテン屋さんのカーテン	1986	
カーネーションの声	1976	111，161
カスタネット	1977	26，177，182
カラスの天気予報	1973	
ガラスのゆりいす	1990	238～239
貝の電話	1972	155
川のほとり	1986	132，166
風になって	1991	208～209，286
風のローラースケート	1981	123，144，239
きいろいマント	1978	
ききょうの娘	1982	174
きつねのゆうしょくかい（夕食会）	1969	132，213，241
きつねの灰皿	1982	

きつねの窓	1971	20～23，46～53，59～62，64，77．87，132～133，161，174,，225
きつね山の赤い花	1984	215
きのはのおてがみ	1968	155，172，177，284
キラキラスナックの秘密	1985	132，202～203
黄色いスカーフ	1981	
黄色いちょうちょ	1972	
金の砂	1981	171
銀のくじゃく	1974	6～11．46，110，118，129，131．144，171，252～255
銀のぬい針	1990	172
銀色の落としもの	1973	
北風のわすれたハンカチ	1967	131，161，172，196
霧立峠の千枝	1973	33，148～149，169，213，248
くまのストーブ	1978	
くるみの花	1969	123，155，161～164，172
くるみの木の下の家	1972	
グラタンおばあさんとまほうのアヒル	1985	172，205～206
雲のハンカチ	1972	
熊《くま》の火	1974	43，101，144，171，177，213， 232
口笛	1977	172
けんたと　ゆうじと　だいすけのゆめ	1982	106～109，149
こぎつねコンタロウ	1982	
こびとのヤコブ	1971	128
ころころだにのちびねずみ	1977	132，166
コロッケが五十二	1969	155，172，212
コンタロウのひみつのでんわ	1982	249
小鳥とばら	1979	132，167，172，213
声の森	1974	153～155，197～198
木の葉の魚	1977	26，144，166，177，258
◇さ行		
さんしょっ子	1969	53～57，118，166，171～172．254
サフランの物語	1987	26，172，215
サリーさんの手	1975	171～172
サンタクロースの星	1980	128，152
小夜と鬼の子	1986	144，239，286
しいちゃんと赤い毛糸	1979	155，214～216

しっぽで綱引き	1973	132，172
しゃっくりがとまらない	1974	172
しろいあしあと	1968	59
しろいしろいえりまきのはなし	1966	26，131，161，213
鹿《しか》のかばん	1991	264
白いおうむの森	1973	26
白樺のテーブル	1976	
すきとおったリボン	1990	172
すずめのおくりもの	1982	170
すずをならすのはだれ	1978	249
ストーブを買った日（冬の話　三つ　2）	1982	131
水仙の手袋（冬の話　三つ　1）	1982	
そらいっぱいのピアノ	1977	132
空とぶスカート	1991	
空にうかんだエレベーター	1986	26，27，154～155，216
空色のゆりいす	1964	95～97，169，177，199，207，212，220，233～234，254，267，269

◇た行

だいこんばたけのだんまりうさぎ	1979	
たぬきの電話は森の1番	1973	
だれにも見えないベランダ	1977	26，129，160，165
だれも知らない時間	1971	26，160，172，214，224
たんぽぽ色のリボン	1991	130，164，171～172，244，249，267
だんまりうさぎと大きなかぼちゃ	1980	135～136，170
だんまりうさぎとおしゃべりうさぎ	1979	203
だんまりうさぎとお星さま	1979	78～80，82～83，136～137
だんまりうさぎとペンペン草	1981	172
だんまりうさぎと黄色いかさ	1984	86，97～100，136
だんまりうさぎのぼうしの秘密	1984	135，172
だんまりうさぎの初夢	1984	83～84
だんまりうさぎはおおいそがし	1984	
だんまりうさぎはさびしくて	1986	81，135，180
谷間の宿	1982	
袂《たもと》	1980	
ちいさなちいさなおひなさま	1991	155
チェーンステッチ	1981	132，171，180，195，215
小さいやさしい右手	1967	36，115～118，171，213

小さいティーカップの話	1976	171，177
小さい金の針	1976	
小さい小さい絵本	1991	155，170，265
小さなつづら	1982	172
小さな小さなミシン（註・花びら通りの物語）	1989	
小さな緑のかさ	1985	27
つきよに	1995	132，232
つきよのハーモニカ	1979	
月の光	1984	160．164，172
月へ行くはしご	1990	35，155，161，170，240
月夜のオルガン	1962	36，71，119，122，129，170～171，173，254
月夜のカーテン	1986	
月夜のテーブルかけ	1981	123，152，201～203，215，232
鶴《つる》の家	1972	169，172，177
てまり	1972	77，144，172
てんぐのくれためんこ	1983	37，172，205
手紙（冬の話　三つ　3）	1982	131
天の鹿《しか》	1978	26，110，113，140，161，164，175，179～180
天窓のある家	1977	174
とげ	1967	35，123，149～151，155，162，280
どんぐりのくびかざり	1972	177
どんぐりの林	1986	171
トランプの中の家	1988	123～124，207～208
遠い野ばらの村	1979	
鳥	1971	213，240
鳥にさらわれた娘	1982	118，205，229
◇な行		
なのはなのポケット	1981	250
夏の夢	1977	152，155，171，177
長い灰色のスカート	1972	152
西風放送局	1972	171
虹のてがみ	1969	
沼のほとり	1976	33
ねこじゃらしの野原	1980	123，171
ねことトランク	1991	167，263

ねこの家のカーテン	1986	131
ねずみのつくったあさごはん	1980	172，199～201，215
ねずみの焼いたおせんべい	1973	
ねずみの福引き	1982	129
猫の結婚式	1981	152，180
のねずみのあかちゃん	1973	169，232
のはらのカスタネット	1979	
野いちごつみに	1973	
野の音	1973	26，30～31，152，155
野の果ての国	1980	160
野ばらの少女	1986	161，172，177
野ばらの帽子	1971	161，213
◇は行		
ばらのせっけん（花びら通りの物語・第二話）	1988	35，132
ばら色のつつみ紙	1987	
はりねずみのお礼	1991	170
はりねずみのランドセル	1991	170，263
はるかぜのたいこ	1979	250
はるのぼうし	1978	249
はるはもうすぐ	1983	250～251，259～261
ハンカチの上の花畑	1973	27，114
花からの電話	1980	140～143，152，155
花のにおう町	1979	245，248
花の家	1977	161
花びらづくし	1982	111～112，249
花びら通りの猫（註・花びら通りの物語）	1989	
花豆の煮えるまで	1991	124，181，205，217，239，285，287
春のひぐれ	1984	144
春の窓	1986	171
春風のカーテン	1987	169，230，239
春風のポシェット	1991	249，262～263，266
初雪のふる日	1977	244
走れみどりのそり	1978	152，170，180
ひかりのリボン	1986	132，161，166，172
ひかりのリボン（花びら通りの物語・第一話）	1988	132，161～162，169，227～228
ひぐれのお客	1980	88～93，124
ひぐれのラッパ	1983	

ひまわり	1961	76，123，152，155，215
ひめねずみとガラスのストーブ	1969	177
ひめりんごの木の下で	1992	
ピエロのカーテン	1986	
向日葵《ひまわり》	1961	119，123，150，152，155，171～172
日暮れのひまわり	1976	118，160，163，255～258
日暮れの海の物語	1976	35，177，199
秘密の発電所	1980	227
ふしぎなシャベル	1978	
ふしぎな青いボタン	1984	35
ふしぎな文房具屋	1982	
ぶどうの風	1973	232
ふろふき大根のゆうべ	1983	144
冬のしたく	1972	
冬の娘	1970	171，249
冬をつれてきた子供（花びら通りの物語）	1989	232，249
冬吉と熊《くま》のものがたり	1983	182，275
風船	1958	71～77，129，253，284
べにばらホテルのお客	1987	123，171，174
ほそいつり橋	1973	
ほたる	1974	
火影の夢	1975	43，177，235
星になった子供	1959	26，74～75，131，172
星のおはじき	1987	155，172～173
星のこおる夜	1984	
◇ま行		
まほうのあめだま	1994	155
まほう（魔法）をかけられた舌	1970	123，144，161，171，205，213，230
マントをきたくまのこ	1991	167，208
魔術師のかばん	1991	146，263～264
三日月村の黒猫	1986	161，171，205，230
水あかり	1968	213
南の島の魔法の話	1978	171，177
緑のスキップ	1972	155，244～245，249
緑のはしご	1979	
緑の蝶	1973	
もうすぐ春	1980	132，172，215，249．259～260

もぐらのほった深い井戸	1967	
紅葉の頃《ころ》	1993	244，248〜249，284，286
◇や行		
やさしいたんぽぽ	1985	131，164
やまなしとり	1972	113，128
やまのくりごはん	1980	
山にふくかぜあきのかぜ	1975	250
山のタンタラばあさん	1981	172
山のむこうのうさぎの町（註・だんまりうさぎシリーズ）	1985	81
山男のたてごとⅡ	1970	
山男のたてごとⅢ	1970	172，177
ゆうぐれ山の山男	1970	
ゆきひらのはなし	1981	172
雪うさぎ	1973	245〜247
雪の中の映画館	1969	171，244，249
雪の中の青い炎	1977	160〜161，172
雪の日のだんまりうさぎ	1983	80〜81，203〜204
雪の日の小さなカーテン	1987	
雪窓	1972	123，144，172，220
湯の花	1991	161，172，286
夢の果て	1974	26，131
夕空色のかばん	1991	181
夕日の国	1971	58〜59，152，224〜227，236
よもぎが原の風	1982	111，244
夜空のハンドバッグ	1991	146，181
◇ら行		
ライラック通りのぼうし屋	1973	114，171，234，236
レースの海	1986	166
ロケットからの手紙	1981	
蠟燭《ろうそく》	1960	122〜123
◇わ行		
わるくちのすきな女の子	1989	36〜38，172〜173，275

安房直子——童話の形をとる文学について

藤澤成光

●文学として読まれたい

死後10年を越えた安房直子のファンタジー作品は、異類婚や、死者との交流、また異界とのきわめてスムーズな行き来などが軽やかに描かれていて、生前から、夢のような美しさと、暖かみのあるやさしさ、透明感の強いさわやかさが、作者本人の意に反して、上等な洋菓子のようだと、評されることすらあった。しかし、彼女自身は、近しいものに、常に文学として読まれたいとの願いを語っていた。

事実、天沢退二郎、三木卓をはじめ、比較文学の重鎮私市保彦など、安房直子作品を文学として愛する者は多い。

●行動を促す力を持つ作品

だが、では、いったい何が、彼女の作品の核なのだろうということになると、これまで私たちは、死であるとか、幻想であるとか、それぞれが自分の関心に引きつけて、その範囲で彼女を語ることしかできなかった。

その一方で、エッセイスト武田秀夫は、かつて教師をやめて、自宅で国語塾を開こうと考えたとき、安房直子の「きつねの窓」という作品に出会ったとたん、この人の作品をどこまでも読んでゆけば、塾が成立するととっさに判断し、実際20年近く実行し続けた。また女優秋元紀子は、この人の作品を読み続けることが、自分の舞台にふさわしいと、これまた「きつねの窓」に触れて即座に朗読することを思い立ち、実行に移し、今も続けている。

それでも、いったい何が、小・中学校の教科書にも多く取り上げられた安房直子作品の底にはあるのか、ということになれば、毎回朗読の会の演目にこれを加える視覚の不自由な朗読家川島昭恵にしても同じことで、みんな、ただただ、それはやさしさ、と短く答えるばかりだった。

●語れない謎

安房直子作品には、たしかに名付けえない謎がある。ほとんど何も、それ自身については語れない、という謎である。

今年の初春に、児童文学の評論・研究書・翻訳等を出版する「てらいんく」から、安房直子論の書き下ろしを勧められたとき、私が考えたのは、まず何よりも、その謎の究明だった。この貴重な機会を与えてくださった同社の佐相伊佐雄氏には、感謝してもしきれない恩恵を多大に被ることになり、ここに厚く謝意を表させていただきたい。

さて、たとえわずかなりとも、手応えのある答を得るために、私がとった方法は、言論のみでアプローチすることの放棄だった。なぜなら、たしかに、そこには何か重要なことがあると思われるのに、誰も何も、そのことを言えない以上、最初から言論で、という方法が、自分にだけは有効だ、などとは、とても思えなかったからだ。

私は、すでに方々の図書館、古書店、日本女子大学の研究室などを回って、まず、刊行本、さらには雑誌発表のまま失われようとしている作品、及びエッセー、詩、短歌の類を、ほぼ残らず集めていた。現在のところ、作品に限れば、その数は270編であった。そして、これらを一挙に俯瞰できる視界を築いて、はじめて一つの方法が眼の前に開けてきたのだった。

それは、ちょうどそれらの作品の全部を大きな一つの作品のように見なすことだった。安房直子の作品の全体は、そこから見ると、まるで作家自身が言葉で構築してゆく建築物のようで、廊下や扉や窓、天井などがそここに、しかるべき位置を占めて、お互いをそれぞれ支え合っているのだった。私は、その建築物の土台や梁や柱を捜した。そして〈悪〉、〈死〉、〈結婚〉、〈名前〉などのキーワードをたよりに、安房直子が自分の心を住まわせたこの建築全体の内部の構造を、まずそれぞれの数量からさぐった。

●数量が伝えてきたこと

分かってきたことは、たとえば、彼女は、彼女が愛したグリム童話集のように、登場人物に名前を持たせないままで、この現代に、物語のリアリティーを回復させたこと、また、人は誰も皆一人ずつちがうということが際だつように、うさぎや熊が、やすやすと人に交じわるのだということなどであった。なかでも、彼女の名前というものの扱いはきわめて微妙で、私たちは、彼女の作品に触れながら、名を持たない個人として生きる一瞬の安らぎの力を、したたかに知ることになった。また彼女は、父というもの、母というものについて深く語ることの困難を、様々な異形のもの、異界の存在を手がかりにして、展開して見せていたのである。

●純文学から童話へ

そもそも大学生のはじめの頃に、一度彼女は、純文学を試みていた。１９６１年に、「婦人文芸」という文壇への登竜門としての性格の色濃い同人誌に掲載された「向日葵」という作品がそれだ。大手の出版社に務める一流の女性編集者が、横に手をつないだこの雑誌の、彼女たちによる合評会で、安房直子は、熟練した筆遣いを認められている。時にわずか十八歳であった。

それなら、なぜ、彼女は、そのまま文壇への道を歩まなかったのだろうか?

この問の答そのものとは、とても言えないのだが、彼女の作品全体を調べて言えることは、文学の想像力を始動させることになる彼女の心の深淵に巣くう困難が、彼女の実人生のあまりにも幼いころに起こったからではないだろうかということである。

●外に持ち出せない困難

幼すぎたが故に名付けられず、また、長じても、通常の日常生活においてでは解決不可能な困難、というものが、この世には、たしかにある。安房直子作品のすべてを、単に読むだけではなく、細かく調べてみて、最も感じるのはそのことだった。言い換えれば、人の心の中には、どうしても外部にそのままの姿では持ち出すことのできない困難が、確実にあるということだ。そこにこそファンタジーの出番はやって来る。ただ、1967年の「とげ」という未刊行の作品には、「ああ、このとげ、もしかしたら、赤ちゃんの時からあったのかしら。今迄知らなかったのかしら。」と、めずらしく直接にそのことが表現されていた。

●文学の効用が昔のままに

そこがうずき、そこが涙を流すから、そこが耐えられない苦痛に身をよじらせるから、安房直子は、作品を書いて、自らの心の深淵を、たわめ、いやし、乗り越えた。彼女には、おそらく他に方法がなかった。

遺作と呼んでおかしくない短編連作『花豆の煮えるまで——小夜の物語』（一九九四年　赤い鳥文学賞特別賞受賞）は、五十歳という短い生涯と引き替えにして彼女が手にした、自己治癒の、息苦しいまでの金字塔である。それなのに、この作品自体は、たとえようもなくさわやかで、すがすがしい。もちろん小学校の図書室から借りて、本を読む〈若い読者〉が充分に味わえるファンタジーであることは、いうまでもない。

安房直子作品を読む私たちは、彼女の命の声を聞くだけでなく、しばしば武田秀夫や秋元紀子や川島昭恵のように、そこから彼女が営んだ時間を受け取り、自分の役目を生きてゆこうという力を得ることになる。

こうして、童話の形をとることによってしか存在し得ない、類い希な〈幼さ〉の中に、およそ文学がかつて人間達に対して持っていたもっとも根元的な効用が、今なお、きちんと昔のままの姿で残っていたのである。

2003年12月31日

藤澤成光（ふじさわ　しげみつ）

東京都出身。1946年、両親の滞在先であった山梨県富士吉田市に生まれる。17歳の秋に小説「羞恥に満ちた苦笑」が「文學界」（文藝春秋社）に転載され、以後文学の道に進む。東大大学院博士課程（国文学）中退後、私立女子短大の専任教員を７年間務める。著書に『作品論の現在』（共著・東大出版会）、『魔法のファンタジー』（共著・てらいんく）。作品に『葦ヶ丘物語』（私家版）、『ミルクとオルゴールと緑のしるし』（私家版・短編集）、『ニコマコスおじいさん』（私家版）、「砕かれた光」（「新潮」掲載）など。日本児童文学学会会員。

こころが織りなすファンタジー
安房直子の領域

発行日　二〇〇四年六月四日　初版第一刷発行
著　者　藤澤成光
発行者　佐相美佐枝
発行所　株式会社てらいんく
〒二一五-〇〇〇七　川崎市麻生区向原三-一四-七
TEL　〇四四-九五三-一八二八
FAX　〇四四-九五九-一八〇三
振替　〇〇二五〇-〇-八五四七二
印刷所　モリモト印刷
2004 Printed in Japan
 ISBN4-925108-57-3 C0095